Natasha Madison

Only One Night

AF178500

Liebe Leserin, lieber Leser,

herzlichen Dank, dass du dich für ein Buch von beHEARTBEAT entschieden hast. Die Bücher in unserem Programm haben wir mit viel Liebe ausgewählt und mit Leidenschaft lektoriert. Denn wir möchten, dass du bei jedem beHEARTBEAT-Buch dieses unbeschreibliche Herzklopfen verspürst.

Wir freuen uns, wenn du Teil der beHEARTBEAT-Community werden möchtest und deine Liebe fürs Lesen mit uns und anderen Leserinnen und Lesern teilst. Du findest uns unter be-heartbeat.de oder auf Instagram und Facebook.

Du möchtest nie wieder neue Bücher aus unserem Programm, Gewinnspiele und Preis-Aktionen verpassen? Dann melde dich für unseren kostenlosen Newsletter an:
be-heartbeat.de/newsletter

Viel Freude beim Lesen und Verlieben!

Dein beHEARTBEAT-Team

Melde dich hier für unseren Newsletter an:

Weitere Titel der Autorin

Only One Kiss
Only One Chance
Only One Night
Only One Touch
Only One Regret

Über die Autorin

Wenn sie nicht gerade liest oder ihre Finger beim Schreiben über die Tastatur fliegen, kocht USA TODAY Bestsellerautorin Natasha Madison leidenschaftlich gerne Gourmet-Menüs für ihre Familie und Freunde. Man findet sie – in mindestens Zehn-Zentimeter-Absätzen – im Auto, während sie ihre Kinder herumchauffiert, oder mit ihrem Ehemann bei der Planung seiner Arbeitsreisen.

Natasha Madison

ONLY ONE
night

Aus dem amerikanischen Englisch von Nina Bellem

Für die Liebe.

Finde sie. Kämpfe um sie. Bewahre sie.

Eins

Manning

»Push, push, push«, rufe ich meinem Sohn Jaxon zu, der neben mir auf seinen Schlittschuhen über das Eis läuft. Mit dem Schläger in der linken Hand gleitet er auf die andere Seite der Eisbahn. Diesmal schafft er es, ohne zu stürzen, sieht zu mir rüber und grinst. »Gut.« Er fährt weiter, bis wir drei Runden geschafft haben.

Bei der Bank, wo er zuvor seine Wasserflasche abgestellt hat, macht er schließlich halt. Mit stolzgeschwellter Brust zieht er seinen Handschuh aus und schnappt sich seinen Helm, um einen Schluck zu trinken. Ich greife meine eigene Flasche und spritze mir etwas Wasser in den Mund. »Ich stelle dir Kegel auf. Dann möchte ich, dass du mit dem Puck im Zickzack zwischen ihnen durchläufst.« Als er fokussiert nickt, spüre ich, wie sich meine Brust weitet. Diese Zeit hier, diese besondere Zeit mit ihm, ist alles wert.

Im Gegensatz zu meinem Sohn, der mit dem Eislaufen begann, kaum, dass wir ihm Schlittschuhe anziehen konnten, habe ich erst mit sechs Jahren damit angefangen. Die erste Zeit hatte ich keine feste Position, sondern wechselte immer zwischen der des Stürmers und des Verteidigers. Als ich zwölf wurde, überzeugte mich mein Vater, bei der Verteidigung zu bleiben. Es schadete auch nicht, dass ich wie Unkraut in die Höhe schoss. Ich verfeinerte meine Eislauf-Fähigkeiten und wurde schneller. In einem Jahr wuchs ich über zwölf Zentimeter, und mit fünfzehn war ich bereits fast eins neunzig groß. Mit neunzehn Jahren waren die zwei Meter fast erreicht. Ich wünschte, ich könnte sagen, dass ich bei meinem ersten Draft direkt als Nummer eins gewählt wurde, stattdessen wurde ich als Nummer neunundvierzig von Nashville gedraftet.

Drei Jahre später hatte ich endlich mein NHL-Debüt. Das war auch das Jahr, in dem ich Murielle auf einer After-Game-Party begegnete. Als wir uns kennenlernten, hatte ich mir noch keinen Namen gemacht, aber als ich anfing, in der Rangliste aufzusteigen und bekannter wurde, begann sich das schüchterne Mädchen zu verändern. Den genauen Zeitpunkt kann ich nicht mehr sagen, aber als es passiert war, erkannte ich es. Sie hatte gerade Jaxon zur Welt gebracht und weigerte sich, meine Eltern in unserem Haus wohnen zu lassen, weil ich es mir ja leisten könne, sie in einem Hotel unterzubringen.

Das war der erste Streit, den wir hatten, und von da an ging es bergab.

Zuerst stellte sie eine Nachtschwester ein, die aufstand, wenn Jaxon weinte, dann folgte eine Haushälterin. Danach kam eine Köchin. Heute kann ich nicht einmal sagen, was Murielle eigentlich den ganzen Tag über so macht. Es ist mir auch egal.

»Uns bleibt eine Stunde. Ich muss heute Abend noch zu einer Veranstaltung.«

Jaxon nickt. Mein Sohn sieht genauso aus wie ich, was seine Mutter besonders freut. Seine blauen Augen hat er von mir und sein braunes Haar ist nur einen Ton heller als meins.

»Genau wie sein Vater«, sagt seine Mutter immer, und ich kann das nicht ausstehen. Die letzten vier Jahre habe ich versucht, sie dazu zu bringen, sich von mir scheiden zu lassen. Vier Jahre, in denen ich sie davon zu überzeugen versucht habe, dass wir nicht gut füreinander sind. Vier Jahre, in denen ich nicht mehr in unserem Schlafzimmer geschlafen habe. Vier Jahre, in denen ich in der Hölle gelebt habe. Das Einzige, was mich davon abgehalten hat, auszuziehen, ist Jaxon.

In der nächsten Stunde strengt er sich noch mehr an, und als wir die Halle verlassen, tut er das mit einem breiten Grinsen im Gesicht. »Morgen zeige ich Caleb meine Tricks.« Er setzt sich auf den Rücksitz des SUVs, und ich warte, bis er sich angeschnallt hat.

»Morgen ist Training«, erinnere ich ihn, und er nickt. »Nächste Woche hast du dann ein Spiel, aber ich bin leider unterwegs.« Ich hasse es, seine Spiele zu verpassen, aber wenn ich zu Hause bin, sitze ich mit auf der Tribüne und feuere ihn an. Am Anfang war es nervig, weil die Leute mich um Fotos und Autogramme gebeten haben, aber ich habe nur gelächelt und abgelehnt. Ich war wegen meines Sohnes da, und das haben sie irgendwann verstanden. Aber dann drängte Murielle mich, Fotos machen zu lassen, und wir gerieten wieder in einen Streit. Doch ich weigere mich bis heute, vor Jaxon mit seiner Mutter zu streiten, und so fochten wir unsere Unstimmigkeiten erst aus, wenn er mit der Mannschaft im Bus verschwunden war. Ich wollte nie, dass er das Gefühl hatte, sich für einen Elternteil entscheiden zu müssen. Leider bin ich der Einzige, der so denkt.

»Können wir morgen einen Männerabend machen?«, fragt er, und ich lächle ihn an.

»Das klingt nach einem tollen Plan«, erwidere ich, als wir vor unserem Haus halten. Ich parke den SUV und warte dann, bis er ausgestiegen ist. Mit meiner Hand auf seiner Schulter - wie ich es immer mache -, gehen wir zum Haus.

Wir öffnen die Tür, und es ist unheimlich still im Innern, als wir durch das große Foyer in die Küche treten, wo er den doppeltürigen Kühlschrank öffnet. Er schnappt sich einen Apfel und schaut dann nach, was der Koch für den Tag vorbereitet hat. Das Geräusch der sich öffnenden Kellertür lässt mich aufblicken, und ich sehe Murielle mit ihrem Trainer auf uns zusteuern. Er sieht mir nicht einmal in die Augen, bevor er verschwindet. Letztes Jahr habe ich sie zusammen auf der Hantelbank erwischt. Keine Ahnung, was sie dachte, wie ich reagieren würde, aber ich kann genau sagen, was ihr nicht gefallen hat: Dass ich mich einfach auf dem Absatz umgedreht habe und aus dem Zimmer gegangen bin.

»Hey, Jungs«, grüßt sie uns, als sie von der Haustür wieder zurückkommt, aber ich sehe sie nur an ohne zu antworten. »Hattet ihr Spaß auf der Eisbahn?« Sie geht zum Waschbecken und wäscht sich die Hände. Ihr braunes Haar hat sie oben auf ihrem Kopf zu einem Knoten gebunden, und dank der harten Arbeit im Fitnessstudio ist ihr Körper perfekt in Form. Das und die vielen Besuche beim Schönheitschirurgen. Ihre Brüste sind gemacht, ihr Hintern ist geliftet, sie hat sich die Lippen mit irgendetwas aufspritzen lassen, und in ihrem Gesicht befindet sich so viel Botox, dass ich manchmal nicht einmal weiß, ob sie gerade lächelt oder versucht, die Stirn zu runzeln.

»Ja, Dad hat mir ein paar Tricks gezeigt«, erzählt ihr Jaxon. Ich gehe zu ihm hinüber und nehme etwas zu essen für ihn heraus; er weiß nie, wofür er sich entscheiden soll, darum übernehme ich das.

»Geh duschen. Und wenn du wiederkommst, ist das Essen fertig.« Ich zum Herd und schiebe die Mahlzeit zum Aufwärmen in den Ofen.

Er verlässt das Zimmer und kommt zwei Sekunden später zurück, um ein paar Snacks aus der Speisekammer zu holen und sie in seine Tasche zu stecken, während er immer noch den Apfel in der Hand hält.

»Lass die leeren Verpackungen nicht wieder in deinem Zimmer rumliegen!«, ruft Murielle ihm hinterher.

»Was kümmert dich das?«, frage ich. »Es ist ja nicht so, als wärst du diejenige, die aufräumen muss.«

»Ich will nicht, dass er wie ein Schwein lebt.« Mit diesen Worten lehnt sie sich mit der Hüfte gegen die Küchentheke. »Was machen wir heute Abend?«

Ich lache abfällig. »*Wir* machen gar nichts.« Ich hole ein paar Sachen aus dem Kühlschrank und mache mir einen Eiweißshake. »Ich bin zum Abendessen verabredet.«

»Soll ich mitkommen?«, fragt sie, doch ich schenke ihr nur einen langen Blick. »Ich frage nur, ob ich dich begleiten soll.«

»Murielle, ich weiß nicht, wie oft ich es dir noch sagen muss. Ich will dich nicht an meiner Seite haben. Macht dich diese Art zu leben wirklich glücklich?«

Sie verschränkt die Arme unter der Brust, schiebt dabei ihre Brüste hoch, und ich entdecke ihren neuen Knutschfleck.

»Willst du nicht einfach glücklich sein? Einfach tun können, was immer du willst, ohne mich im Schlepptau?« Ich warte ihre Antwort nicht einmal ab. »Ich meine, du hattest gerade Sex mit deinem Trainer im Keller. Wo mein Kind immer spielt.«

»Ich habe Bedürfnisse, Manning«, erwidert sie und hebt dabei nicht einmal die Stimme. »Du willst sie offensichtlich nicht befriedigen, also muss ich mir diese Befriedigung eben bei jemand anderem holen.«

»Der Grund, warum ich sie nicht mehr befriedige, ist, weil ich keine Lust mehr darauf habe. Wir haben in den letzten vier Jahren immer wieder darüber gesprochen. Aus welchem Grund genau hältst du an dieser Ehe fest?« Ich werfe den Mixer an. »Damit du den Titel ›Frau des Captains‹ tragen kannst? Was bringt dir das?«

»Ich habe dir mein ganzes Leben geopfert, um sicherzustellen, dass du alles hast, was du brauchst.«

Wieder muss ich lachen. »Was genau hast du denn geopfert? Ich habe dich nie von irgendetwas abgehalten, habe dich sogar dazu ermutigt, wieder zur Uni zu gehen, um irgendeinen Abschluss zu machen. Oder dir ein verdammtes Hobby zu suchen. Alles, was dich interessiert hat, war, mein Trikot bei den Spielen zu tragen. All die Benefits, die du als meine Frau bekommst, haben dir den Kopf verdreht, und das ist der Grund, warum wir jetzt hier an diesem Punkt sind.«

»Was ist mit Jaxon?«, fragt sie. »Was glaubst du, wie er es finden würde, geschiedene Eltern zu haben und immer wieder von einem Haus zum anderen wechseln zu müssen?«

»Du kennst deinen Sohn offensichtlich nicht«, widerspreche ich ihr und gieße meinen Eiweißshake in mein Glas. »Glaubst du, er ahnt nicht, dass wir getrennt leben? Er weiß, dass wir getrennte Schlafzimmer haben. Jaxon ist schlauer, als du denkst.« Ich drehe mich um, stapfe aus der Küche und lasse sie mit diesen Worten zurück. Nachdem ich die Wendeltreppe hinaufgestiegen bin, wende ich mich nach rechts, um in meinen eigenen Bereich zu gehen. Ich gehe durch das Schlafzimmer ins Bad und schließe die Tür hinter mir ab. Das musste ich mir zwangsläufig angewöhnen, nachdem mir Murielle eines Tages gefolgt war und mit mir unter die Dusche steigen wollte.

Nachdem ich geduscht habe, gehe ich zum Kleiderschrank und hole einen blauen Anzug und ein weißes Hemd heraus. Mit den Händen fahre ich mir durch die Haare, lege meine silberne Rolex an und gehe dann die Treppe wieder hinunter. Im Wohnzimmer treffe ich auf Jaxon, der mit seiner Xbox spielt. »Hallo, Kleiner« sage ich und er sieht zu mir rüber. »Bist du allein?«

»Ja, Mom hat gesagt, sie hat Migräne«, erwidert er, und ich blicke gen Zimmerdecke.

»Soll ich dir Gesellschaft leisten?« Ich setze mich neben ihn, doch er schüttelt den Kopf.

»Nein, es geht schon.«

Damit wuschle ich ihm durchs Haar, ziehe ihn zu mir und küsse ihn auf den Kopf.

»Ruf mich an, wenn du etwas brauchst.«

Er nickt, ohne den Blick von seinem Spiel abzuwenden.

Ich gehe aus der Haustür und rufe Murielle auf ihrem Handy an. Sie geht sofort ran. »Kannst du wenigstens versuchen, auf ihn aufzupassen, während ich weg bin?«

»Ihm fehlt nichts«, schnauft sie. »Er hat gegessen und er spielt sein Computerspiel.« Ich schüttle den Kopf. »Ich bin ja im Haus. Es ist nicht so, als ob er allein wäre.«

»Mann«, stöhne ich, lege auf und steige in meinen schwarzen Range Rover SUV. Dort setze ich meine goldene Pilotenbrille auf und gebe die Adresse des Restaurants in mein GPS ein.

Auf dem Weg dorthin klingelt das Telefon. Es ist Becca, meine Agentin.

»Hallo?«

»Hey. Ich weiß, dass du heute Abend mit den Leuten von Hauer essen gehst.« Das ist die große Eishockey-Ausrüstungskette, die mich sponsert. »Nur damit du es weißt, dieses Restaurant ist auch ein Club.«

Ich stöhne. »Warum? Warum gehen wir ausgerechnet da hin?«

»Ich weiß … ich hab das auch gerade erst erfahren, als ich den Laden gegoogelt habe«, erwidert sie. »Jedenfalls habe ich dir eine Übernachtungsmöglichkeit im Hotel nebenan reserviert, nur für den Fall, dass du dich heute Abend austoben willst.«

Das bringt mich zum Schmunzeln. »Das letzte Mal, dass ich mich ausgetobt habe, war …«

»Nie.« Sie lacht. »Ja, ich weiß. Wie auch immer, ich habe

dir eine Suite gebucht. Der Schlüssel ist für dich an der Rezeption hinterlegt.«

»Du denkst an alles.«

»Nein, ich will nur nicht, dass du betrunken beim Fahren erwischt wirst und ich das ganze Geld verliere, das ich mit dir verdiene«, ist ihre prompte Antwort. »Ich muss los. Hab Spaß und lass es dir gut gehen. Aber, du weißt schon, versuche, nicht bei *SportsNet* zu landen.«

»Das werd ich nicht«, verspreche ich ihr, stelle den SUV auf dem Parkplatz ab und lege auf. Kaum, dass ich aus dem Wagen gestiegen bin, hat mich der Typ vom Parkservice auch schon bemerkt. »Der Schlüssel steckt«, sage ich zu ihm, atme tief durch und gehe auf die Tür des Restaurants zu.

Zwei

Evelyn

»Du bist gerade mal seit einer Woche wieder zu Hause und hast schon am Samstagabend was vor«, sagt meine Schwägerin Veronica lachend am Telefon. »Und du warst nicht sicher, ob es eine gute Idee ist, wieder nach Hause zu kommen.«

Ich lache ebenfalls, während ich durch mein neues Haus laufe; der Geruch von Farbe liegt noch in der Luft. »Ich war vierzehn Jahre lang weg«, erkläre ich ihr, während ich mir einen grünen Tee mache. »Wer kommt schon mit zweiunddreißig Jahren nach Hause zurück?«

»Also, wir zumindest sind alle froh, dass du wieder zurückgekommen bist«, folgt ihre Antwort prompt.

»Um sieben muss ich in der Innenstadt sein. Erklär mir bitte noch einmal, warum ich zugestimmt habe, hinzugehen?«

»Sie ist eine deiner besten Freundinnen, also ist es nur naheliegend, dass du ihre Brautjungfer bist«, ruft mir Veronica wieder ins Gedächtnis, und ich rolle mit den Augen, während

17

ich an meinem heißen Tee nippe und zurück in mein Schlaf-zimmer gehe.

»Ich meinte, du sollst mir noch einmal erklären, warum ich dachte, dass ein Junggesellinnenabschied eine gute Idee wäre«, fordere ich sie auf und betrete das Bad. »Das Letzte, was ich heute will, ist, mich in Schale zu werfen und rauszuge-hen.«

»Du musst rausgehen.« Im Hintergrund höre ich Wasser laufen und dann das Klappern von Geschirr. »Trink ein biss-chen was, tanze, und wenn du am Ende mit einem Typen nach Hause gehst, können wir das Ganze als Win-win be-trachten.«

Wieder lache ich. »Ich hatte noch nie einen One-Night-Stand. Nicht einmal am College, also bezweifle ich, dass ich damit in meinen Dreißigern anfangen werde.«

»Wie kommst du hin?«

»Ich wollte erst mit dem Auto fahren, aber dann habe ich es mir noch einmal überlegt, ich werde einfach ein Uber neh-men. Sie hat, glaube ich, gesagt, dass die Mädchen sich ein Zimmer im Hotel nebenan nehmen, aber ich bin mir nicht sicher, ob ich die ganze Nacht wegbleiben will. Und falls ich betrunken sein sollte, ist es außerdem besser, morgens im ei-genen Bett aufzuwachen.«

»Okay, aber versprich mir was«, sagt Veronica und ich stöhne fast auf. »Hab Spaß.«

»Werde ich haben. Gib den Kindern einen Kuss von mir.« Damit beende ich das Gespräch. Mein Handy lege ich auf der weißen Marmorplatte des Waschtisches ab und entscheide mich dann doch für eine Dusche statt für ein Bad. Wenn ich ein Bad nehmen würde, würde ich im Anschluss in meinen Schlafanzug schlüpfen wollen, und dann wäre der Abend für mich gelaufen. Ich streife den Bademantel ab, steige unter die Dusche und schließe die Augen.

In meinen wildesten Träumen hätte ich mir nicht vorgestellt, dass ich wieder zurück nach Hause ziehen würde. Als ich achtzehn wurde, habe ich meine Sachen gepackt und bin nach Chicago gegangen, um dort zu studieren. Seit ich ein kleines Mädchen war, war es mein Traum, dorthin zu ziehen. Ich weiß nicht genau warum, aber ich dachte einfach, wenn man in Chicago lebt, hat man es geschafft. Das Treiben in Chicago zog mich sofort in seinen Bann und ich liebte alles daran – vom Spaziergehen auf der Magnificent Mile bis hin zu den Wochenendausflügen auf den See.

An der Uni gab ich alles, und dort begegnete ich auch Dex, Joshua und Ally. Wir vier lernten immer zusammen. Meine Beziehung zu Dex wurde enger, ohne dass wir es wirklich merkten. Dann fanden wir heraus, dass auch Joshua und Ally zusammen waren, und so verbrachten wir vier viel Zeit zusammen. Wir bekamen alle einen Job, kaum, dass wir unseren Master in der Tasche hatten. Jeder von uns baute sein Portfolio auf, bis wir beschlossen, den Sprung zu wagen und unser eigenes Finanzunternehmen zu gründen.

Wir wuchsen so schnell, dass wir Leute einstellen mussten, und mein Traum wurde wahr.

Bis ich Dex dabei überraschte, wie er bis zu den Eiern in Joshua steckte, während Ally gerade auf seinem Gesicht hockte. Zwischendrin schnupften sich alle drei gegenseitig Koks vom Körper.

Sie bemerkten mich nicht einmal, weder als ich sie entdeckte, noch als ich wieder ging. Als er fünf Stunden später nach Hause kam, standen meine gepackten Koffer bereits vor der Tür, was ihn überraschte. Ich stellte ihm nur noch eine Frage, bevor ich ging: Wie lange schon? Das war das Einzige, was ich wirklich wissen wollte, und ich war schockiert, als er sagte, schon seitdem wir alle zusammen an der Uni waren. Es hatte sich die ganze Zeit direkt vor meiner Nase abgespielt. Ich ging und kam dann später zurück, um den Rest meiner Sachen zu holen.

Es war ein bisschen heikel, weil wir vier eine gemeinsame Firma besaßen. Ich verkaufte ihnen meine Anteile, und jetzt fange ich im Grunde von vorne an, wenn auch nicht bei null. Zu meinem Glück arbeitet auch meine Familie im Finanzwesen, und so bin ich gerade in ihr Finanzunternehmen eingestiegen. Mein Vater war überglücklich, als ich ihn darum bat. Mein Bruder Timothy war sogar noch glücklicher. Er hasste Dex, also war meine Rückkehr eine Win-win-Situation für ihn. Außerdem nahm ich mein Portfolio mit, und die meisten meiner Klienten erklärten sich bereit, mir zu folgen.

Kaum, dass ich in der Stadt angekommen war, hatte ich auch schon mein Haus gekauft. Ich hatte es bereits online ausgesucht, aber in dem Moment, als ich durch die Haustür trat, wusste ich, dass es das Richtige für mich war. Vor meinem Einzug ließ ich es neu streichen, und nachdem ich mit meiner Mutter und Veronica Möbel einkaufen war, war das ganze Haus innerhalb von drei Stunden komplett eingerichtet.

Ich steige aus der Dusche, nehme meinen weißen Plüsch-Frotteebademantel und ziehe ihn an, dann wickle ich mein Haar in ein Handtuch. In meinem begehbaren Kleiderschrank wühle ich mich durch meine Klamotten. Die Kleiderordnung lautet Rosa und Schwarz, also wähle ich einen rosafarbenen Rock und ein langärmeliges schwarzes Wickeltop aus Seide. Die Ärmel haben an der Seite einen Schlitz und werden am Handgelenk mit einer Schleife gebunden. Ich gehe zurück ins Bad, um mich dort fertig zu machen.

Mein langes kastanienbraunes Haar reicht mir bis zur Taille, und ich lasse es offen, bearbeite nur die Enden mit dem Lockenstab. Mein Make-up halte ich dunkel, sodass meine grünen Augen hervorstechen, der Lippenstift ist nudefarben. Als ich den rosa Rock anziehe, merke ich erst wieder, wie kurz er ist. Ich meine, er ist nicht so kurz, dass mein Hintern zu sehen wäre, aber es ist definitiv nicht die Länge, die ich auf der Arbeit tragen würde. Auf den Rock folgt mein schwarzer

BH, dann schiebe ich meine Arme in das Wickeloberteil und binde die Bänder um meine Taille zu einer Schleife, genau wie die Bänder an den Handgelenken. Ich vergewissere mich, dass mein Oberteil wirklich sitzt, damit nicht versehentlich meine Brüste heraushängen, dann schnappe ich mir meine High Heels von Yves Saint Laurent. Gerade als ich zum Bett hinübergehe, höre ich mein Telefon im Bad klingeln.

Ich schaffe es, dranzugehen, bevor die Mailbox anspringen kann. Es ist Jeanie, eine der anderen Brautjungfern. »Hallo«, grüße ich sie; im Hintergrund ist Musik zu hören.

»Hey!«, ruft sie. »Ich wollte dir nur sagen, dass wir in ein paar Minuten zum Restaurant wollen.« Sie hatten vor der eigentlichen Party schon eine Vorglühen-Party, aber ich habe noch auf eine Lieferung gewartet und musste daher dafür absagen. Ehrlich gesagt war ich auch nicht in der Stimmung, und ich wusste, Stephanie würde das verstehen.

»Perfekt. Ich schlüpfe gerade in meine Schuhe, also sollte ich in etwa dreißig Minuten da sein.«

»Klingt gut. Sobald wir angekommen sind, schicke ich dir eine Nachricht.« Sie legt auf, und ich angele mit dem Fuß nach meinem Schuh. Sobald beide Schuhe angezogen sind, werfe ich einen letzten Blick in den Spiegel, schnappe mir dann die zu den Schuhen passende YSL-Handtasche und bestelle mir ein Uber.

Kurz bevor es kommt, lege ich noch etwas Parfüm auf. Als ich aus dem Haus gehe, spüre ich die warme Luft an meinen Beinen, es geht ein leiser Windhauch. Ich steige in den Wagen, begrüße den Fahrer und während wir uns auf den Weg in die Innenstadt machen, scrolle ich durch Instagram.

Dort entdecke ich die Fotos vom Vorglühen und lächle, als ich sehe, dass wir praktisch alle gleich gekleidet sind. Nur Stephanie trägt Weiß. Dazu eine rosé-goldene Schärpe mit der Aufschrift »Zukünftige Braut«.

Ich trage mehr Lippenstift auf, kurz bevor das Uber zum

Stehen kommt, dann öffne ich die Tür und bezahle den Fahrer. Als ich auf das Restaurant zugehe, fährt ein schwarzer Range Rover auf den Parkplatz, parkt, und ich sehe einen Mann, der um den SUV herumgeht.

Das Handy in meinen Händen piepst, darum senke ich den Blick und schaue dann wieder zu der Restauranttür vor mir. Ich strecke die Hand aus, um sie zu öffnen, doch da legt sich eine kräftige Hand auf meine, und ich blicke in die intensivsten blauen Augen, die ich je gesehen habe. Sein braunes Haar sieht aus, als wäre er gerade mit den Händen hindurchgefahren. »Es tut mir leid«, sagt er mit tiefer Stimme. Seine vollen Lippen sind von einem Bart umgeben.

Ich sehe auf unsere Hände hinunter, die beide den Türgriff umfasst halten. »Es tut mir leid, ich war abgelenkt und habe nicht einmal bemerkt, wo ich hingehe«, erwidere ich, und unsere beiden Hände lassen die Tür los. »Mein Telefon hat geklingelt, aber ich hätte besser auf meine Umgebung achten sollen.« Damit sehe ich zu ihm hoch und mir fällt nicht nur auf, wie groß er ist, sondern auch, wie muskulös unter seinem Anzug. Sein weißes Hemd ist nicht bis ganz oben zugeknöpft, und aus dem Kragen blitzen die Ausläufer einer Tätowierung hervor.

»Bitte.« Er streckt seine Hand aus, und ich öffne die Tür. Er umfasst die obere Kante, um sie offen zu halten, und ich spüre seinen Körper hinter mir.

»Danke«, sage ich über meine Schulter hinweg, und er nickt mir nur zu. Ich gehe zur Restaurantmanagerin, die die Gäste an der Tür begrüßt. Ihre Augen leuchten auf, sobald sie den Typ hinter mir sieht, und ich möchte am liebsten mit den Augen rollen. Schon klar, er ist heiß und gut aussehend, und er riecht gut, soweit ich das beurteilen kann.

»Mr Stevenson«, begrüßt sie ihn, bevor ich überhaupt dazu komme, etwas zu sagen. »Ihr Schlüssel liegt schon bereit.« Sie reicht ihm einen weißen Umschlag, und er nimmt ihn ihr ab, hält ihn aber noch in der Hand, statt ihn direkt einzustecken.

»Ich habe keinen Schlüssel«, sage ich zu der Frau. »Und ich bin mir nicht sicher, ob ich einen haben sollte oder nicht.« Mit einem Lachen schaue ich zu ihm und sehe, dass er auch gluckst. »Zumindest hat man mir nicht gesagt, dass ich einen Schlüssel brauche.«

»Ich glaube, nur die coolen Kids bekommen einen Schlüssel«, erwidert er und lächelt mich endlich an.

»Ach so? Also, zu dem Club gehöre ich dann definitiv nicht.« Ich schaue von ihm zu der Frau, die ihn immer noch anstarrt. »Ich bin hier für die Party, die unter dem Namen Stephanie läuft«, mache ich mich bemerkbar, bevor sie noch völlig vergisst, dass ich hier bin. Ich werfe einen Blick auf mein Handy. »Sie sind hinten«, füge ich hinzu und schaue an ihr vorbei, um zu sehen, ob ich sie irgendwo entdecken kann. Tatsächlich erspähe ich die anderen, und als Jeanie zu mir herüberschaut, hebe ich die Hand. »Hab sie schon gefunden.« Ich sehe den Mann an. »Schätze, ich komme auch ohne Schlüssel rein«, erkläre ich und lache. »Ihnen noch einen schönen Abend.«

»Ihnen auch. Kommen Sie zu mir, falls Sie doch noch einen Schlüssel brauchen«, scherzt er, und ich verlasse den Restauranteingang, wobei ich die ganze Zeit seine Blicke auf mir spüre.

Drei

Manning

»Kommen Sie zu mir, falls Sie doch noch einen Schlüssel brauchen«, versuche ich, einen Scherz zu machen, und sie wirft den Kopf zurück und lacht. Sie verlässt den Eingangsbereich des Restaurants, sieht dabei noch einmal über die Schulter zu mir zurück, und ich versuche nicht einmal zu verbergen, dass ich ihr hinterherblicke.

Als wir gleichzeitig nach der Tür griffen, fiel mir fast die Kinnlade herunter. Ich hatte sie auf die Tür zugehen sehen, aber alles, was ich wirklich wahrnahm, waren ihre Beine. Ihre gebräunten Beine in diesen Schuhen waren wohl das Heißeste, was ich je eine Frau habe tragen sehen. Ich dachte, sie würde stehen bleiben, aber das tat sie nicht, und wir griffen beide gleichzeitig nach der Tür. Dann schaute sie zu mir hoch, und meine Füße hielten ruckartig inne, als würde ich plötzlich Betonstiefel tragen. Ihre grünen Augen funkelten, und ihr kastanienbraunes Haar sah aus, als wäre es aus Seide.

»Ähm, Mr Stevenson«, macht die Restaurantmanagerin

auf sich aufmerksam, blinzelt, und ich richte meine Aufmerksamkeit wieder auf sie. »Wenn Sie mir bitte folgen würden, dann führe ich Sie zu Ihrem Tisch.« Ich nicke und schaue in die Richtung, in der die Frau verschwunden ist. Sie umarmt gerade ein paar andere Frauen und strahlt dabei übers ganze Gesicht. Ich drehe mich um und folge der Managerin, die mich an der belebten Bar vorbeiführt. Die Bar besteht aus braunem Granit mit Glasregalen, in denen verschiedene Flaschen stehen, darüber sind Hängelampen angebracht. Ein paar Leute bemerken mich, schauen zu mir herüber, und einige erkennen mich sogar. Die Männer nicken mir in solchen Momenten immer zu, und die Frauen starren mich an. Wir gehen an dem gläsernen Weinkeller vorbei, in dem sich Flaschen über Flaschen bis unter die Decke stapeln. Sie bleibt daneben stehen und öffnet eine Glastür. »Das ist der separate Bereich«, sagt sie, und ich nicke, bevor ich eintrete.

»Manning.« Einer der Männer steht von seinem Tisch auf und kommt zu mir herüber. »Schön, Sie zu sehen.«

»Andrew.« Ich strecke meine Hand aus, schüttle seine. Andrew ist der Geschäftsführer von Hauer, der Firma, die er vor zehn Jahren gegründet hat. »Auch schön, Sie zu sehen.«

»Danke, dass Sie gekommen sind. Ich weiß, dass Sie diese Art von Meetings hassen.«

Lachend stecke ich die Hände in die Hosentaschen und schaue durch die Glastür auf all die Tische, die sich dahinter befinden und an denen bereits Leute sitzen. Das ist genau der richtige Ort, um einen Samstagabend zu verbringen. Die Tische werden um zehn Uhr abgeräumt, um Platz für die Tanzfläche zu schaffen. Direkt vor unserem privaten Bereich befindet sich eine weitere Bar. »Ich hasse sie nicht«, widerspreche ich ihm lachend. »Ich ziehe es nur vor, nicht daran teilnehmen zu müssen.« Es ist kein Geheimnis, dass ich aus meinem Privatleben ein großes Geheimnis mache. Man findet mich weder auf Instagram noch auf Facebook noch auf Snapchat.

Im Grunde genommen mache ich gar nichts in den sozialen Medien. Ich habe eine Facebook-Seite, um die sich Candace, meine Social-Media-Managerin, kümmert. Um ehrlich zu sein, ist der einzige Grund, warum ich sie beschäftige, meine Sponsoren. Wenn sie nicht wären, wäre ich nicht einmal dort zu finden.

»Ich möchte Ihnen das Team vorstellen«, sagt er und deutet auf die anderen Männer, die am Tisch sitzen. Während er sie mir vorstellt, nicke ich jedem Einzelnen zu. Sie unterhalten sich, und während ich ihnen zuhöre, schaue ich hinüber, um zu sehen, ob ich die Frau von eben irgendwo sitzen sehe. Immer wieder blicke ich rüber und versuche, sie zu entdecken, und schließlich finde ich sie. Lächelnd schüttle ich den anwesenden Männern die Hände, dann öffnet sich die Tür hinter mir und ich drehe mich um. Miller kommt herein, gefolgt von Ralph.

Ich stehe mit den Händen in den Taschen daneben, während Andrew sie auch den Männern vorstellt, die ich gerade kennengelernt habe. Währenddessen nehme ich mir die Zeit, um zu dem Tisch mit den zehn Mädchen hinüberzuschauen. Sie heben gerade ihre Sektgläser und stoßen auf eine Frau an, von der ich denke, die wohl die Braut ist, denn sie trägt einen Schleier und eine Schärpe. Sie sitzt am Ende des Tisches, der sich mir gegenüber befindet, und ich sehe, wie sie lacht und den Kopf zurückwirft, bevor sie ihr Glas austrinkt. Dann schnippt sie mit den Fingern und tanzt. Sie hält erst inne, als der Kellner zu ihr kommt, und bestellt etwas bei ihm. Er lächelt sie an und geht dann weg zum Computer. Dort spricht er mit einem anderen Kellner und deutet mit seinem Kinn zu dem Tisch. Ich weiß genau, was er damit sagen will.

»Bist du schon lange hier?«, fragt Miller mich und ich sehe ihn an.

»Seit ein paar Minuten«, antworte ich achselzuckend.

»Seid ihr zusammen hergekommen?« Damit meine ich ihn und Ralph, und Miller nickt.

»Ich habe Layla bei den beiden zu Hause abgesetzt und hole sie später auf dem Weg ab.« Miller war der begehrteste NHL-Star aller Zeiten. Er war auf dem Titelblatt der *GQ*, und die Frauen liefen ihm in Scharen hinterher. Aber Layla hatte er schon ewig im Visier, und als sie schließlich nachgab und ein Date mit ihm bei einer Wohltätigkeitsveranstaltung ersteigerte, war es nur noch eine Frage der Zeit, bis er sie mit seinem Charme für sich gewinnen konnte.

»Möchten Sie etwas trinken?«, höre ich die Kellnerin fragen. Sie kam wohl herein, während wir uns unterhielten.

»Ich nehme ein Sodawasser mit Limette«, bestelle ich und sie nickt. Miller und Ralph, der gerade zu uns gestoßen ist, bestellen dasselbe. Ich trinke ohnehin nie viel, aber während der Saison halte ich mich an eine strikte Diät.

»Ich war noch nie hier«, sagt Ralph und schaut sich um, und Miller lacht ihn aus.

»Warum überrascht mich das nicht?«, tönt Miller und schüttelt den Kopf.

»Ist das dein altes Revier?«, fragt ihn Ralph.

Ich schaue kurz wieder zu der Frau, was mich völlig durcheinanderbringt. Warum interessiert es mich, wo sie ist? Warum will ich plötzlich ihren Namen wissen? Ich will nicht lügen, als Profisportler bin ich ständig von Frauen umgeben. Frauen, die nur damit angeben wollen, dass sie mit einem NHL-Spieler geschlafen haben, und denen es egal ist, ob man verheiratet ist oder nicht. Ich sehe das immer wieder – Spieler, die in jeder Stadt ein anderes Mädchen haben. Ich war seit vier Jahren mit niemandem mehr zusammen. Vier verdammte Jahre, aber das würde mir niemand glauben, wenn ich es erzählen würde. Nur fünf Leute wissen, wie es wirklich um Murielles und meine Beziehung steht – Ralph, Miller, Candace, Nico und Becca.

»Ich war schon ein paar Mal hier«, meldet sich Miller zu Wort. »Cool ist, dass an den Wochenenden ein DJ kommt und der Außenbereich in eine Tanzfläche verwandelt wird. Die Tische dort drüben«, er zeigt in die entsprechende Richtung, »drehen sich dann langsam, und der ganze Ort wird zur Tanzfläche. Die Sitznischen am Ende bleiben, aber man muss extra bezahlen, wenn man dort sitzen will.« Er deutet auf den Platz, an dem die Rothaarige sitzt. »Macht ziemlich viel Spaß hier.«

Andrew kommt zu uns herüber. »Bevor wir anfangen, können wir ein Foto von euch dreien machen?«

»Klar«, sagt Ralph und sieht mich an. »Ich muss das Foto dann auf Instagram veröffentlichen, sonst macht Candace mich fertig.« Er meint damit seine Frau, die Social-Media-Expertin.

Ich stehe als Kapitän in der Mitte, meine beiden Assistenten flankieren mich. »Das ist das erste Mal in der Geschichte unseres Unternehmens, dass sowohl der Kapitän als auch seine Assistenten mit uns zusammenarbeiten.«

Er macht ein paar Bilder und stellt sie auf Instagram mit der Unterschrift:

Hier wird gerade Geschichte geschrieben

»Sollen wir uns setzen?«, fragt Andrew, nachdem er alles am Handy erledigt hat.

Ich gehe zum Tisch hinüber und entscheide mich für einen Platz mit Blick auf das Restaurant. Normalerweise tue ich das nicht. Sonst sitze ich immer mit dem Rücken zu den anderen, damit niemand heimlich ein Foto von mir machen kann.

»Seit wann willst du denn in den Raum schauen?«, fragt Miller und setzt sich neben mich.

Ich antworte nicht, sondern zucke nur mit den Schultern

und setze mich. Die Kellnerin kommt mit unseren Getränken zurück, und ich nehme meines entgegen, sehe dann aber wieder zu der Frau hinüber. Warum bin ich so neugierig auf sie? Jedes Mal, wenn ich zu ihr hinüberschaue, lacht sie über irgendetwas, und ihr ganzes Gesicht leuchtet dabei auf. »Was ist heute mit dir los?« Ich sehe zu Miller hinüber. »Du verhältst dich komisch, seit wir hier sind.«

»Wovon redest du?«, versuche ich abzulenken und nehme einen weiteren Schluck Wasser. »Mir geht es gut.«

»Du scheinst abgelenkt zu sein. Ist zu Hause alles in Ordnung?«

»Wenn du damit meinst, ob Murielle noch da ist, lautet die Antwort ja.« Ich höre auf zu reden, als die Kellnerin an den Tisch kommt und unsere Bestellungen aufnimmt.

Als sie die Glastür öffnet, um zu gehen, bemerke ich, dass jetzt Musik spielt und immer lauter wird. Das Gespräch während des Essens dreht sich darum, wie wir die Ausrüstung, die sie für uns haben, verbessern können. Die Entwickler machen sich Notizen zu den Dingen, die wir haben wollen. »Ich möchte, dass mein Schläger ein bisschen leichter ist«, formuliere ich meinen Wunsch, und alle schauen mich an.

»Du hältst den Rekord für den härtesten Schlag beim All-Star-Spiel im letzten Jahr«, sagt Miller.

»Einhundertachtzig Komma fünf«, fügt Ralph hinzu und nimmt einen Bissen von seinem Steak. »Du hast Karlson letztes Jahr den Knöchel gebrochen, als er versucht hat, den Schuss zu blocken.«

Ich lache. »Das war nicht meine Schuld. Wer stellt sich einem Schuss auch in den Weg? Dafür haben sie doch einen Torwart.«

»Du spielst in der Verteidigung«, wirft Miller ein.

»Ja, und Karlson hat nach vorne gespielt. Würdest du dich einem Puck in den Weg stellen?«, frage ich, und sie schütteln beide den Kopf.

»Ich meine, deinem nicht«, erwidert Miller und lacht. »Nie im Leben würde ich das auch nur versuchen. Aber bei jedem anderen sehe ich da keine Gefahr. Du hast den Schläger von Jones mit deinem Schuss einfach zerbrochen«. Damit meint er den Moment, als ich einen Schuss abfeuerte und der Torwart versuchte, ihn mit seinem Schläger zu blocken. Der Teil, der dem Puck im Weg war, brach einfach ab.

»Wie auch immer.« Ich rolle mit den Augen. »Letztes Jahr hat mein Schläger gut performt, aber wenn wir ihn noch ein bisschen flexibler machen könnten, wäre er sicher der bestmögliche Schläger.«

»Ich werde diese Woche ein paar Dinge im Labor ausprobieren«, sagt der Mann, der, glaube ich, Daniel heißt, aber ich bin mir nicht sicher. »Innerhalb der nächsten zwei Wochen sollte ich ein paar Probemodelle haben.«

»Ich hätte nichts gegen ein paar Probemodelle«, sagt Miller, und den Rest des Essens verbringen wir damit, über Dinge zu sprechen, die er gerne für seine Ausrüstung hätte. Erst als ich den Blick wieder hebe, bemerke ich, wie das Restaurant sich verändert hat. Das Licht ist jetzt gedämpft, und einige der Tische wurden umgestellt.

Ich gerate in Panik, als ich die Frau nicht sehe, was mich noch mehr verwirrt. Als ich sie entdecke, lacht sie gerade wieder und trinkt von ihrem Wein. So, wie es aussieht, amüsieren sich die Leute an ihrem Tisch prächtig. Jemand muss etwas wirklich Lustiges gesagt haben, denn die Rothaarige schlägt mit der flachen Hand auf den Tisch, und ich schwöre, ich kann ihr Lachen hören. Irgendetwas in mir macht klick; ich weiß nur nicht, was es ist.

Vier

Evelyn

Ich nehme einen Schluck von meinem Wein und stelle das Glas neben meinem Teller ab. Dieser Abend entwickelt sich zu einem der schönsten Abende seit Langem. Könnte aber auch sein, dass das am Wein und am Champagner liegt.

Weniger schön ist, dass ich, als ich hier ankam, gezwungen wurde, mir eine Peniskette umzuhängen.

»Wir sollten den Käsekuchen zum Nachtisch bestellen.« Ich sehe zu Jeanie hinüber, die gerade ein weiteres Glas Wein leert. »Oh, oder den Apfelkuchen mit Eiscreme.«

»Du hast gerade zwei Vorspeisen verputzt und dann dein ganzes Hauptgericht plus die dazu bestellten Makkaroni mit Käse.«

»Die waren mit Hummer«, verteidige ich mich. »Zu Makkaroni mit Käse und Hummer sagt man nicht Nein.«

Sie wirft den Kopf zurück und lacht. Eine der Brautjungfern klopft mit ihrem Löffel gegen ihr Glas. »Wenn ich um eure Aufmerksamkeit bitten darf«, ruft sie, und ich nehme noch einen Schluck von meinem Wein. Sie muss regelrecht schreien, damit man sie bei der Musik, die im Restaurant gespielt wird, überhaupt hören kann. Ich schaue mich um, einige der Tische wurden umgestellt, um Platz für eine Tanzfläche zu schaffen.

Ein Blick durch eines der Fenster zeigt mir den Außenbereich, der mit Hängelampen bestückt ist, die die Grünpflanzen im Garten ringsum in ein sanftes Licht tauchen. Der DJ befindet sich in der Ecke auf einer Art Bühne. Draußen gibt es Sitznischen, in denen die Leute sitzen und trinken, aber einige sind schon aufgestanden und tanzen. Ich nehme mein Glas Wein und nehme noch einen Schluck, dann wende ich meine Aufmerksamkeit wieder der anderen Brautjungfer zu, die sich gerade hinsetzt.

»Was habe ich verpasst?«, frage ich Jeanie. Die beugt sich zu mir und flüstert: »Keine Ahnung, ich habe gerade einen der Kellner beobachtet.« Ich sehe zu dem Kerl hinüber, den sie gerade mit den Augen auszieht, und plötzlich sehe ich wieder die blauen Augen vor mir, die mir die ganze Zeit schon nicht aus dem Kopf gehen.

Gut, ich habe an sie gedacht und mich dann gezwungen, es nicht zu tun. Als ich ihn stehen ließ, habe ich seine Blicke auf mir gespürt. Erst als ich zu meinem Tisch ging, um Jeanie zu begrüßen und zu umarmen, schaute ich wieder zur Tür und bemerkte, dass er mir tatsächlich hinterhersah. Zwei Sekunden später drehte ich mich um, und er war verschwunden. Ich habe mich im Restaurant umgesehen, aber ich konnte ihn nirgends finden. Also, ich kann ihn in diesem Teil des Restaurants nicht finden, aber er könnte sich auf der gegenüberliegenden Seite befinden. Oder vielleicht ist er in einem separaten Bereich des Restaurants, für den man den Schlüssel braucht. Ich nehme wieder mein Glas Wein, trinke einen Schluck und stelle es ab.

»Ich muss mal«, murmle ich, schnappe mir meine Handtasche und schiebe mich von der Sitzbank. Zum Glück sitze ich am Ende.

»Ich kann mitkommen«, bietet Jeanie mir an, doch ich schüttle den Kopf.

»Nein, ich komme schon klar«, winke ich ab und lächle sie an. Mein Herz ist ganz leicht von all dem Lächeln und Lachen heute Abend. Ich habe ganz vergessen, dass ich von hier weggezogen und erst neulich wieder zurückgekommen bin. Mit meinen Freundinnen zusammen zu sein, fühlt sich an, als wäre ich nie weg gewesen. Ich gehe zurück zum Eingang und sehe mich nach Schildern für die Toilette um. Dort kann ich aber keine finden, und als unser Kellner mich sieht, kommt er herüber.

»Kann ich Ihnen helfen?«, fragt er lächelnd. Er hat mich den ganzen Abend schon unverhohlen angebaggert. »Ich habe Ihnen schon einmal gesagt, dass mir Ihr Wunsch Befehl ist.«

Ich lächle ebenfalls, senke den Blick, und mein Haar fällt mir ins Gesicht. »Das ist sehr nett von Ihnen«, erwidere ich und streiche mir die Haare hinters Ohr. »Ich suche nur die Toilette.«

»Folgen Sie mir.« Er dreht sich um und geht in die Richtung, in der die Restaurantmanagerin vorhin noch stand. Das Restaurant ist voll, und ich muss mich mit ihm im Zickzack zwischen den Gästen hindurchschlängeln. Schließlich biegen wir ab und kommen an einem riesigen gläsernen Weinkeller vorbei. Schließlich bemerke ich den dunklen Flur.

Ein Blick nach rechts, und ich entdecke meinen Tisch. »Schätze, ich habe einen Umweg gemacht«, sage ich zu ihm, als wir an der Bar vorbeikommen. »Danke.« Ich gehe auf den dunklen Flur zu, komme an der Männertoilette vorbei und öffne dann die Tür zur Damentoilette.

Zwei Frauen kommen gerade heraus. »Sie spielen für die Dallas Oilers. Ihr Kapitän ist Sex in Dosen«, sagt eine von ihnen, als ich zur Seite trete, damit sie vorbeigehen können. Sie wackeln ein bisschen zu sehr mit den Hüften, aber sie sind beide fast eins achtzig groß, darum wirkt ihr Gang, als würden sie gerade einen Laufsteg entlangschreiten. Als ich die Toilette betrete, sehe ich eine Frau, die neben einem Tisch sitzt, auf dem alles steht, was man so brauchen kann. Ich lächle sie an, gehe in eine der Kabinen und setze mich hin. Als ich fertig bin und aufstehe, mache ich meinen üblichen Test, um festzustellen, ob ich schon betrunken bin: Wenn ich mir noch an die Nase fassen kann, ohne zu kichern, dann kann ich auch noch ein bisschen mehr trinken. Mein Ziel ist es, beschwipst zu sein, nicht betrunken.

Anschließend verlasse ich die Kabine, gehe zum Waschbecken und wasche mir die Hände. Die Frau steht auf und reicht mir ein braunes Papierhandtuch. Ich lächle sie an und bedanke mich, und als ich fertig bin, nehme ich meinen Lipgloss heraus und trage etwas davon auf. Dann reiche ich der Frau einen Fünf-Dollar-Schein und verlasse die nun leere Toilette. Auf dem Weg zu meinem Tisch mache ich meine Handtasche zu, und als ich nach unten blicke, laufe ich gegen eine Truhe. »Uff«, mache ich, kurz bevor zwei Hände meine Arme festhalten. Als ich aufschaue, starre ich in dieselben blauen Augen wie vorhin. »O mein Gott«, entfährt es mir. »Das ist schon das zweite Mal heute Abend.« Er sieht mich nur an.

»Sie achten wohl nie auf den Weg.« Er lässt mich los, und ich lache.

»Ich wollte eigentlich nur meine Handtasche schließen«, erkläre ich ihm. »Also, alles in Ordnung.« Ich klemme die Handtasche unter meinen Arm.

Er sieht mich nur an und steckt die Hände in die Hosentaschen. Die Toilettentür geht auf, und ein Mann kommt heraus. Er sieht erst mich an und dann den blauäugigen Fremden.

»Sorry«, sagt er, und ich trete zur Seite.

»Gut, dann lasse ich Sie mal wieder gehen«, sage ich und

lächle ihn an. Der Mut, der mich plötzlich erfasst, ist sicherlich zum Großteil dem Wein geschuldet. »Aber erst muss ich Sie etwas fragen.«

»Und das wäre?«, will er wissen, und ich kann fast ein Grinsen auf seinen Lippen erkennen.

»War der Schlüssel für einen geheimen Raum bestimmt?« Ich sehe ihn an, und er legt den Kopf zurück und lacht laut auf.

»Okay, das nehme ich als ein Nein.« Damit blicke ich an ihm vorbei. »Nun, es war schön, Ihnen wieder über den Weg zu laufen. Ich werde versuchen, von nun an darauf zu achten, wo ich hingehe.« Damit nicke ich ihm zu, und er starrt mich nur an, was mir ein Kribbeln in den Händen und ein leichtes Flattern im Magen beschert. Gut, mehr als nur ein leichtes Flattern. Als ich an ihm vorbeigehe, steigt mir sein Parfüm in die Nase, und ich könnte schwören, es ist das Schärfste, was ich je in meinem Leben gerochen habe.

Meine Beine zittern, und das hat nichts mit der Flasche Wein zu tun, die ich getrunken habe, sondern nur mit dem Mann, der mich gerade regelrecht mit Blicken flachgelegt hat. Oder vielleicht war auch nur ich diejenige, die dachte, wir hätten Augensex, und er hat mich nur mitleidig angeschaut. Ich schwinge meine Hüften, als ich seine Blicke auf mir spüre. Schließlich bin ich wieder an meinen Platz zurückgekehrt, und während ich mich setze, mache ich den Fehler, zu ihm hinüberzuschauen, nur um festzustellen, dass er mich beobachtet. Seine Hände sind immer noch in den Hosentaschen, was seine Schultern riesig wirken lässt. Vielleicht spielt er Football.

»Geht es dir gut?«, fragt Jeanie, und ich wende den Blick von ihm ab. »Du bist ganz rot.«

Meine Hände legen sich auf meine Wangen; sie fühlen sich an, als würden sie in Flammen stehen. Ich schaue zurück zu der Stelle, an der er stand, aber ich sehe ihn nirgends.

Hastig greife ich nach meinem Glas Wein und trinke es in zwei Schlucken aus. »Mir geht es gut«, ich lächle. Der Kellner kommt mit einem Tablett voller Shots zu uns.

»Okay, meine Damen«, ruft er. »Es wird Zeit, die Party in Schwung zu bringen.« Er geht um den Tisch herum und gibt jeder von uns einen Kurzen. »Darf ich die Braut bitten, zu mir zu kommen?« Ich stehe auf, damit sie zu ihm durchkommen kann, und erst dann bemerke ich, dass die meisten Tische bereits abgeräumt sind.

Stephanie geht zum Kellner hinüber und stellt sich zu ihm. »Dieser Song ist für Sie«, sagt er und nickt dem DJ zu, der ihn beobachtet. Der Song *Run the World* beginnt, und wir alle lachen. »Darauf, dass wir uns später nicht mehr an den heutigen Abend erinnern können«, intoniert er und hebt seinen Shot, und wir alle machen es ihm nach. Ich stürze den Kurzen herunter und schließe die Augen. Die heiße Flüssigkeit läuft mir die Kehle hinunter, und währenddessen verfolgen mich diese blauen Augen. Ich öffne meine eigenen Augen und schaue mich um, in der Hoffnung, ihn irgendwo entdecken zu können.

»Ich hasse Tequila«, höre ich eine der Brautjungfern sagen, während der Kellner mir einen weiteren Shot reicht.

»Ich glaube nicht, dass ich noch einen trinken sollte«, wehre ich ab, doch er lächelt mich nur an.

»Sie müssen aufhören zu denken und einfach loslassen.« Er zwinkert mir zu, aber es hat keinen Effekt auf mich. Kein Flattern in meinem Magen oder Herzrasen wie vorhin, als der blauäugige Fremde mich angesehen hat.

Nachdem der Kellner weg ist, kippe ich den Shot in ein leeres Glas, dann nehme ich mir ein Glas Wasser und trinke ein paar Schlucke. Ich schaue mich um; die Tanzfläche beginnt sich zu füllen. Ein bekannter Song wird gespielt, und unser ganzer Tisch steht auf und beginnt, direkt neben dem Tisch zu tanzen. Ich spüre, dass ich beobachtet werde, aber wenn ich mich umsehe, entdecke ich niemanden, der mich anschaut. Das muss ich mir einbilden.

Wir tanzen bis zum Umfallen, doch irgendwann setze ich mich wieder an meinen Platz und trinke das Glas Wasser, das dort steht. Die Wasserflasche auf dem Tisch ist allerdings leer. Ich sehe mich um, ob der Kellner irgendwo zu finden ist, und als ich ihn nicht entdecke, schaue ich zu Jeanie und zeige auf die Bar, und sie nickt nur.

Ich schiebe mich durch die Menge und mache mich auf den Weg zur Bar. Vorne ist es voll, also stelle ich mich an die Seite, neben den Toiletten. Während ich mich gegen die kühle Bar lehne, sehe ich den beiden Barkeepern zu, die so richtig loslegen. Ich spüre Blicke auf mir, sehe nach rechts, und da ist er, lehnt im Dunkeln an der Theke. Ich drehe mich um und schaue ihn an. »Schön, Sie hier zu treffen.« Dabei versuche ich, lustig zu klingen, und er schmunzelt. »Tja, das Sprichwort ist wohl wahr«, fahre ich fort und halte meine Hand hoch, um die Aufmerksamkeit von einem der Barkeeper zu erregen. Er sieht mich, nickt und kommt zu uns herüber.

»Was darf ich Ihnen bringen?«, fragt er mich.

»Einen Apple-Martini und eine Flasche Wasser«, gebe ich meine Bestellung auf. Dann sieht er den blauäugigen Fremden an.

»Für mich nichts«, erwidert der, und seine Stimme ist weicher als zuvor.

»Kein Problem, Captain«, antwortet der Barkeeper und wendet sich zum Gehen.

»Wie lautet das Sprichwort?«, fragt er, und ich sehe ihn an.

»Es gibt kein drittes Mal ohne ein zweites Mal«, sage ich. Dann schaue ich auf und denke darüber nach. »Ja, ich glaube, so ging es.« Es ist unmöglich, mich zu konzentrieren, denn ich meinem Kopf dreht sich alles.

»Eigentlich ...«, sagt er, und ich lehne mich ein wenig zu ihm. Er beugt sich ebenfalls ein wenig vor, um sicherzugehen, dass ich ihn auch verstehe. Nur dass er mir so nahe kommt, dass sein Geruch alle meine Sinne durcheinanderbringt. Sein Gesicht kommt meinem so verdammt nah, dass ich seinen Atem auf meiner Haut spüren kann. »Eigentlich sind aller guten Dinge drei.«

Fünf

Manning

»Aller guten Dinge sind drei«, sage ich, meine Lippen sind so nah an ihrem Ohr, wie ich es mir gerade noch selbst erlauben kann. Vorhin habe ich ihr noch beim Tanzen zugesehen, und dann kam sie hierher an die Bar, ohne mich zu bemerken.

Ich hatte mich mit den Ellenbogen auf der Theke abgestützt und sie angesehen. Als sie aus der Toilette kam und ich sie auffangen musste, schlug mein Herz wahnsinnig schnell in meiner Brust. Ich hätte schwören können, dass es der Bass der Musik war. Mein Mund wurde trocken, als sie zu mir aufblickte. Ihre Augen leuchteten, und als sie sah, dass ich es war, färbten sich ihre Wangen leicht rosa.

»Ich glaube, das war es, was ich gemeint habe«, sie lacht, und der Barkeeper kommt mit ihrem Drink.

»Ich übernehme das«, sage ich zu ihm, und er nickt mir nur zu und geht, um jemand anderen zu bedienen. Er hat mich gerade Captain genannt, und ich habe gewartet, um zu sehen, ob sie auf den Titel reagiert, aber sie hat nicht einmal mit der Wimper gezuckt. Weiß sie wirklich nicht, wer ich bin?

»Danke.« Sie greift nach ihrem Martini und führt ihn an die Lippen. »Heißt das, ich bekomme noch zwei Drinks?«

»Ich weiß nicht.« Dabei lehne ich mich zu ihr, um sicherzugehen, dass sie mich hören kann. Ich hasse es, dass die Musik immer lauter wird, andererseits finde ich es toll, dass sie sich zu mir lehnen muss, um mich zu verstehen.

»Brauche ich ein spezielles Codewort oder etwas in der Art?«, fragt sie mich und lehnt sich, so wie ich, an die Theke. Jemand geht an ihr vorbei und stößt sie versehentlich an, sodass sie wieder näher zu mir rücken muss. »Kommen Sie oft hierher?«, fragt sie und lacht dann. »Gott, das war so lahm. Das ist der Anfänger-Anmachspruch.«

Ich lache jetzt ebenfalls und schaue mich um; die Jungs befinden sich noch in dem abgetrennten Bereich. Ralph schreibt gerade zusammen mit den anderen Jungs etwas auf. Miller sitzt daneben, sein Handy in der Hand. Ich habe ihnen Bescheid gesagt, dass ich kurz rausgehe, um mir ein Wasser zu holen, und keiner von ihnen hat auch nur mit der Wimper gezuckt.

»Versuchen Sie, mich anzumachen?«, frage ich sie, und meine Handflächen werden feucht. Ich habe keinen blassen Schimmer, was zum Teufel ich hier gerade tue.

Sie neigt den Kopf zur Seite und nimmt einen weiteren Schluck von ihrem Drink. »Nein. Versuchen Mädchen normalerweise, Sie aufzureißen?«

»Das kommt hin und wieder vor.« Es ist die Wahrheit.

»Offensichtlich«, seufzt sie und rollt mit den Augen. Jetzt bin ich derjenige, der den Kopf schief legt und lacht. »Sie sind wohl ein bisschen eingebildet.«

»Ganz und gar nicht. Es war eine ehrliche Antwort. Wollen Sie mir etwa sagen, dass der Kellner nicht versucht hat, Sie anzumachen?«

Sie sieht mich schockiert an, ihr Mund öffnet sich, klappt dann aber wieder zu. »Wie haben Sie …?«, setzt sie an, sieht sich um, und entdeckt dann die Jungs im Raum hinter mir. »Sie haben mich beobachtet.«

Ich grinse und schaue mich um, um sicherzugehen, dass uns niemand beobachtet. Sie wird wieder angerempelt, und diesmal kommt sie mir so nahe, dass ich meine Hand nach ihrer Hüfte ausstrecke, um zu verhindern, dass sie auf mich fällt. Ich meine, es würde mir nichts ausmachen, aber dann würde sie fragen, warum mein Schwanz wegen einer verdammten wildfremden Frau so hart ist.

»Haben Sie auch einen Namen?«, frage ich schließlich.

»Ja«, erwidert sie und sieht lächelnd zu mir auf. »Ich meine, zumindest steht ein Name auf meiner Geburtsurkunde.« Ich warte darauf, dass sie mir ihren Namen verrät.

»Mein Name ist Evelyn«, stellt sie sich vor und hält mir ihre Hand hin. Ich stoße mich von der Theke ab, strecke den Arm aus, mit dem ich mich bisher abgestützt habe. Meine Hand ergreift ihre, und ich könnte schwören, dass Elektrizität durch meine Adern fließt.

»Schön, dich kennenzulernen, Evelyn.«

»Normalerweise«, sagt sie, während wir uns noch immer die Hände schütteln, »ist es üblich, dass der Mann auch seinen Namen nennt, wenn eine Frau ihm ihren verrät.«

»So läuft das also?«, witzle ich, und sie lässt meine Hand los. Sofort will ich sie wieder ergreifen.

»Ich heiße Manning.« Damit strecke ich ihr meine Hand wieder entgegen, und sie ergreift sie abermals und schüttelt sie. »Es ist schön, dich kennenzulernen, Evelyn.« Als ich ihren Namen sage, macht mein Magen etwas Seltsames.

»Manning«, wiederholt sie, und ich stelle mir jetzt vor, wie sie meinen Namen haucht, während ich mich tief in ihre enge Wärme hineinschiebe. Ich muss mich von ihr lösen, denn das ist verrückt. So eine Erektion hatte ich schon ewig nicht mehr.

»Also«, sagt sie und trinkt ihren Drink aus, »ich sollte zurück zu den Mädels gehen.«

»Ich wünsche dir noch einen schönen Abend, Evelyn«, verabschiede ich sie, und sie lächelt und sieht zu mir auf. Am liebsten würde ich meinen Arm um ihre Taille legen, sie hochheben und küssen. Mein Herz klopft laut in meiner Brust, mein Magen macht Salti.

»Es war mir ein Vergnügen, dich kennenzulernen, Manning. Danke für den Drink.« Sie dreht sich um, und ich beobachte, wie sie in der Menge verschwindet. Kurz darauf taucht sie aber wieder auf, streckt die Hände in die Luft und tanzt mit ihren Freundinnen. Ich beobachte sie ein paar Minuten lang und drehe mich dann um, um zurück in den Raum zu gehen.

Ich öffne die Tür und gehe zu meinem Stuhl hinüber. »Wer ist die Frau?«, will Miller wissen und sieht mich an. Ich starre ihn nur an. »Die Rothaarige.«

»Was?« Ich tue so, als wüsste ich nicht, wovon er spricht, hebe mein leeres Wasserglas und höre Miller neben mir kichern.

»Scheiße. Zittert der ruhige, coole Kapitän etwa?«, will er wissen, doch ich starre ihn nur an. Er schlägt die Hand vor den Mund, um sein Lachen zu verbergen. »Ich meine, sie ist heiß.«

Ich halte das Glas in der Hand und könnte schwören, sollte ich noch fester zupacken, würde es zerbrechen.

Miller greift hinüber und reißt mir das Glas aus der Hand. »Beruhige dich, Kumpel. Ich bin glücklich vergeben. Außerdem würde Layla mir bei lebendigem Leib die Haut von den Eiern abziehen.«

»Okay, ich bin fertig«, sagt Ralph, und meine Aufmerksamkeit richtet sich auf ihn. Die Hauer-Jungs verlassen den Raum, um sich den Club anzusehen. »Was habe ich verpasst?«

»Captain Cool hier«, Miller deutet auf mich, »hat mit einer Rothaarigen geplaudert, und sie ist ihm ganz schön unter die Haut gegangen.«

»Sie ist mir nicht unter die Haut gegangen«, protestiere ich kopfschüttelnd. »Wir sind uns kurz begegnet, als wir zusammen reingegangen sind, und dann habe ich mir an der Bar Wasser geholt. Da habe ich ihr einen Drink spendiert.« Mein Mund wird trocken, und ich suche nach unserer verdammten Kellnerin.

»Du hast ihr einen Drink spendiert«, wiederholt Miller schockiert. »Das ist der absolute Anfänger-Move, wenn man eine Frau abschleppen will«, sagt er, und ich starre ihn nur an. »Frag Google.« Er nimmt sein Telefon in die Hand.

Ich reiße ihm das Handy aus der Hand und werfe es zurück auf den Tisch. »Hey, sei nicht gemein zu meinem Telefon, nur weil irgendeine Tussi dich heiß gemacht hat.«

»Besser, du hörst jetzt auf«, presse ich zwischen zusammengebissenen Zähnen hervor.

»Miller«, sagt Ralph warnend und versucht, nicht zu lachen.

Miller sieht mich an und lehnt sich in seinem Stuhl zurück. »Wie heißt sie?«, fragt er mich, aber ich will es ihm nicht verraten. Ich will ihnen gar nichts verraten. Es gibt nichts zu verraten.

»Du hast sie nach ihrem Namen gefragt«, sagt Ralph und seine Augen werden groß. »Man spendiert einem Mädchen nicht einfach einen Drink, ohne ihren Namen zu kennen.« Jetzt steht er auf und sieht auf mich herunter. »Ich bin gleich wieder da.«

»Wohin gehst du?«, frage ich ihn.

»Ich stelle mich zu den Jungs und schaue, ob ich sie irgendwo entdecke«, lautet seine Antwort, und Miller springt auf, um ihm zu folgen.

»Ich zeige sie dir, ich weiß, wie sie aussieht.«

»Halt!«, rufe ich, kurz bevor sie den Raum verlassen. »Im Ernst. Sie hat keine Ahnung, wer ich bin.«

Miller schüttelt den Kopf. »Auf keinen Fall. Jeder kennt dich.«

»Ich weiß«, erwidere ich und stehe jetzt auf. »Der Barkeeper hat mich Captain genannt, doch sie hat nicht mal mit der Wimper gezuckt.«

»Vielleicht will sie dich verarschen«, vermutet Miller, woraufhin ich meine Fäuste balle, ihn anstarre, und sofort hebt er die Hände. »Oder auch nicht.«

»Holen wir uns einen Drink an der Bar«, schlägt Ralph vor und schiebt die Glastür auf. Wie aus dem Nichts taucht plötzlich unsere Kellnerin auf.

»Darf ich Ihnen noch etwas zu trinken bringen?«, fragt sie, aber da höre ich den DJ.

»Heute Abend haben wir ganz besondere Gäste.« Ich schaue zu der Stelle, an der Evelyn steht; sie trinkt gerade ein Glas Wein. Ihre Brust hebt und senkt sich, und ihr Blick trifft meinen. »Stephanie«, ruft der DJ, und sie stellt ihr Glas ab, unterbricht den Blickkontakt mit mir und klatscht in die Hände. »Das hier ist für euch, Mädels.«

Ich warte kurz, und er legt *Single Ladies* auf. Auf der Tanzfläche macht man Platz für ihre Gruppe von Mädels. Ihre Hände wandern in die Höhe, während sie mitsingt, und alle Augen richten sich auf sie.

»Das ist sie«, höre ich Miller neben mir zu Ralph sagen.

Ihre Hüften wiegen sich im Takt der Musik, während die Frauen alle den Song mitsingen. Mehr Leute gehen auf die Tanzfläche und versperren mir die Sicht.

»Du musst aufhören, sie so anzustarren«, sagt Ralph neben mir, und ich sehe ihn an. »Es ist nicht nur ein Anstarren. Du hast einen unheimlichen Stalker-Blick drauf.«

Ich weiß nicht, was er mir damit sagen will. Miller sieht zu Ralph.

»Sollen wir abhauen?«

»Ja«, erwidert der und sieht dann mich an. »Verschwindest du auch?«

»Bald.«

Die beiden sehen sich erstaunt an. Normalerweise bin ich der Erste, der von einem Event verschwindet.

Ralph klopft mir auf die Schulter und drückt sie dann leicht. »Pass auf dich auf.«

Ich nicke ihm nur zu.

Dann verabschiedet sich Miller mit einem »Schnapp sie dir«.

Ich schüttle den Kopf und sehe zu, wie die beiden sich auf den Weg nach draußen machen. Sie werden zweimal aufgehalten, und überrascht merke ich, dass Miller nur die Hand zur Begrüßung hochhält und nicht einmal für ein Foto posiert. Er hat sich definitiv verändert. Der alte Miller hätte sich mitten in die Party gestürzt und dafür gesorgt, dass jeder hier ein Foto mit ihm macht.

Ich wende mich wieder der Menge zu und stelle mich neben Andrew, der sich mit den Jungs unterhält. Mein Blick trifft erneut auf Evelyn, wie ein Magnet. Sie singt den Song mit, und sie muss meine Blicke auf sich gespürt haben, denn sie sieht zu mir herüber. Sie zwinkert mir zu, was mich zum Lachen bringt, und geht zurück zu ihrem Tisch. Dort schnappt sie sich einen Shot und stürzt ihn herunter, dann nimmt sie ihr Glas Wein und spült den Shot damit herunter.

Ich stehe mit den Händen in den Hosentaschen da, mein Herz hämmert in meiner Brust und ich will zu ihr hinübergehen, um mit ihr zu reden. Will sie noch einmal meinen Namen sagen hören. Wenn auch nur für heute Nacht. Wenn auch nur für eine Nacht. Doch sie geht wieder weg vom Tisch, und es sieht so aus, als ginge sie zur Eingangstür. *Sie geht*, schießt es mir durch den Kopf. Meine Brust spannt sich an, als sie aus meinem Blickfeld verschwindet. Ich drehe mich zu

Andrew um, um etwas zu ihm zu sagen, und sehe, dass er an der Bar sitzt und Shots trinkt.

Also mache ich mich auf den Weg nach draußen, in der Hoffnung, sie noch einmal zu erwischen. Gerade als ich einen Schritt nach vorne machen will, kommt sie von der anderen Seite auf mich zu. Sie bleibt vor mir stehen, ihre Augen sind auf meine gerichtet. »Warum beobachtest du mich?«

Sechs

Evelyn

»Warum beobachtest du mich?«, frage ich ihn, und mein Herz schlägt so schnell und laut in meiner Brust, dass ich fürchte, seine Antwort möglicherweise über das laute Schlagen nicht verstehen zu können. Meine Knie werden ein wenig schwach, als ich ihn ansehe. Er muss der attraktivste Mann sein, den ich je in meinem Leben kennengelernt habe. Ich kann nicht aufhören, ihn anzustarren oder mit Blicken nach ihm zu suchen. Die Anziehungskraft, die von ihm ausgeht, ist einfach zu stark.

Die ganze Zeit über hat er mich aus der Ferne beobachtet. Ich weiß das, weil ich ihn auch beobachtet habe. Seit ich von ihm weggegangen bin, will ich unbedingt wieder zu ihm zurückkehren. Um mit ihm zu reden, ihn zu berühren, sein Lächeln zu sehen, sein Grinsen, sein Lachen.

Ich warte darauf, dass er antwortet, als eine Kellnerin zu uns kommt und fragt, ob er etwas trinken möchte. Sie steht da und sieht ihn an. »Scotch«, antwortet er. »Ohne Eis.« Er sieht mich an, seine Augen sind tiefblau. »Und einen Apple-Martini.«

»Wodka«, korrigiere ich ihn. »Grey Goose, Cranberry.« Die Kellnerin nickt und geht weg. »Heißt das, du musst mir noch einen ausgeben?«, frage ich ihn und trete näher an ihn heran, während jemand versucht, um uns herumzugehen. Seine Hand schiebt sich wieder vor und legt sich auf meine Hüfte. Seine Berührung schießt wie ein Stromstoß durch mich hindurch. So etwas ist mir noch nie passiert, und ich frage mich, ob es an dem Tequila liegt, den ich gerade gekippt habe, um mir Mut anzutrinken. *Das war dumm*, schreit mein Kopf. Diese ganze Sache hier ist absolut verrückt. Wenn mir jemand diese Geschichte erzählen würde, würde ich glauben, derjenige hätte den Verstand verloren.

Ich habe diesen Mann vor drei, vielleicht fünf Stunden das erste Mal getroffen. Aber seitdem kann ich nur noch an ihn und seine Lippen denken. An seinen Bart, daran, ob er weich ist und wie er sich zwischen meinen Beinen anfühlen würde. Seine sanfte Stimme, die Art, wie er meinen Namen sagte. Wie er meine Hüfte hält, wie sein Daumen sanft auf und ab fährt. Meine Sinne sind in seiner Nähe in höchster Alarmbereitschaft. Ich schwöre, ich konnte spüren, wie er mich angestarrt hat, und dennoch musste ich immer wieder zu ihm hinübersehen, um herauszufinden, ob er mich wirklich beobachtete.

»Was willst du, Evelyn?«, fragt er und beugt sich hinunter, sein Gesicht so nah an meinem, dass ich mich nur ein wenig drehen müsste, und unsere Lippen würden sich treffen. Er richtet sich wieder auf, und jetzt stehe ich näher bei ihm, so nah, dass kein Abstand mehr zwischen uns ist. Ich möchte ihn berühren, meinen Kopf zurücklehnen und mich von ihm küssen lassen. Die Musik läuft immer noch im Hintergrund, aber ich bin vollkommen in ihm versunken. Alles, was ich noch wahrnehme, ist er, und es ist beängstigend, dass dieser Mann diese Macht über mich hat.

Ich stelle mich auf die Zehenspitzen, um näher an ihn heranzukommen. »Das ist eine schwierige Frage«, sage ich und schlucke den Kloß in meinem Hals hinunter. »Was willst du von mir, Manning?« Ich beobachte ihn, während ich ihn das frage. Er treibt mich in den Wahnsinn. Ich warte auf seine Antwort. Die Sekunden fühlen sich wie Stunden an. Er schluckt und sein Adamsapfel bewegt sich auf und ab. Ich bin kurz davor, meine Hände in sein Jackett zu krallen, aber die Kellnerin ist plötzlich wieder neben uns und unterbricht den Moment.

»So, bitte sehr.« Sie reicht mir meinen Drink und gibt dann mit einem anzüglichen Grinsen Manning seinen Scotch. »Brauchen Sie sonst noch etwas?«, fragt sie ihn, und ich möchte sie anschreien, dass sie seinen Penis nicht anfassen soll. Für seinen ist nämlich schon gesorgt. Ich meine, wenn er will. Allein, dass ich diesen Gedanken habe, beweist, dass ich nichts mehr trinken sollte. Mein Verstand spielt Tauziehen mit meinem Herzen und meiner Vagina.

»Wir brauchen nichts mehr«, sagt er zu ihr, und sie geht.

Ich hebe mein Getränk. »Auf die Drei.« Ich lächle ihn an und zwinkere ihm zu. Er stößt mit seinem Scotchglas an meines, die Gläser klirren, aber bei dem Lärm der Musik hört man es kaum. Es fühlt sich fast so an, als würde sich die Welt um uns herum weiterdrehen, und wir zwei wären die Einzigen, die stillstehen.

»Du«, sagt er und sieht mich an, »bist ein Problem, und das mit einem großen Ausrufezeichen.« Er führt das Glas an seine Lippen. »Es steht dir förmlich auf die Stirn geschrieben.«

Jetzt lache ich und nehme selbst einen Schluck von meinem Drink. »Warum sagst du das?«, frage ich ihn, und er sieht sich um. Das macht er oft. Leicht neige ich meinen Kopf zur Seite und muss mich fragen, was zum Teufel ich da mache. Ich spiele mit dem Feuer. Gerade befinde ich mich komplett außerhalb meiner Komfortzone. Außerdem spielt er nicht in meiner Liga. Dieser Mann kann jede Frau haben, die er haben will. Ich weiß es, und er weiß es. Fuck, sogar die Kellnerin weiß es, und trotzdem steht er hier und spielt Katz und Maus mit mir, und ich hoffe verdammt noch mal, dass ich am Ende dieses Spiels noch stehen werde.

Er nimmt einen weiteren Schluck von seinem Scotch. »Du.« Er schüttelt den Kopf. »Du bringst mich nur dazu, an Dinge zu denken, an die ich nicht denken sollte«, sagt er und sieht auf mich herunter. Er hebt seine Hand, und es wirkt, als wollte er mein Gesicht berühren, aber er fängt sich und steckt die Hand in seine Tasche. Mein Körper sehnt sich förmlich nach seiner Berührung.

»Und an was denkst du?«, frage ich und nehme einen weiteren Schluck von dem kühlen, frischen Drink. Mit jedem Blick auf ihn wird mein Mund trockener und trockener und meine Knie zittern ein wenig. »Wer weiß.« Ich lehne mich an ihn und komme so nah an sein Ohr, wie ich kann. »Vielleicht denken wir ja an dasselbe.«

Seine Augen glänzen, als er einen weiteren Schluck von seinem Scotch nimmt. »Wie oft machst du so etwas?«, fragt er. Sonst wäre ich nach so einer Frage angefasst, wenn nicht sogar beleidigt. Aber seien wir ehrlich, ich bin gerade sehr offensiv, und das ist nichts, was ich normalerweise tun würde.

»Was genau meinst du mit ›so etwas‹?«, frage ich ihn. Jemand geht hinter mir entlang, und ich muss näher an ihn herantreten, sodass sich seine Brust und meine Brüste berühren. »Wenn du mich fragst, ob ich oft flirte, muss ich dich enttäuschen. Das letzte Mal ist schon eine Weile her.« Ich nehme einen Schluck von meinem Drink und sehe ihn an. »Wenn du damit einen One-Night-Stand meinst ... Noch nie.«

Er schluckt jetzt und sieht auf mich herunter.

»Und was ist mit dir, Manning? Wie oft machst du so etwas?« Ich war noch nie so direkt oder so hartnäckig, wenn es darum ging, einen Mann herumzubekommen.

»Noch nie«, erwidert er, nimmt noch einen Schluck, und ich frage mich, ob er sich auch Mut antrinkt. »Ich hatte noch nie das Bedürfnis danach. Wollte es nie.«

Jetzt lache ich. »So überzeugt von sich selbst«, sage ich, und jetzt rempelt mich schon wieder jemand an.

Manning zieht die Hand aus der Tasche und legt sie auf meinen unteren Rücken. Ich kann seine Hand durch die Seide meines Oberteils hindurch spüren. Auf der Tanzfläche wird es so eng, dass man sich kaum noch bewegen kann.

»Also, Manning, warum dann gerade jetzt?«

Er blickt in die Menge, scheint sie abzusuchen.

»Arbeitest du für das FBI?«, frage ich, und er zieht die Augenbrauen zusammen.

»Was?«, fragt er und lacht.

»Du schaust dich immer wieder um, was mir sagt, dass du entweder beim FBI, bei der Polizei oder im Zeugenschutzprogramm bist und nicht hier sein solltest.« Er wirft den Kopf zurück und lacht. »Oder Linebacker in einem Footballteam.« Jetzt lache ich. »Ich hätte fast gesagt Wrestler, aber …« Ich warte, bis er mich wieder ansieht und seinen Drink ausgetrunken hat. »Also sag mir, Manning, warum jetzt?«

Er beugt sich vor, und mein Atem stockt. »Du bringst mich dazu, Dinge zu wollen, die ich nicht wollen sollte.« Er atmet aus, und ich schaudere in seinen Armen. »Du bringst mich dazu, Dinge tun zu wollen, die ich nicht tun sollte«, fährt er fort. »Das ist eine tödliche Kombination.«

Ich drehe meinen Kopf ein wenig, und meine Lippen sind so nah an seinen, dass es ein Leichtes wäre, ihn zu küssen.

»Wirklich?«, frage ich, lecke mir über die Lippen, und dann habe ich die Worte ausgesprochen und kann sie nicht mehr zurücknehmen. »Zeig es mir.«

Es passiert so schnell, dass ich gar nicht merke, wie. Manning richtet sich auf, und ich spüre seinen Schwanz an meinem Bauch. Er schnappt sich mein Glas und stellt es neben uns ab. Dann ergreift er meine Hand und zieht mich mit sich, während er sich auf den Weg zurück zur Toilette macht, und meine Gedanken fahren Karussell. Will er auf der Toilette Sex haben? Mag sein, dass dieser Typ mir völlig den Kopf verdreht hat, aber in einer Toilettenkabine zu vögeln, ist nichts, was ich machen will. Ich bin noch immer mit der Frage beschäftigt, wo er mich hinbringt, als er eine Tür öffnet und mich hindurchzieht. Im schummrigen Licht kann ich nur einen flüchtigen Blick auf das, was dahinter liegt erhaschen, bevor er mich gegen die Tür drückt. »Letzte Chance, Evelyn«, sagt er mit zusammengebissenen Zähnen. »Letzte verdammte Chance, Nein zu sagen.«

Seine Hände liegen neben meinem Kopf an der Tür. Schließlich lege ich meine Hände auf seine Brust und ziehe ihn zu mir.

»Hör auf zu reden, Manning«, fordere ich ihn auf, und er knurrt, bevor seine Lippen auf meine prallen. Sein Mund öffnet sich, und ich kann den Scotch auf seiner Zunge schmecken. Ich schließe die Augen und atme seinen Duft ein, während seine Zunge meinen Mund erforscht. Er vergräbt seine Hände in meinem Haar. Ich wölbe meinen Rücken, um ihm näher zu kommen.

Er löst sich von meinen Lippen, küsst meine Wange und wandert hinab zu meinem Hals. Meine Hände sind an die Tür gepresst, und seine lösen sich aus meinem Haar. Ich hoffe, sie packen meine Titten, denn mein Körper ist bereit für ihn. Er stöhnt auf, als meine Hand sich wieder senkt und sich um seinen Nacken legt. »Manning«, flüstere ich. Er hebt seinen Kopf, und sein Mund fällt über meinen her. Seine Hände wandern zu meinem Hintern, heben mich vom Boden hoch, und ich wünschte, der Rock hätte mehr Stretchanteil. Er beugt seinen Kopf abermals herunter und saugt diesmal an meinem Hals. »Manning«, hauche ich, und ich will, dass er meinen Rock hochschiebt, damit ich meine Beine um seine Hüften schlingen kann.

Er hebt jetzt den Kopf und wir sehen uns an. »Kommst du mit mir?«, fragt er.

Ich knabbere an seiner Unterlippe, bevor ich sie in meinen Mund nehme. Seine Zunge kommt zwischen seinen Lippen hervor, und ich sauge sie in meinen Mund. Wir können beide einfach nicht aufhören, uns zu berühren; seine Hände streicheln von meinem Hintern zu meinen Hüften und wieder zurück. »Kommst du mit mir?«

Meine Hand wandert zu seinem Gesicht, mein Daumen streicht über seine Unterlippe. »Ja«, flüstere ich. »Ich komme mit dir.« Ich habe keine Ahnung, wo er mich hinbringen will. Habe keine Ahnung was das hier ist. Das Einzige, was ich weiß, ist, dass ich alles für eine Nacht mit ihm geben würde.

Sieben

Manning

»Kommst du mit mir?«, frage ich sie, während mein Herz heftig in meiner Brust pocht. Meine Brust bewegt sich auf und ab, als wäre ich gerade einen Marathon gelaufen. Verdammt, ich habe sie einfach in einen Vorratsschrank gezerrt. Ich bin durchgedreht und habe wahrscheinlich meinen Verstand verloren.

Jeder hätte uns sehen können. Jeder hätte ein Foto machen können, und was dann? Aber obwohl mir all das bewusst war, konnte ich nur daran denken, sie zu schmecken, sie zu küssen. Alles, was ich will, ist, sie in meinen Armen zu halten.

»Ja«, flüstert sie, während meine Hände immer noch auf ihrem Hintern liegen. »Ich komme mit dir.« Sie neigt ihren Kopf zur Seite, und ich küsse sie erneut, wobei ich das Gefühl habe, dass die Erde unter meinen Füßen bebt. Eine meiner Hände fährt von ihrem Hintern hinauf zu ihrem Rücken und ich greife in ihren Nacken, um sie näher zu mir zu ziehen. So etwas ist mir noch nie passiert, ich hatte noch nie das Bedürfnis, mir einfach zu nehmen, was ich wollte. Noch nie war ich so in Versuchung wie dieses Mal. Aber das Beste, das verdammt Beste ist, dass sie keine Ahnung hat, wer ich bin. Sie tut das nicht, weil ich Manning Stevenson bin, der Kapitän der Dallas Oilers. Sie tut es, weil sie mich will.

Ihre Zunge umspielt meine, und ich kann den Cranberrysaft auf ihren Lippen schmecken. Plötzlich will ich sie nur noch vor mir liegen haben und ihren ganzen Körper verschlingen. Ich löse mich von ihren Lippen, als ich Stimmen höre, die sich der Tür nähern. Wir sehen uns beide an, während wir versuchen, unseren Atem wieder unter Kontrolle zu bringen.

»Wohin gehen wir?«, fragt sie.

»Ich habe hier ein Zimmer. Meine …« Fast hätte ich ihr verraten, dass meine Agentin es für mich gebucht hat. »Meine Assistentin hat es für mich gebucht.« Sie sieht mich an, und ihre Lippen sind von meinem Überfall auf sie ein wenig geschwollen. »Nicht, damit ich so etwas machen kann.« Ich möchte, dass sie weiß, dass ich das Zimmer nicht gebucht habe, um jemanden abzuschleppen. »Nur für den Fall, dass ich ein paar Drinks zu viel hatte.«

»Okay.« Sie beugt sich vor und leckt mit ihrer Zungenspitze über meine Unterlippe, dann schiebt sie sie in meinen Mund, und wir stöhnen beide auf. Mein Schwanz will unbedingt herausgelassen werden und in ihr versinken.

»Wir sollten von hier verschwinden«, schlage ich vor, als ich mich von ihren Lippen löse, um an ihrem Hals zu saugen. »Ich muss mich von den Jungs verabschieden«, erkläre ich, und als ich sie ansehe, hat sie die Augen geschlossen und den Kopf gegen die Tür gelehnt. Ihr Brustkorb hebt und senkt sich, und in meinem Kopf wird die Liste von Dingen, die ich mit ihr machen möchte, immer länger. »Evelyn«, sage ich, und sie hebt langsam die Lider. »Musst du dich noch verabschieden?«

»Doch«, flüstert sie. »Ich brauche meine Tasche und muss den Mädels Bescheid sagen.«

Ich lasse sie los, aber nicht vollständig. Meine Hand umfasst noch ihre Hüfte.

»Wie wäre es, wenn ich mich von den Jungs verabschiede und wir uns dann wieder treffen?« Ich möchte mit ihr gehen, aber man darf uns nicht zusammen sehen. Nicht wegen mir, sondern wegen ihr. Sie darf nicht Gefahr laufen, in irgendeiner verdammten Zeitung aufzutauchen.

»Wie ist deine Zimmernummer?«, fragt sie, und ich zucke mit den Schultern, was sie zum Lachen bringt.

»Ich habe keine Ahnung«, erwidere ich, greife in meine Tasche und hole die Schlüsselkarte heraus.

»726«, lese ich vor. Ich ziehe eine weitere Schlüsselkarte aus der Tasche und reiche sie ihr. Sie hebt die Hand und nimmt sie. »Evelyn«, sage ich und genieße es, wie sich ihr Name auf meinen Lippen anfühlt.

»Ja, Manning.« Als sie meinen Namen ausspricht, möchte ich sie wieder küssen, aber ich möchte auch aus diesem Vorratsschrank verschwinden, bevor uns noch jemand erwischt.

»Ich bin wirklich froh, dass du heute Abend gekommen bist«, sage ich, und sie grinst.

»Wenn du deine Karten richtig ausspielst ...« Sie legt ihren Kopf zurück und beißt mir seitlich in den Kiefer. »Wirst du mich auf mehr als nur eine Weise zum Kommen bringen.«

Diese verdammte Frau bringt mich im wahrsten Sinne des Wortes dazu, die Beherrschung zu verlieren. Wenn sonst nichts auf dem Spiel stehen würde, würde ich sie über meine Schulter werfen und in mein Zimmer schleifen. »Lass mich zuerst rausgehen, und du folgst mir später«, schlägt sie vor und vergewissert sich, dass sie nicht zu zerwühlt aussieht, dann hält sie inne und sieht zu mir auf. »Ähm.« Sie wirkt unsicher, und mir wird flau im Magen, weil ich denke, dass sie es sich anders überlegen wird. »So etwas hatte ich heute Abend eigentlich nicht geplant.« Sie ringt die Hände. »Also haben mein BH und mein Slip unterschiedliche Farben.«

Ich werfe meinen Kopf zurück und lache. »Verstanden.« Damit beuge ich mich vor und küsse sanft ihre Lippen. »Und jetzt raus mit dir, damit ich später mit eigenen Augen feststellen kann, dass sie nicht zusammenpassen.« Ihre Hand wandert zum Türgriff, doch ich greife ihre Hüften, bevor sie die Tür öffnen kann, drücke meine Härte an ihren Rücken. »Und nur damit das klar ist, ich habe vor, die ganze Nacht damit zu verbringen, dich kommen zu lassen.«

Ihr Kopf sinkt gegen meine Brust, und ich könnte schwören, sie wackelt mit dem Hintern. »Verstanden«, haucht sie, öffnet die Tür und schlüpft hinaus. »Bis gleich, Manning«, höre ich sie sagen, bevor sie die Tür wieder schließt. Ich warte ein paar Sekunden, bevor ich ihr folge. Zum Glück treffe ich draußen auf niemanden, und als ich an der Bar ankomme, entdecke ich sie sofort, wie sie sich von ihren Freundinnen verabschiedet. Ich gehe zu Andrew und danke ihm für alles, was er getan hat.

Dann verlasse ich das Restaurant und gehe in Richtung Hotel, halte die ganze Zeit über den Kopf gesenkt, sehe niemandem in die Augen. Der Mann vom Parkservice scheint zu telefonieren, während er auf die Gäste wartet.

»Herzlich willkommen«, begrüßt mich der Hotelpage, kaum dass sich die Glastüren öffnen.

»Danke«, erwidere ich und mache mich auf den Weg in die Lobby. Dort sehe ich mich um, auf der Suche nach dem Aufzug, in der Hoffnung, niemanden danach fragen zu müssen. Der Portier hebt den Kopf und nickt mir zu, als ich an ihm vorbei zu den Fahrstühlen gehe.

Dann stehe ich seitlich bei den Aufzügen, verstecke mich regelrecht. Von hier kann ich die Tür sehen, durch die Evelyn das Hotel betreten wird, und mein Herz schlägt allein bei dem Gedanken an sie schneller.

Was zum Teufel treibst du da?, fragt mich meine innere Stimme, und zum ersten Mal in meinem ganzen Leben antworte ich. »Ich mache etwas, das ich machen will, für mich.« Ich schaue auf mein Handy; es ist fast Mitternacht. Während ich mich, die Hände in den Taschen, umsehe, kann ich noch immer die Musik von nebenan hören. Kurz hebe ich meine Hand, schaue auf die Uhr: Es sind erst zwei Minuten vergangen. Ich beginne in dem kleinen Raum auf und ab zu gehen. *Vielleicht hat sie es sich anders überlegt*, schießt es mir durch den Kopf, während mein Herz mir in den Magen rutscht. Vielleicht hat sie nicht gefühlt, was ich gefühlt habe. So viele Dinge gehen mir durch den Kopf, so viele Zweifel, doch alle Zweifel sind verschwunden, als ich ihr Lachen höre. Mein Blick fällt auf die Tür, wo der Page mit ihr scherzt.

»Danke«, sagt sie, als sie das Hotel betritt. Jetzt kann ich sie sehen, und ich merke, dass der Mann vom Parkservice sie ansieht, und der Page auch. *Sie ist verdammt schön*, denke ich. Und ›schön‹ ist noch verdammt untertrieben. Ihre Hüften schwingen, als sie weitergeht und den Portier begrüßt. Ihr langes kastanienbraunes Haar weht ihr um die Schultern, und ich nehme mir vor, es heute Nacht mindestens einmal um meine Hand zu wickeln.

Sie sieht sich um, und als sie mich entdeckt, wird das Lächeln auf ihrem Gesicht noch breiter. Sie kommt auf mich zu, und ich drücke den Aufwärtsknopf. »Hallo«, grüße ich sie und möchte mich zu ihr hinunterbeugen und sie küssen, aber ich weiß, dass die Männer ihr noch immer hinterhersehen.

»Hi«, grüßt sie mich ebenfalls und sieht mich aus dem Augenwinkel an.

»Ich dachte schon, du hättest deine Meinung geändert«, gestehe ich nervös.

»Nein.« Sie schüttelt den Kopf. »Ich musste nur noch einen Boxenstopp einlegen.«

Ich ziehe die Augenbrauen zusammen.

»Musste noch das Nötigste besorgen«, erklärt sie und formt stumm mit den Lippen »Kondome«. Am liebsten hätte ich mir selbst gegen die Stirn geschlagen. An Kondome hatte ich nicht einmal gedacht. Ich habe nie welche bei mir, weil ich seit vier Jahren keinen Sex mehr hatte, und wer *Friends* gesehen hat, weiß, dass diese Dinger ein Ablaufdatum haben.

»Gut mitgedacht«, lobe ich sie, kurz bevor der Aufzug kommt, und ich lasse sie zuerst eintreten. Sie drückt erst die Zehn und dann die Sieben. Ich warte, bis sich die Türen schließen, bevor ich mich ihr nähere.

»Warum die Zehn?«, frage ich sie und presse sie gegen die Rückwand des Aufzugs.

»Ich wollte nicht, dass sie wissen, dass wir zusammen sind. Jetzt kann ich nur hoffen, dass sie keine Schicht mehr haben, wenn wir den Walk of Shame machen«, erklärt sie und kichert. Der Aufzug hält an und die Türen öffnen sich. Ich ergreife ihre Hand, gehe hinaus, überfliege die Nummern und ziehe Evelyn bis zum Ende des Flurs.

Ich drehe mich zu ihr um. »Wie betrunken bist du?«, frage ich, da ich weiß, dass sie heute Abend ziemlich viel getrunken hat. »Ich will nicht …«

Sie tippt mit ihrem Finger auf meine Lippen und unterbricht mich damit. »Nüchtern genug, um zum Hotel laufen zu können, ohne auf die Nase zu fliegen«, erwidert sie, legt ihre Handflächen auf meine Brust, und ich kann ihre Berührung durch mein Hemd hindurch spüren. »Betrunken genug, um das hier zu machen.« Ich schaue auf ihre Hände, die meine Brust hinabwandern und meinen Schwanz umfassen. »Und betrunken genug, um dich zu bitten, viele Dinge auszuprobieren.«

»Letzte Chance«, sage ich mit zusammengebissenen Zähnen, als sie ihre Hand auf und ab bewegt.

»Willst du meinen Schlüssel benutzen?«, fragt sie. Wenn

sie ihre Schlüsselkarte herausholen muss, bedeutet das, sie muss mich loslassen, und dazu bin ich nicht bereit.

Ich greife in meine Tasche und muss buchstäblich die Augen schließen, weil ihre Hand sich ein wenig schneller bewegt. »Evelyn«, flüstere ich.

»Manning«, haucht sie meinen Namen.

Ich mache einen Schritt zurück, um mich von ihrer Hand zu lösen, und öffne die Tür. Dann ziehe ich sie hinein, schalte jedoch kein Licht an. Die Tür schließt sich hinter ihr, und ich drücke sie dagegen. Ihre Handtasche fällt auf den Boden, während ich mich hinunterbeuge und ihren Mund verschlinge. Sie legt einen Arm um meinen Kopf und den anderen um meinen Nacken. Ich hebe sie hoch, doch sie löst sich lange genug von meinem Mund, um zu sagen: »Warte.«

Ich halte inne, mein Schwanz ist hart wie ein verdammter Fels, mein Herz schlägt viel zu schnell in meiner Brust, und meine Hände wollen sie berühren. »Ich muss …« Sie löst ihre Hände von mir, bringt sie an ihre Hüften, wo sie ihren Rock ganz langsam höher und höher schiebt. Der einzige Gedanke, zu dem ich fähig bin, ist, dass ich gestorben und in den Himmel gekommen bin. Sie steht in dem winzigsten Spitzentanga da, den ich je gesehen habe.

»Also, wo waren wir stehen geblieben?«, fragt sie und kommt zu mir. »Du hast mich hochgehoben«, fährt sie fort. »Und ich wollte endlich meine Beine um dich legen.« Ich streiche ihr das Haar aus dem Gesicht. »Küss mich, Manning.« Sie legt ihren Kopf zurück, und ich beuge mich hinunter und nehme mir ihren Mund. Unsere Zungen ringen miteinander, um den Kuss noch zu vertiefen. Meine Hände wandern zu ihrer Taille, und ich hebe sie an der Tür hoch, wobei sich ihre Beine fest um mich schlingen. Meine Hände fahren über ihren nackten Hintern, und ich muss mich von ihrem Mund lösen, weil wir beide aufstöhnen.

»Fuck«, zische ich, und meine Erektion droht, aus meiner

Hose auszubrechen. Ich schließe meine Augen und versuche mich zu konzentrieren, aber ihr Mund ist jetzt an meinem Hals. Sie saugt an mir, und alle verdammten Dämme sind gebrochen. »Ich wollte mir Zeit lassen«, versuche ich ihr zu sagen, aber sie bewegt ihre Hüften auf und ab und reibt sich perfekt an mir.

»Manning.« Sie stöhnt meinen Namen. »Ich will, dass du ein Kondom aus meiner Tasche nimmst und mich an dieser Tür nimmst«, fordert sie, und ihre Beine schlingen sich fester um meine Taille. Ich bücke mich, um ihre Handtasche aufzuheben, und entdecke die Kondome, die herausgefallen sind. Ich schnappe mir eines von ihnen und reiße die Verpackung mit den Zähnen auf. Die ganze Zeit über reibt sie sich an mir und stöhnt jedes Mal. Ich öffne meinen Gürtel und den Verschluss meiner Hose. Als ich sie ein wenig nach unten schiebe, springt mein Schwanz sofort heraus.

Sie schaut hinab und leckt ihre Lippen. »Später«, sagt sie, während ich das Kondom überziehe, »werde ich dich stundenlang lutschen.«

Ich kann ihr nicht antworten, denn mein Schwanz wird jeden Moment explodieren. Sie schiebt ihre Hände zwischen ihre Beine, schiebt ihren Tanga zur Seite, und jetzt bin ich derjenige, der sich die Lippen leckt. »Später«, sage ich und stoße sie mit meinen Hüften gegen die Tür, »werde ich diese Pussy stundenlang lecken.« Ich packe ihre Hüften und stoße tief in sie, lege meine Hände unter ihre Schenkel, die jetzt auf meinen Unterarmen liegen. Sie schlingt eine Hand um meinen Nacken. Mit jedem Stoß verengt sich ihre Pussy um mich. Das Geräusch unserer Haut, die gegeneinander klatscht, erfüllt den Raum.

»Manning.« Sie stöhnt meinen Namen, kurz bevor sie kommt, und ich folge ihr im selben Moment.

»Evelyn.« Ihr Name ist nur ein Flüstern, als ich mich tief in ihr vergrabe und komme.

Acht

Evelyn

Meine Lider heben sich flatternd. Sanftes Licht fällt in den Raum, und ich schaue auf die Uhr auf dem Beistelltisch neben den leeren Kondompackungen. Es ist kurz nach sieben Uhr morgens. Ich schaue auf die andere Seite des Bettes und sehe Manning.

Er liegt auf dem Bauch und trägt nichts weiter als das weiße Laken, das auf seinem knackigen Hintern liegt. Seinen Kopf hat er zur anderen Seite gedreht, sodass ich die Tätowierung auf seiner linken Schulter genau sehen kann. Die Tätowierung, die ich letzte Nacht mit meiner Zunge nachgezeichnet habe.

Ich schaue auf das Laken hinunter, das meinen eigenen nackten Körper bedeckt. Eines meiner Beine ragt darunter hervor, und als ich es bewege, zucke ich zusammen. So ein Workout hatte ich schon lange nicht mehr. Oh, wem mache ich etwas vor? In meinem ganzen verdammten Leben hatte ich noch nie so guten Sex. Ich schlüpfe aus dem Bett und versuche, ihn nicht zu wecken. Keiner von uns beiden wollte schlafen, weil wir keine Sekunde verschwenden wollten. Auf Zehenspitzen schleiche ich ins Bad und mache das Licht darin erst an, nachdem ich die Tür geschlossen habe. Als ich das tue, blinzle ich wegen der Helligkeit des Lichts und mache dann den Fehler, in den Spiegel zu schauen.

Mein Haar ist von unserer Dusche noch ganz durcheinander. Das Make-up, das ich unter der Dusche versucht habe abzuwaschen, haftet noch immer an mir. Ich wende den Blick von diesem Chaos ab und entdecke Knutschflecken auf meinem ganzen Körper. Allein auf der einen Brust habe ich fünf. Und sind das Zahnabdrücke? Ich lasse den Blick tiefer wandern und sehe die Abdrücke seiner Zähne auch auf meiner Hüfte. Das bringt mich zum Lächeln, und ich schaue mich um, ob ich irgendwo ein Handtuch entdecken kann, aber alle liegen auf dem Boden und sind nass, weil wir in der Badewanne wieder übereinander hergefallen sind und ich ihn irgendwann geritten habe, wobei das Wasser überall hinspritzte.

Als ich durch die andere Badezimmertür in den Sitzbereich schlüpfe, finde ich dort noch mehr Chaos vor. Ich folge der Spur aus Kleidungsstücken und bücke mich, um sie aufzuheben. Die Kleidung lege ich dann auf die Couch und schlüpfe in meinen Rock und BH; mein Tanga ist zerfetzt. Ich räume die leeren Kondomverpackungen weg; wir haben alle acht benutzt.

Nachdem ich mich gestern Abend von meinen Freundinnen verabschiedet hatte, musste ich plötzlich an Verhütung denken und rannte ins Bad der Bar. Ich nahm alle Kondome mit, die die Dame auf ihrem Tisch hatte, und gab ihr ein Trinkgeld von fünfzig Dollar. Alles, was sie sagte, war: »Viel Glück.« Ich wusste ja nicht, wie sehr ich das brauchen würde.

Endlich finde ich mein Oberteil und streife es über. Dann setze ich mich hin, zucke dabei wieder vor Schmerz zusammen, schließe die Augen und ziehe mir schnell die Schuhe an.

Ich öffne meine Handtasche, nehme mein Handy heraus und bestelle mir ein Uber. Mein Blick fällt auf den leeren Sektkübel in der Mitte des Couchtisches. Zwei Bademäntel liegen daneben auf dem Boden.

»Ich bestelle uns etwas Süßes«, sagte er zu mir, nachdem er mich einfach nach vorne gedrückt und sich mit mir vergnügt hatte, gleich nachdem die Badewanne übergelaufen war. Er ging nackt zum Telefon hinüber, und ich verschlang seinen Körper mit Blicken. Er war verdammt noch mal perfekt. Sein Hintern und seine Oberschenkel waren kräftig, und seine Bauchmuskeln waren verdammt gut definiert, aber das Beste war sein langer, dicker Schwanz. Ich leckte mir über die Lippen, und er sah zu mir herüber und grinste. »Gefällt dir, was du siehst?«, fragte er mich.

»Mehr als du denkst«, antwortete ich ihm, und er bestellte Erdbeeren, Schokolade und Champagner.

»Zwanzig Minuten«, sagte er und legte den Hörer auf. »Gibt es hier irgendwo einen Bademantel?«

Ich schnappte mir die beiden, die im Bad hingen, und ging zu ihm. »Es ist eine Schande, sich etwas anziehen zu müssen«, schmollte ich, und er beugte sich herab, um abermals meine Lippen zu erobern. Seine Küsse ließen meinen Körper zu neuem Leben erwachen, und ich stellte mich auf die Zehenspitzen.

Er schnappte sich einen der Bademäntel von mir. »Wenn wir so weitermachen, kommt der Zimmerservice, während ich gerade bis zu den Eiern in dir stecke.« Damit schob er seine Arme in den Bademantel.

»Ich kann nichts Falsches daran finden.« Ich zwinkerte ihm zu, während ich selbst meine Arme in den Bademantel steckte. Dann setzte ich mich auf die Couch und sagte: »Wir haben zwanzig Minuten. Lust auf ein Spiel?« Er setzte sich neben mich. »Gehst du lieber aus oder verbringst du lieber Zeit daheim?«

»Ich bin ein Stubenhocker«, antwortete er, ohne lange zu überlegen. »Was ist mit dir?«

»Geht mir genauso. Ich meine, ich gehe gerne aus, aber für mich ist es ebenso romantisch, gemeinsam ein Abendessen zuzubereiten wie auszugehen.« Ich lehnte mich vor. »Außerdem kann man sich ja mittendrin ausziehen.« Ich zwinkerte, und meine innere Stimme schimpfte mich ein Flittchen. Weil ich einen Kuss wollte, beugte ich mich vor. Seine Zunge glitt in meinen Mund, und ich verlor mich wieder in ihm. Dann setzte ich mich wieder hin und wartete darauf, dass er mir eine Frage stellte.

»Stehst du lieber früh auf, oder bleibst du gerne länger wach?« Er griff nach meinen Beinen und zog sie über seinen Schoß.

»Mir ist beides recht«, antwortete ich, und mein Körper zitterte, als er über meine Schenkel fuhr. Ich konnte es nicht mehr aushalten, also stand ich auf, hockte mich rittlings auf ihn und küsste ihn erneut.

»Normalerweise entspanne ich mich nach der Arbeit, je nachdem, wann ich nach Hause komme. Verbringst du den Tag lieber drinnen oder draußen?«

»Das kommt darauf an. Wenn ich an einem Strand bin, verbringe ich lieber den ganzen Tag dort. Wenn ich im Norden bin und es schneit, dann auf jeden Fall lieber drinnen am Feuer.«

Er sah mich an und lächelte. »Genau das würde ich auch antworten.«

Ich schaute ihn nur an. Obwohl ich wusste, dass es nur ein One-Night-Stand war, wollte ich alles über ihn erfahren, aber ich wusste auch, dass ich kein Recht darauf hatte. Sein Mund fand meinen, und wir küssten uns. »Was ist deine größte Angst?«, fragte ich ihn, während mein eigenes Herz laut in meiner Brust pochte.

»Das ist einfach«, antwortete er mir und schob mir das

Haar aus dem Gesicht. »*Mit jemandem zu enden, die nicht die Richtige ist.*« *Seine Stimme wurde immer leiser, und ich hatte keine Zeit, ihm zu antworten, denn das Klopfen an der Tür unterbrach uns. Ich sah zu, wie er zur Tür hinüberging, und saß einfach nur da, vollkommen unter Schock. Dieser Mann, den ich gerade erst kennengelernt hatte, hatte genau dieselbe Angst wie ich.*

Das Telefon surrt in meiner Hand, und die Erinnerung an die letzte Nacht löst sich auf. Ich stehe auf, schaue in das dunkle Zimmer; er liegt noch immer in der gleichen Position auf dem Bett. »Bye, Manning«, flüstere ich und gehe zur Tür. Bevor ich hinausgehe, öffne ich meine Handtasche, nehme ein Gummiband heraus und binde meine Haare zu einem hohen Pferdeschwanz zusammen.

Ich meine, nichts, was ich mache, wird davon ablenken können, dass das hier mein Walk of Shame ist und ich die ganze Nacht mit ihm in mir verbracht habe. Ich öffne die Tür, und mein Herz rutscht mir bis in die Magengrube, weil ich gehe, aber das ist viel besser als ein peinlicher Morgen danach. Das nehme ich zumindest an, denn ich habe so etwas noch nie gemacht, also weiß ich nicht, wie die Regeln sind. Ich gehe den Flur entlang zum Aufzug und drücke die Pfeiltaste nach unten, als mein Telefon piept und anzeigt, dass mein Uber da ist.

Die Aufzugstür öffnet sich, ich steige ein und drücke die L-Taste. Die ganze Zeit über verspüre ich ein Gefühl der Angst, aber ich versuche, nicht daran zu denken, während ich mit gesenktem Kopf durch die Lobby gehe. Der Page öffnet mir die Tür. »Ich wünsche Ihnen einen wundervollen Tag«, grüßt er mich, und ich lächle ihn an und halte nach dem Honda Ausschau, der auf mich warten soll. Schließlich entdecke ich ihn, hebe die Hand und er fährt heran, damit ich nicht zu weit laufen muss. Ich steige ein und schließe die Tür hinter mir.

»Guten Morgen«, grüße ich und lehne meinen Kopf gegen die Kopfstütze des Sitzes. Er murmelt ein »Guten Morgen« und macht sich dann auf den Weg zu mir nach Hause.

Ich schließe die Augen, und plötzlich bin ich wieder im Hotelzimmer, und all die Erinnerungen an die letzte Nacht stürzen auf mich ein.

Kaum hatte ich ihm das Jackett von den Schultern geschoben, konnte ich es kaum erwarten, ihm auch das Hemd auszuziehen. Aber er hatte andere Pläne. »Die ganze Nacht über musste ich an diese Schleifen denken«, gestand er mir, griff nach der Schleife um meine Taille, zog sie auf und öffnete damit mein Oberteil. »Noch besser, als ich dachte«, sagte er, nahm seinen Zeigefinger und schob mein Oberteil vollständig auseinander. Mein schwarzer Push-up-BH bedeckte kaum meine harten Brustwarzen. »Fuck«, zischte er und konnte seine Blicke nicht davon lösen. Er fuhr mit seinem Finger die Rundung meiner Brust nach, schob ihn schließlich in meinen BH und berührte meine Brustwarze. »Evelyn.« Er hauchte meinen Namen und beugte sich dann vor, um einen der harten Nippel in den Mund zu nehmen. Er biss hinein, saugte daran und wiederholte das Gleiche mit dem anderen.

Ich blickte an mir herunter, als er mich endlich losließ, und alles, was ich sehen konnte, waren mein offenes Oberteil und die BH-Körbchen unter meinen Brüsten, die sie noch höher drückten.

»Du hast noch zu viel an«, schnurrte ich, und meine Hände wanderten zu seinem Hemd. Ich versuchte, den obersten Knopf zu öffnen, aber es gelang mir nicht, also riss ich einfach ein paar Knöpfe ab. Eigentlich hatte ich gedacht, ich wäre bereit für das, was sich unter seinem Hemd verbarg, aber das war ich nicht. Seine Bauchmuskeln waren perfekt, und ich konnte sehen, wie die Ausläufer einer Tätowierung ein wenig hervorlugten. Ich schob das Hemd beiseite und fuhr mit meinem Finger

über seine Haut. »Ich werde jeden einzelnen Zentimeter deines Körpers lecken«, sagte ich laut, und er stöhnte, während ich ihm das Hemd vom Leib schob. »Ich weiß nur nicht, ob ich mit deiner Brust oder deinem Penis anfangen soll.«

Er legte einen Arm um meine Taille, und ich dachte, er würde mich weiter ins Hotelzimmer tragen, aber er tat es nicht. Stattdessen setzte er mich einfach auf dem Tisch im Vorraum des Zimmers ab. Bevor ich überhaupt Zeit hatte, weiter nachzudenken, war er schon auf den Knien, und sein Mund war auf mir. Meine Hand wollte an seinen Haaren ziehen, während ich meinen Hintern auf dem Tisch auf und ab bewegte. Alles, was ich tun konnte, war, dabei zuzusehen, wie seine Zunge mich leckte. Er schaute zu mir auf, während er in meine Klit biss und sie dann in seinen Mund saugte. Ich sah dabei zu, wie er mich mit seiner Zunge fickte, während ich an seinen Haaren zerrte und ihn anflehte, mich zum Kommen zu bringen. So etwas hatte ich noch nie in meinem Leben empfunden.

»Entschuldigen Sie, Miss«, höre ich den Fahrer sagen und öffne die Augen. »Wir sind da.«

Ich schaue aus dem Fenster und sehe, dass wir in der Einfahrt zu meinem Haus stehen. »Danke.« Bevor ich aussteige, vergewissere ich mich, dass alle wichtigen Körperstellen bedeckt sind, denn mein Tanga befindet sich in meiner Handtasche. Nicht, dass ich ihn jemals wieder tragen könnte, aber immerhin.

Ich schließe die Tür auf, trete ein und lege meine Handtasche auf den Tisch an der Haustür. Im Eingangsbereich schließe ich die Augen und stelle mir vor, wie ich auf diesem Tisch sitze, nur in einem anderen Zimmer. Wie ich seinen Namen stöhne und ihn anflehe, mich zu ficken.

Ich bücke mich, um meine Schuhe auszuziehen, und als meine Beine aufschreien, kommt eine weitere Erinnerung in mir hoch.

Nachdem ich auf seiner Zunge gekommen war, stand er auf, und ich zog ihn wieder an meine Lippen. Ich schmeckte mich an ihm, und es war das Geilste, was ich je in meinem Leben gekostet hatte. »Der Scotch hat gut geschmeckt«, verriet ich ihm, als ich von seinen Lippen abließ, und er sah mich an, seine Augen ein dunkles, tiefes Blau. Ich stand vom Tisch auf, und mein Höschen fiel auf den Boden. »Aber ich muss sagen, dass ich auf deiner Zunge noch besser schmecke.«

»Evelyn.« Jedes Mal, wenn er meinen Namen sagte, wollte ich, dass er ihn immer und immer wieder aussprach.

»Das ist ein Punkt für mich«, sagte ich, meine Hände wanderten zu dem Knopf seiner Hose und ich öffnete ihn. »Zeit für dich aufzuholen«, fuhr ich fort, und ich hatte noch nie in meinem Leben mehr Lust, einen Mann zu befriedigen. Noch bevor er mich aufhalten oder sich bewegen konnte, war ich schon vor ihm auf den Knien. Sein Reißverschluss wanderte nach unten, und ich stand vor dem schönsten Penis, den ich je in meinem Leben gesehen hatte. Lang, dick, hart und verdammt noch Mal perfekt.

Ich öffne meine Augen, und mein ganzer Körper ist jetzt wach. Er fleht mich an, zurück ins Hotelzimmer zu gehen, um Befriedigung zu finden. Er schreit fast auf, als ich, statt zur Tür zu gehen, weiter ins Haus gehe. In der Küche setze ich die Kaffeemaschine in Gang, dann gehe ich in mein Schlafzimmer, um die Kleidung von gestern Abend auszuziehen.

Mein Kopf ist voll von Bildern der letzten Nacht. Sein Lächeln, sein Lachen, die Art, wie er meinen Namen sagte, als er bis zum Anschlag in mir steckte und immer wieder kam. Als ich seinen Schwanz im Mund hatte und er mir in die Augen sah. Noch immer spüre ich seine Küsse auf meinen Lippen und hebe die Hand, um darüberzutasten.

Es hat zweiunddreißig Jahre gebraucht, bis ich den Mann fand, dessen Küsse ich nie vergessen werde. Es hat zweiunddreißig Jahre gebraucht, bis ich den besten Sex meines Lebens hatte. Es hat auch zweiunddreißig Jahre gedauert, bis ich den besten One-Night-Stand hatte, den ich je haben werde. Und es wird auch der einzige One-Night-Stand bleiben. Es hat auch zweiunddreißig Jahre gebraucht, bis ich jemanden kennengelernt habe, der mein Herz zum Rasen bringt.

Ich ziehe einen Slip und ein langes T-Shirt an und gehe zurück in die Küche, um mir einen Kaffee zu holen. »Noch heute«, sage ich zu mir. »Du hast noch heute Zeit, über gestern Abend und heute Morgen nachzudenken, und dann vergisst du das Ganze.« Ich schnaube. »Wie wahrscheinlich ist es, dass das funktioniert?« Während ich meine Kaffeetasse an die Lippen führe, weiß ich, dass er in meinen Träumen auftauchen und der Star vieler Nächte sein wird, die ich mit meinem treuen elektronischen Freund verbringen werde.

Neun

Manning

Ich öffne meine Augen, als das Telefon klingelt, und schaue auf die braune Wand. Sofort schließe ich die Augen wieder. »Evelyn«, sage ich und strecke die Hand nach ihr aus, und das Telefon hört auf zu klingeln.

Das Bett ist leer, und ich stütze mich auf die Ellenbogen und schaue auf die Stelle, an der sie in der Nacht noch lag. Das letzte Mal habe ich sie gesehen, als ich ihre Hüften packte und gegen fünf Uhr morgens in sie eindrang. Nachdem ich sie fünfundvierzig Minuten lang nicht hatte – fünfundvierzig verdammte Minuten –, sehnte ich mich wieder nach ihr.

Das Telefon klingelt wieder, ich setze mich auf und gehe in den Wohnbereich. Als ich mich umschaue, sehe ich meine Kleidung auf der Couch liegen. Die Badezimmertür ist geschlossen. Ich gehe zur Couch, hole mein Handy aus der Tasche und sehe, dass Murielle der Anrufer ist.

Ich schaue zur Tür und dann wieder auf das Handy und überlege, ob ich rangehen soll. Wie zum Teufel erklärt man der Frau, mit der man die Nacht verbracht hat, dass man eine Ehefrau hat? Der Gedanke bereitet mir Bauchschmerzen.

Das Telefon hört auf zu klingeln. »Evelyn«, sage ich und schaue zu Boden, als das Telefon in meiner Hand piept.

Murielle: Dein Sohn möchte mit dir sprechen.

Ich atme tief durch und gehe zur Badezimmertür, klopfe einmal. »Evelyn?« Noch einmal sage ich ihren Namen, aber es folgt keine Antwort. Die Stille ist verdammt unheimlich. Ich schaue mich um, auf der Suche nach etwas, das ihr gehört, und mein Herz schlägt schneller, weil ich nichts finde.

Ihren Tanga habe ich an der Tür zerrissen, als ich über sie hergefallen bin. Verdammt, sie schmeckte himmlisch. Und sie hat sich nicht geziert, sondern hat an meinen Haaren gezerrt, und allein bei dem Gedanken daran, wie sie vor mir auf die Knie gegangen ist, werde ich wieder hart.

»Zeit für dich aufzuholen«, sagte sie, bevor ihr Mund meinen Schwanz in sich aufnahm, bis er an ihre Kehle stieß. Ich konnte mich nicht bewegen; verdammt, es war unglaublich. Alles, was ich tun konnte, war, ihr dabei zuzusehen, wie sie versuchte, mich ganz in ihren Mund zu nehmen. Mein Blick folgte ihr dabei, wie sie ihren Mund auf und ab bewegte. Sie stöhnte auf und die Vibrationen schossen durch mich hindurch. Ich konnte sie gerade noch warnen, bevor ich kam, und hatte erwartet, dass sie zurückweichen würde, aber das tat sie nicht. Sie nahm mich vollkommen auf, alles von mir.

Mein Blick wandert zu dem Tisch, auf dem zwei leere Dosen Schlagsahne neben einem Teller Erdbeeren stehen. Es war etwa drei Uhr morgens, als ich aufstand und die Erdbeeren mit Sahne bestellte. Gleich danach ritt sie mich wie die verdammte angekündigte Rodeo-Königin. Es war unsere dritte

Runde. Ein Blick durch das Zimmer zeigt, nicht einmal mehr die Kondomverpackungen sind noch da. Ich öffne die Badezimmertür, aber ich weiß nicht, warum ich überrascht bin, das Badezimmer leer vorzufinden.

Auf dem Boden liegen noch die nassen Handtücher, mit denen wir das übergelaufene Schaumbad aufgewischt haben. Ich entdecke eine einsame Kondomverpackung neben dem Waschbecken und hebe sie auf, gerade als mein Handy wieder in meiner Hand klingelt.

»Was?«, belle ich.

»Spricht man so mit seiner Frau?« Murielles Stimme ertönt an meinem Ohr, und mein Schwanz wird plötzlich ganz klein. »Du bist gestern Abend nicht nach Hause gekommen.«

»Du hast geschrieben, Jaxon will mit mir reden.« Ich mache mir nicht einmal die Mühe, auf ihre Frage zu antworten. Sie ist die ganzen letzten Tage immer heimlich um sechs Uhr morgens ins Haus geschlichen; nicht, dass es mich interessiert hätte. Verdammt, ich hatte gehofft, sie würde überhaupt nicht mehr nach Hause kommen.

»Da ist aber heute Morgen jemand schlecht gelaunt«, mault sie.

»Ich lege jetzt auf, es sei denn, Jaxon will mit mir reden«, warne ich sie, und sie schnauft. Es ist an der Zeit, ihm ein Handy zu kaufen.

»Hey, Dad«, begrüßt mich Jaxon, als er an den Hörer kommt. »Was willst du denn?«, fragt er, und ich schüttle den Kopf.

»Mom sagte, du wolltest mit mir reden.«

»Hat sie das?« Mir wird flau im Magen. Ich hasse es, wenn sie ihn als Spielball missbraucht, und das habe ich ihr schon mehr als einmal gesagt. »Ja, das wollte ich«, lüge ich. Es ist eine Sache, Murielle zu hassen, aber ich werde ihn nicht gegen seine Mutter aufbringen. Das schafft sie auch ganz allein. »Ich wollte nur sichergehen, dass unser Jungstag noch steht.«

»Ja«, bestätigt er. »Wann bist du wieder zu Hause?«

Ich schaue mich im Spiegel an. »Bald. Ich hab dich lieb.« Ich warte, bis er geantwortet hat, und lege dann auf. Ein Blick auf meine Brust lässt mich lächeln. Evelyns Zahnabdrücke neben meiner Brustwarze werden wohl einen blauen Fleck hinterlassen, und ich muss daran denken, wie sie mir diesen Abdruck verpasst hat.

»Evelyn«, rief ich, als sie am Waschbecken stand und versuchte, sich das Make-up aus dem Gesicht zu waschen. Ich wusste bereits, dass sie wunderschön war, aber ohne Make-up war sie einfach umwerfend. Ich ging zu ihr hinüber, legte meine Hände auf ihre Hüften, und unsere Blicke trafen sich im Spiegel. Ohne ihre Absätze reichte sie mir nur bis zur Brust. So, wie sie mich ansah, wusste ich, dass sie mich genauso begehrte wie ich sie.

»Manning.« Als sie meinen Namen sagte, wusste ich in diesem Moment, dass ich die Art und Weise, wie sie meinen Namen aussprach, nie vergessen würde. Sie drehte sich in meinen Armen, und ich beugte mich vor, um ihre Lippen zu küssen. Ihr Mund öffnete sich für mich, und ihre Hände legten sich auf meine Brust, während wir uns küssten. Dann löste sie sich von meinen Lippen.

»Wie kann das sein?«, fragte sie mich. »Wie kann ich dich schon wieder wollen?« Ich sah sie an, mein Daumen berührte ihre weiche Wange, und ich konnte kleine Sommersprossen darauf sehen.

»Ich habe keine Ahnung«, erwiderte ich, während ich sie hochhob und auf der Ablage absetzte. Dann schnappte ich mir ein Kondom und rollte es über. »Aber wenn du die Antwort darauf findest, musst du sie mir verraten.« Ich rieb mich an ihrer Spalte. »Erst vor sieben Minuten habe ich dich genommen, und trotzdem will ich dich schon wieder«, flüsterte ich ihr zu, während ich in ihr versank. Wir stöhnten beide auf, und sie schob die Hände hinter sich, um sich besser abstützen zu kön-

nen. Ich stieß langsam in sie hinein, und sie flehte mich an, sie schneller zu ficken. Sie bettelte, doch als ich sie nur angrinste, beugte sie sich vor und biss mir in die Brust.

»Manning«, stöhnte sie frustriert, als ich mich aus ihr herauszog nur an ihrer Klit rieb. »Ich brauche dich«, keuchte sie, weil sie genau wusste, dass ich in dem Moment, in dem sie das sagte, völlig die Beherrschung verlieren würde. Ich hob ihr Bein an, legte es mir über die Schulter, und sie wusste, was jetzt kommen würde.

Ich schüttle den Kopf, um die Erinnerungen loszuwerden, gehe in den Schlafbereich und schaue auf das Bett. Die Decken liegen auf dem Boden, Kissen sind überall verstreut, und auf dem Bett befinden sich nur noch zwei Kissen und das Laken. Ich schaue auf den Beistelltisch und entdecke die restlichen Kondomverpackungen. Ich hebe sie auf und werfe sie in den Müll.

Dann gehe ich zurück zur Couch und schnappe mir meine Boxershorts. »Wieso habe ich nicht gehört, wie sie gegangen ist?« Am liebsten würde ich mir selbst einen Tritt verpassen. Ich meine, wir waren die ganze Nacht auf und hatten Sex. Wenn wir nicht gevögelt haben, haben wir zusammen gelacht und uns erzählt, was wir als Nächstes machen wollen. Ich schlüpfe in meine Hose und ziehe dann mein Hemd an. Beim Zuknöpfen stelle ich fest, dass drei Knöpfe fehlen. Der Gedanke daran bringt mich zum Lächeln. Verdammt, alles an ihr bringt mich zum Lächeln.

Die Art, wie sie sich nicht scheute, um etwas zu bitten. Die Art, wie sie lächelte, kurz bevor sie sich nahm, was sie wollte. Die Art, wie sie meinen Namen stöhnte. Die Art, wie sie mich über ihre Schulter hinweg ansah. Die Art, wie sie mich sanft berührte, wie sie den Moment mit mir genoss, so wie ich den Moment mit ihr genoss. Während ich mein Jackett anziehe, wird mir flau im Magen.

Ich hatte die beste Nacht in meinem ganzen verdammten Leben. Ich hatte den besten Sex, den ich je haben werde. Sie hat mir buchstäblich das Hirn rausgefickt, und ich habe jede einzelne Sekunde davon geliebt. Sie gab mir das Gefühl, frei zu sein, und alles, was ich habe, ist ihr Name. Ich habe nicht mal einen Nachnamen, weiß nicht einmal, wo sie wohnt oder was sie beruflich macht. Noch einmal lasse ich meinen Blick durch den Raum schweifen, und mir wird das Herz schwer, als die Tür sich hinter mir schließt, das Klicken des Schlosses es endgültig macht.

Ich reiche dem Mann vom Parkservice meine Nummer, und er nickt mir zu, als er meinen SUV vorfährt. »Viel Glück, Captain«, sagt er zu mir, und ich weiß nicht, ob er damit das Spiel oder das Mädchen meint. Ich meine, wie viele Evelyns kann es schon geben? Mit meiner Sonnenbrille auf der Nase mache ich mich auf den Weg nach Hause.

Ich parke in der Garage und gehe ins Haus, in der Hoffnung, dass ich niemandem begegne, bevor ich mich umgezogen habe. Gestern Nacht war ich frei, aber kaum, dass ich wieder einen Schritt in dieses Haus gesetzt habe, befinde ich mich erneut in einer Gefängniszelle.

»Schau an, schau an«, ertönt Murielles Stimme und ich schaue zu ihr hinüber, wie sie sich gegen den Türpfosten der Küche lehnt. Sie trägt einen offenen Bademantel, und man kann sehen, dass sie keinen BH anhat. »Sieh mal, was die Katze reingeschleppt hat«, sagt sie, hebt ihre Kaffeetasse an die Lippen und nimmt einen Schluck.

Ich mache mir nicht einmal die Mühe, ihr zu antworten. Stattdessen drehe ich mich einfach um und gehe zur Treppe. »Wenn das kein Walk of Shame ist, weiß ich nicht, was es sonst sein soll.« Sie kichert, und ich bleibe stehen und sehe zu ihr hinüber.

»Glaub mir, Murielle. Nichts, was ich letzte Nacht getan habe, war ein Grund, sich zu schämen. Kannst du das auch von dir sagen?« Ich mache mir nicht einmal die Mühe, auf eine Antwort von ihr zu warten. Stattdessen gehe ich hoch in mein Schlafzimmer und ziehe mich aus. Ich steige unter die Dusche und wasche Evelyns Duft von meinem Körper. Eigentlich will ich das nicht, aber ich weiß, was passieren wird, sollte Murielle auch nur einen Hauch davon erschnüffeln. Sie würde daraus nur eine weitere Schlinge um meinen Hals machen.

Ich schließe die Augen, während das Wasser über meine Schultern und meinen Rücken rinnt, und das ist ein Fehler, denn in dem Moment, in dem ich die Augen schließe, muss ich an Evelyn denken. Sie lächelt mich an, schaut zu mir auf und fordert mich auf, sie zu küssen. Sobald ich an sie denke, werde ich wieder steinhart.

Ich steige aus der Dusche und wickle ein Handtuch um mich, bevor noch jemand die Bissspuren und blauen Flecke sieht. »Evelyn.« Leise sage ich ihren Namen und hoffe für einen Moment, dass sie weiß, dass ich an sie denke. Ich hoffe, sie weiß, dass ich das, was wir letzte Nacht getan haben, für immer in meinen Gedanken bewahren werde. Ich hoffe, sie weiß, dass sie mir für eine Nacht die Welt geschenkt hat.

Zehn

Evelyn

Ich höre den Wecker zwar, aber ich will nicht aufstehen. Ich will den Traum nicht verlassen, den ich gerade habe. Ich will meine Augen nicht öffnen und das leere Bett neben mir sehen.

Meine Hand schlüpft unter der Decke hervor, und ich weiß, dass dies der letzte Moment ist, den ich mit den Erinnerungen an den letzten Samstag verbringen darf. Es sind diese ruhigen Momente, in denen ich noch sein Gesicht über mir, auf mir, überall um mich herum sehe. Meine Hand drückt auf den Knopf und schaltet den Wecker aus. Ich drehe mich um, öffne die Augen, und schon ist er verschwunden.

Die Woche war brutal. Ich habe diese Nacht wieder und wieder in meinem Kopf durchgespielt. Nichts von dem, was passiert ist, würde ich ändern, bis auf eine Sache. Dieses Mal würde ich ihn wecken, bevor ich gehe, um ihm Lebewohl zu sagen.

Ich schlage die Decke zurück, ziehe meine Pantoffeln an

und gehe in die Küche, um mir einen Kaffee zu machen. Dann gehe ich zurück in mein Schlafzimmer, um mich für die Arbeit fertig zu machen.

Nachdem ich geduscht habe, schaue ich in den Spiegel; die kleinen Spuren von letzter Woche sind bereits verblasst. Von nun an sind nur noch die Erinnerungen in meinem Kopf da. Die schwarze Hose, für die ich mich entschieden habe, schmiegt sich eng an meine Hüften und sitzt locker an meinen Beinen. Es stehen zwei passende Oberteile zur Auswahl, und schlussendlich entscheide ich mich für das schwarze Wickeloberteil aus Seide mit den langen Ärmeln und den beigen Streifen. Ich schnappe mir meine schwarzen Louboutins und meine schwarze Gucci-Tasche, dann noch mein Handy und gehe aus dem Haus.

Bei Starbucks lege ich einen Zwischenstopp ein, bevor ich mich auf den Weg zum Büro mache. Ich parke auf meinem Platz direkt vor dem Büro und gehe hinein, lächle Tonya, die Empfangsdame, an. »Guten Morgen«, grüße ich, und sie erwidert mein Lächeln. »Einen schönen Freitag wünsche ich Ihnen.«

»Ich nehme an, das Memo zum Casual Friday wurde Ihnen nicht geschickt.« Sie mustert mich von Kopf bis Fuß, und ich starre sie nur an.

»Wollen Sie damit sagen, dass ich nicht das unbequemste Paar Schuhe tragen muss, das ich besitze?«, scherze ich.

»Ich meine, Sie sehen wie immer fabelhaft aus«, erwidert sie. Das Telefon klingelt, also gehe ich weg, während sie rangeht.

Ich mache mich auf den Weg zu meinem Büro, das direkt neben dem meines Bruders liegt, und grüße alle Anwesenden. An der Tür zum Büro meines Bruders bleibe ich stehen und sehe ihn bereits an seinem Schreibtisch sitzen. Sein Hemd ist an den Ärmeln hochgekrempelt, und ich vermute, dass er eine

Jeans trägt. »Morgen, Arschloch«, grüße ich ihn, woraufhin er aufblickt und mich entdeckt.

»Oh«, sagt er, als er sieht, dass ich schick angezogen bin. »Casual Friday.«

»Fick dich«, sage ich, gehe in mein Büro und schalte dort das Licht ein. Ich lege meine Handtasche auf den Aktenschrank, der neben meinem Schreibtisch an der Wand steht, ziehe meinen Stuhl hervor und fahre meinen Computer hoch.

Mein Vater hat diese Finanzfirma gegründet, nachdem er sein Studium abgeschlossen hatte. Mein Bruder trat in seine Fußstapfen, und als er in die Firma einstieg, kamen noch Beratung und Vermögensverwaltung als Leistungen hinzu. Die Zahl der Mitarbeiter stieg von drei auf siebenundzwanzig und liegt jetzt bei über fünfzig.

Mein Vater wollte immer, dass ich in die Firma einsteige, aber als ich nicht aus Chicago zurückkehrte, ließ er mich nie spüren, dass er verärgert war. Er machte jedoch jedes Mal Andeutungen, wenn ich zu Besuch nach Hause kam oder er mich besuchte. Er versuchte sogar, Dex davon zu überzeugen, bei ihm einzusteigen.

Jetzt, wo ich wieder hier bin, hat er beschlossen, in den Ruhestand zu gehen. Oder Halb-Ruhestand, wie er es nennt. Mit anderen Worten, er überlässt mir vorerst seine Klienten, und ab nächstem Jahr will er dann die Welt bereisen.

»Ich hätte schwören können, dass ich es dir gegenüber erwähnt habe«, sagt mein Bruder, als er in mein Büro kommt, und ich hatte recht mit der Jeans. Er ist zwei Jahre älter als ich, und wir haben uns immer sehr, sehr nahegestanden. Er hat dafür gesorgt, dass alles für mich bereit war, als ich schließlich wieder hierherzog. Er und Veronica sind die Menschen, auf die ich mich in allen Lebenslagen verlassen kann.

»Lügen, Timothy.« Ich spreche ihn mit seinem vollen Namen an, und er lacht. »Alles Lügen.«

»Wie wäre es, wenn ich es wiedergutmache, indem ich

morgen für dich koche?« Er setzt sich auf einen der Stühle, die vor meinem Schreibtisch stehen. »Caleb hat um elf ein Eishockeyspiel, wie wäre es also, wenn du den Tag mit uns verbringst?« Er spricht von meinem achtjährigen Neffen.

»Ich könnte dir vielleicht verzeihen, wenn du mir ein Steak und eine Ofenkartoffel grillst«, lenke ich ein, denn das ist das einzige Essen, das er wirklich gut zubereiten kann.

»Ich kann Mom und Dad einladen«, schlägt er vor, holt sein Handy heraus und tippt etwas darauf. Dann schaut er auf seinen Kalender. »Scheiße, ich habe Eishockeykarten für morgen.«

»Na großartig«, sage ich sarkastisch. »Das ist schon okay. Wie wäre es, wenn wir zusammen zu Mittag essen, und vielleicht kann ich später mit meinem Neffen ins Kino gehen und er kann bei mir übernachten?«

»Ooh.« Er sieht auf. »Dann hätten Veronica und ich mal etwas Zeit für uns allein.«

»Igitt«, sage ich. »Igitt, igitt, igitt.«

Er lacht und steht auf. »Mittagessen passt, aber lass uns am Sonntag ein Familienessen veranstalten. Das könnte auch dein Willkommensessen sein.« Er geht zur Tür.

»Das hatten wir doch schon fünf Mal.« Ich erinnere ihn an all die Abendessen, seit ich wieder hier bin. »Außerdem habe ich am Sonntag eine Brautjungfernanprobe, also ...«

»Ach ja, richtig. Wie war der Junggesellinnenabschied?«, fragt er.

Mannings Gesicht taucht vor meinem inneren Auge auf, aber es ist nicht irgendein Gesicht, das ich sehe. Nein, es ist das, das ich sah, während er hart in mich stieß, während ihm die Haare in die Stirn fielen.

»Recht ereignislos«, antworte ich schließlich und schlucke die Erinnerung an Manning hinunter. Mein Telefon klingelt und bewahrt mich davor, weiter über das Wochenende zu reden.

Mein Vater kommt etwa dreißig Minuten später in mein Büro, und jetzt fühle ich mich nicht mehr so schlecht, denn er trägt eine Hose und ein Hemd mit einem Pullover darüber. »Hallo, Sonnenschein«, begrüßt er mich, und ich lächle. »Wir haben heute fünf Meetings.«

»Ich habe gerade meinen Terminkalender gesehen«, sage ich und stehe auf, um ihn zu umarmen. »Du machst keine halben Sachen, wenn du den Staffelstab übergibst.« Er umarmt mich fest. Ich wende mich wieder meinem Schreibtisch zu und nehme mir einen Block und einen Stift. »Lass uns loslegen«, fordere ich ihn auf, und wir gehen zum Konferenzraum, während er den Arm um mich legt.

Die fünf Meetings verlaufen reibungslos; alle seine Kunden sind mit dem Wechsel einverstanden. Ich meine, halbwegs einverstanden. Zumindest sind sie bereit, sich anzusehen, was ich zu bieten habe. Ich versichere ihnen, dass ich ihre Interessen im Blick haben werde, und verspreche ihnen, ihnen den Entwurf meines Plans, wie ich vorgehen will, zu schicken, damit sie mitziehen.

Als der letzte Klient um vier Uhr geht, würde ich diese Schuhe am liebsten verbrennen.

»Das lief besser, als ich erwartet hatte«, sagt mein Vater, als er mit mir in den Konferenzraum zurückkehrt. »Er war eine harte Nuss, und die ist schwer zu knacken.« Er spricht von seinem ältesten Klienten. »Aber er frisst dir aus der Hand.«

»Nein.« Ich schüttele den Kopf. »Die Tatsache, dass er mehr Geld verdienen wird, hat ihn dazu gebracht, mir aus der Hand zu fressen.«

Mein Vater wirft den Kopf zurück und lacht. »Geld. Es hält die Welt am Laufen.«

Ich sehe ihn an. »Stimmt. Ich wusste, hierher zurückzukehren, würde fast so sein, als würde ich gerade erst anfangen, und dass ich mich all deinen Klienten erst beweisen muss.«

Ich lächle meinen Vater an. »Und um ehrlich zu sein, habe ich mich über die Herausforderung gefreut. Mein Portfolio wird richtig gut aussehen mit diesen ganzen verschiedenen Klienten. Wer weiß, vielleicht werde ich ja die begehrteste Person in dieser Firma.« Ich klatsche in die Hände. »Tim würde das umbringen.« Jetzt lachen wir beide.

»Wie hast du dich bisher eingelebt?«, fragt er.

»Gut«, erwidere ich, und er starrt mich nur an. »Na schön.« Ich werfe meine Hände in die Luft. »Es ist eine Umstellung, aber ich muss zugeben, dass ich froh bin, wieder zu Hause zu sein. Hier ist, wo ich sein will. Ich möchte jemanden kennenlernen und in der Nähe meiner Familie sein. Ich möchte mit Mom shoppen gehen können.« Er lächelt. »Ich bin einfach froh, wieder zu Hause zu sein.« Ich lächle und füge nicht hinzu, dass ich vielleicht jemanden gefunden habe, den er lieben würde – denn ich kenne nicht einmal den Nachnamen dieses Mannes.

»Irgendwas Neues von Dex?« Allein sein Name verursacht mir eine Gänsehaut. Es schockiert mich auch, dass ich die ganze Woche über nicht an ihn gedacht habe. Nicht ein einziges Mal ist er mir in den Sinn gekommen. Nicht ein einziges Mal habe ich mich gefragt, ob ich das Richtige getan habe. Nicht ein einziges Mal habe ich ihn vermisst.

Ich schüttle den Kopf. »Es ist beschlossene Sache. Die Verträge sind unterschrieben und das Geld überwiesen, also habe ich ihm nichts mehr zu sagen.« Ich habe meinen Eltern nicht erzählt, was passiert ist. Die Einzige, die davon weiß, ist Veronica. Ich konnte es nicht einmal Tim erzählen, weil ich wusste, dass er Dex krankenhausreif prügeln würde.

»So etwas passiert«, sagt Dad und runzelt die Stirn. »Menschen leben sich auseinander.«

»Ja.« Als ich sie angerufen habe, habe ich nur gesagt, dass wir uns auseinandergelebt hätten und unterschiedliche Dinge vom Leben wollten. Wir befänden uns in einer Sackgasse, und ich müsse die eine Richtung einschlagen und er die andere. Tim ahnte, dass das Blödsinn war, aber er hat mich nie unter Druck gesetzt, ihm mehr zu erzählen. Auch meine Mutter war von der Erklärung nicht überzeugt, ließ das für den Moment aber so stehen. Mein Vater war der Einzige, der es mir abnahm.

»Nun, man weiß nie. Abwesenheit kann die Sehnsucht wachsen lassen.«

Ich mache mir nicht die Mühe, ihm zu erklären, dass keine noch so große Abwesenheit irgendeine Art von Sehnsucht nach Dex in mir wecken könnte. »Ich komme schon klar«, sage ich und stehe auf. »Wenn du mich jetzt entschuldigen würdest, ich muss arbeiten.«

»Es ist fast fünf Uhr«, wirft er ein. »Wenn deine Mutter erfährt, dass du an einem Freitag so lange arbeitest …«

»Nun, ich werde es ihr nicht verraten.« Ich zwinkere ihm zu. »Ich werde nicht mehr lange bleiben«, versichere ich ihm. »Etwas davon nehme ich mit nach Hause.« Ich beuge mich vor und gebe ihm einen Kuss auf die Wange. »Vielleicht komme ich am Sonntagnachmittag vorbei.«

Ich gehe zurück in mein Büro und sehe, dass die meisten Leute schon nach Hause gegangen sind. In Tims Büro ist das Licht auch schon aus. Keine Ahnung, wie lange ich wieder an meinem Schreibtisch sitze, als mein Handy klingelt.

»Hallo?« Ich nehme ab und sehe da erst, dass es Tim ist.

»Hey, wo bist du?«, fragt er und klingt außer Atem.

»Ich bin im Büro. Warum?« Ich lege den Stift weg.

»Du musst mir einen großen Gefallen tun. Ich stecke etwa zwei Stunden entfernt fest. Veronica ist bei einem Patienten und Caleb ist beim Eishockeytraining.«

»Okay.«

»Kannst du ihn abholen?«, bittet er mich. »Er kommt in zwanzig Minuten vom Eis.« Rasch stehe ich auf und gehe zu meiner Handtasche. »Normalerweise ist er in etwa fünfunddreißig Minuten draußen.«

»Wo ist die Eishalle?«, frage ich.

»Sie ist etwa zwanzig Minuten vom Büro entfernt, je nach Verkehr«, ist seine Antwort. Ich bin schon auf dem Weg aus dem Büro und steige in mein Auto.

»Ich bin schon im Auto«, sage ich ihm. »Schick mir die Adresse, dann fahre ich sofort hin.«

»Danke.« Er atmet tief durch. »Ich stehe in deiner Schuld.«

»Die Liste wird immer länger«, informiere ich ihn, und er lacht, bevor er auflegt. Ich warte, bis er mir die Adresse geschickt hat, und mache mich dann auf den Weg dorthin.

Nachdem ich vor dem großen grauen Gebäude vorfahre, schnappe ich mir meine Handtasche und gehe hinein. Direkt vor mir befindet sich eine Treppe, und als ich an ihr vorbeigehe, sehe ich eine weiße Backsteinwand mit einer weiteren Treppe. Als ich an der zweiten Treppe ankomme, schaue ich in den rechten und den linken Flur, aber beide sehen vollkommen identisch aus. Ein Bildschirm hängt an der Wand, und ich kann vier Bereiche darauf erkennen.

Ich rufe Tim an, und kaum dass er abnimmt, frage ich: »Auf welcher Eisbahn spielt er?«

»Sein Team heißt Hawks, also schau auf dem Bildschirm nach«, fordert er mich auf. Ich schaue nach oben und sehe, dass er auf der zweiten Eisbahn spielt. »Du kannst oben zusehen, wenn du willst, oder in der Lobby bleiben, bis er rauskommt.«

»Okay«, sage ich und lege auf. Ich will gerade nach oben gehen, als ich Kinderlärm aus einem der Flure höre. Ein Blick nach unten zeigt mir Kinder in verschiedenen Trikots, die aus dem Flur kommen.

»Tante Evelyn«, höre ich Caleb und schaue nach rechts, wo ich ihn mit seinen Mannschaftskameraden vom Eis kommen sehe. Er spricht mit dem Jungen neben ihm und kommt dann zu mir. »Tante Evelyn«, ruft er und läuft auf seinen Schlittschuhen zu mir.

»Hallo«, grüße ich ihn. Ich öffne meine Arme, umarme ihn und spüre dann die Nässe. »Eklig«, beschwere ich mich, und er lacht. Dann nimmt er seinen Helm ab; sein nasses Haar ist völlig durcheinander und klebt ihm am Kopf. »Du stinkst. Wie Käse und Füße.« Beide Jungen lachen, als ich das sage und meine Nase rümpfe.

Er sieht den Jungen neben sich an. »Jaxon, das ist meine Tante Evie.«

»Hallo, Jaxon.« Ich lächle ihn an, und er winkt mir zu.

»Ich gehe mich umziehen. Kann ich ein Slush haben?«, fragt Caleb und ich nicke. »Zieht euch um, ihr zwei, und wenn deine Mom nichts dagegen hat«, sage ich an Jaxon gewandt, »können wir uns ein Slush holen.«

»Mein Dad holt mich ab«, erwidert er, »er spielt selbst Eishockey.«

»Oh, das klingt lustig«, sage ich zu ihm. »Geh dich umziehen, und wir können ihn fragen, sobald du rauskommst.« Sie drehen sich beide um und laufen zurück in die Umkleidekabine.

Ich schicke Tim eine SMS.

Ich: Das Paket wurde wohlbehalten in Empfang genommen.

Ich stecke mein Handy in meine Handtasche, nicht ahnend, was mir noch bevorsteht.

Elf

Manning

»Ich kann es kaum erwarten, nach Hause zu kommen«, höre ich Ralph neben mir sagen und wende ihm den Kopf zu. »Touren mit dem Bus sind unerträglich.«

»Mir machen sie nichts aus«, erwidere ich, steige aus dem Bus und gehe auf das Flugzeug zu, das auf uns wartet. Sanfter Nieselregen setzt ein. Ralph, Miller und ich gehen nebeneinander her. »Ich meine, ich vermisse Jaxon, aber ich komme auch von Murielle weg, also ist es wie Urlaub.« Ich gehe zuerst die Fluggasttreppe hinauf, und die beiden folgen mir. Nachdem ich meine Tasche verstaut habe, setze ich mich, und Ralph nimmt den Sitz neben mir. Ich hole mein Handy aus der Tasche meiner Jeans und schicke Murielle eine SMS.

> Manning: Ich werde Jaxon nach dem Training zum Essen einladen.

Murielle: Klingt gut. Ich stecke gerade mitten in der organisatorischen Arbeit für die Oilers Foundation. Ich wünschte, ich könnte mich euch anschließen.

Wie immer, wenn sie so einen Scheiß von sich gibt, ignoriere ich es einfach, und schaue aus dem Fenster. »Die längste Woche meines Lebens«, sagt Miller hinter mir. »Ich kann es kaum erwarten, meine Frau zu sehen«, fügt er hinzu, und zum ersten Mal bin ich wirklich neidisch auf das, was er hat. Ich bin verdammt neidisch darauf, dass er zu der Frau nach Hause gehen kann, zu der man auch gehen will, anstatt zu der, die dafür sorgt, dass sich mir der Magen umdreht. Der Frau, die mich einfach nicht in Ruhe lässt. Der Frau, die mit mir verheiratet bleibt, weil sie die Vorteile nicht verlieren will, die es mit sich bringt, die Frau des Kapitäns zu sein. Die Frau, die immer eingeladen wird. Die Frau, die immer im Mittelpunkt steht. Sie ist nicht wegen mir mit mir zusammen, sondern nur, weil sie die Frau des Kapitäns sein will. Also bleibt sie einfach und ruiniert unser beider Leben, und es gibt nichts, was ich sagen kann, um sie umzustimmen, kein noch so großes Flehen wird sie zum Gehen bewegen.

Das letzte Mal, als ich das Thema ansprach, ist sie mit Jaxon für zwei Wochen abgehauen und erst zurückgekommen, als ich versprochen hatte, die Scheidung nicht mehr anzusprechen. Er war sechs, und das ist zwei Jahre her. Ich dachte, ich könnte es aushalten. Ich dachte, es würde schon irgendwie funktionieren, aber jetzt ist etwas in mir erwacht. Das Bedürfnis, glücklich zu sein. Das Bedürfnis, um meinetwillen gewollt zu werden. Das Bedürfnis, einfach mein verdammtes Leben zu leben.

Diese Woche war ich mit meinen Gedanken immer woanders. In meinen Träumen ging es jede Nacht um Evelyn. Die Erinnerung an diese Stunden läuft immer wieder in meinem

Kopf ab. Der Klang ihres Lachens, der Klang ihrer Stimme, der Klang ihres stockenden Atems, kurz bevor sie einfach loslässt.

»Wir spielen morgen Abend«, sagt Ralph, und ich nicke.

Miller mischt sich hinter mir ein. »Irgendwelche großen Pläne für das Wochenende, Großer?«, fragt er, und ich funkle ihn nur wütend an.

Als ich am Sonntagmorgen das Flugzeug betrat, war Miller der Einzige, der schon da war. Ein einziger Blick genügte und er deutete auf mich. »Du hattest Sex«, rief er sofort, und ich sah ihn schockiert an.

»Woher zum Teufel weißt du das?« Ich wich seinem Blick aus, während ich meine Tasche verstaute. Mein Herz hämmerte in meiner Brust, und mein Mund war plötzlich trocken. Ich fragte mich, ob Murielle es bemerkt hatte. Ich fragte mich, ob sie es wusste. Hatte Angst, dass sie das Einzige in meinem Leben ruinieren könnte, das sie nicht zu fassen bekam.

»Du bist ausnahmsweise mal nicht mit schlechter Laune hier reingekommen.« Er grinste mich an, und ich versuchte, ihn zu ignorieren. Aber Miller war Miller, und es funktionierte nur bedingt. »Außerdem gehst du so beschwingt, was auch Sinn macht, da deine Eier endlich mal wieder leer gepumpt wurden.« Ich sah ihn an und wusste nicht, was ich ihm antworten sollte. »War es die Kleine aus dem Restaurant?« Ich funkelte ihn düster an, und er stieß das lauteste Lachen aus, das ich je von ihm gehört hatte.

»Wo zum Teufel sind denn alle?«, rief Ralph, als er hereinkam, sich umsah, und nur uns beide entdeckte. »Worüber redet ihr zwei?« Er sah uns an und verstaute seine Tasche.

»Unser Captain hier hat es mal so richtig krachen lassen.«

Ich fluchte zwischen zusammengebissenen Zähnen hindurch und setzte mich, dankbar, dass weitere Teammitglieder eintrafen und er nichts mehr sagen konnte.

»Bis jetzt habe ich nichts vor. Morgen früh hat Jaxon ein Spiel, und ich hoffe, dass ich da hingehen kann«, erwidere ich und schaue aus dem Fenster, während das Flugzeug abhebt. Normalerweise bin ich bei seinen Wochenendspielen immer dabei, wenn sie früh genug stattfinden. »Ich hole ihn heute Abend vom Training ab, sobald wir angekommen sind.« Kurz werfe ich einen Blick auf meine Uhr. »Dann gehe ich mit ihm essen.«

»Du willst nach dem Spiel noch weggehen?«, fragt Ralph, doch ich sehe ihn nur an. »Wer weiß, sie könnte wieder dort auftauchen, in der Hoffnung, dass du dort bist.«

Ich schüttle den Kopf. »Es ist besser so«, erwidere ich und spüre etwas in meinem Bauch, das sich wie ein dunkles Loch anfühlt. Das Flugzeug landet zwanzig Minuten später als geplant, und ich laufe zu meinem SUV, werfe die Tasche auf den Rücksitz und mache mich auf den Weg zur Eishalle. Als ich dort ankomme, ist der Parkplatz voll.

Ich betrete die Eishalle und sehe mich in der Lobby um. Ein Blick auf meine Uhr zeigt mir, dass ich zehn Minuten zu spät bin. *Verdammter Verkehr.* Ich entdecke ein paar Eltern aus ihrem Team. »Hey, Leute«, grüße ich sie, gehe an ihnen vorbei und die hintere Treppe hinauf zum Restaurant.

Dort sehe ich mich um, und dann sehe ich sie plötzlich. Mein Herz beginnt zu rasen, und es fühlt sich an, als würde es mir aus der Brust springen. Was macht sie denn hier? Im Moment ist mir das im Prinzip völlig egal, denn sie ist hier. Sie ist atemberaubend und wunderschön und so viel unglaublicher, als ich sie in Erinnerung hatte. Ihr Haar ist wieder offen, und ich erinnere mich daran, wie seidig es ist. Ich frage mich, ob sie auch an mich gedacht hat. Ich frage mich, ob sie es bereut, einfach gegangen zu sein. Ich habe so viele Fragen, aber das Einzige, was ich weiß, ist, dass ich jetzt, wo sie vor mir steht, keine Zeit mehr verschwenden werde.

Ich sehe ihr dabei zu, wie sie meinem Sohn einen Slush

reicht und ihn anlächelt. Dann gehe ich auf sie zu, und sie muss meine Blicke spüren, denn sie sieht auf, und zum ersten Mal in meinem Leben bleibt mein Herz stehen. Die Welt könnte buchstäblich um uns herum zusammenbrechen, und es wäre mir egal, solange sie nur bei mir wäre. Ihre Augen werden groß, als sie mich sieht, und ich lächle, während ich auf dem Weg zu ihr bin. Ihre Lippen formen stumm meinen Namen, und ich kann ihn in meinem Kopf hören.

»Daddy«, sagt Jaxon, als er mich sieht, und ihr Mund öffnet sich jetzt vor Schreck, ihre Blicke hasten zwischen Jaxon und mir hin und her. »Das ist mein Dad«, verrät er ihr, und sie ist sprachlos, nickt nur.

»Er spielt Eishockey«, höre ich Caleb sagen, und ich bleibe vor ihnen stehen.

Ihr Duft bringt jede Erinnerung an diese Nacht zurück. Und damit meine ich, jede Erinnerung wird in meinem Kopf auf Schnelldurchlauf abgespielt.

»Hey, Kumpel«, sage ich, beuge mich hinunter und küsse Jaxon auf den Kopf. »Ich habe dich vermisst.« Dann sehe ich wieder zu Evelyn auf, die nur blinzelt. »Hi«, grüße ich sie leise. »Ich bin Manning, Jaxons Vater«, stelle ich mich vor und halte ihr meine Hand hin.

»I-ich bin«, setzt sie stotternd an, scheint nicht sicher zu sein, wie sie sich verhalten soll. »Ich bin Evelyn, Calebs Tante.« Sie streckt mir ihre Hand entgegen, und als ich sie schüttle, spüre ich die Wärme bis in meine Seele. Die Berührung erweckt meinen Körper zum Leben, und ich will nichts mehr, als mich zu ihr zu beugen und sie zur Begrüßung zu küssen. Ich möchte meine Arme um sie schlingen, sie an meine Brust drücken und sie einfach nur festhalten.

»Es ist schön, dich kennenzulernen«, sage ich, während unsere Hände immer noch in der des anderen liegen. Noch bin ich nicht bereit, sie loszulassen. Vielleicht habe ich Angst, dass es ein Traum ist, und wenn ich sie loslasse, muss ich die Augen öffnen, und alles ist vorbei.

»Können wir in der Spielhalle spielen?«, fragt Jaxon, und ich bin kurz davor, Ja zu sagen, damit die Kinder gehen und uns allein lassen. Ich würde ihnen auch alle Münzen der Welt geben, nur damit sie uns in Ruhe lassen. Aber anstatt den Moment zu genießen, dass ich sie wiedersehe, entdecke ich in diesem Moment die einzige Person, die ich nicht sehen will.

»Evelyn«, sage ich ihren Namen und lasse ihre Hand los. Ich möchte ihr noch so viele Dinge sagen, bevor es passieren wird. Mein Herz schlägt hastig in der Brust, meine Handflächen werden feucht und mein Hals beginnt zu kribbeln.

Es ist, als würde man dem Zusammenstoß zweier Züge zusehen. Ein Unfall, bei dem man langsamer fährt, um ihn mitanzusehen, und ich habe plötzlich das Gefühl, als würde ich aus meinem Körper katapultiert.

»Hallo, ihr zwei.«

Ich höre ihre Stimme, und ich habe keine Zeit, noch irgendetwas zu tun, als ich Murielle schon vor mir stehen sehe. Sie küsst mich auf den Mund.

»Willkommen zurück, Baby. Ich habe dich vermisst«, säuselt sie, und ich glaube, mir wird schlecht. Das Brennen in meinem Magen wandert hinauf in meinen Hals. »Tut mir leid, dass ich zu spät bin. Bist du gerade erst angekommen?«, fragt sie lächelnd und beugt sich vor, um Jaxons Kopf zu küssen. »Da braucht wohl jemand eine Dusche«, fährt sie fort und sieht schließlich zu Evelyn, die mit offenem Mund dasteht. Ich sehe, wie ihr Blick von mir zu Murielle und dann wieder zu mir wandert.

Ich will ihr sagen, dass es nicht so ist, wie es scheint, und dass es nur eine Farce ist. Ich will ihr sagen, dass ich in der letzten Woche nur an sie gedacht habe. Ich will ihr sagen, dass ich noch eine Nacht will. Ich will alles, was sie mir geben will. Aber das Universum hat im Moment andere Pläne für mich.

Ich spüre, wie Murielle sich bei mir unterhakt, etwas, das sie immer macht, wenn ich mit einer Frau spreche, die sie nicht kennt. »Hey«, sagt sie zu Evelyn. »Ich bin Murielle.« Sie lächelt Evelyn an und hält ihr die Hand hin. »Jaxons Mutter.«

Zwölf

Evelyn

»Ich bin Murielle.« Sie streckt ihre Hand aus. »Jaxons Mutter.»

Ich bin, gelinde gesagt, geschockt. Mein Herz klopft so heftig in meiner Brust, dass ich glaube, jeder kann es hören. Hitze steigt mir bis in den Hals, und ich habe das Gefühl, dass ich gleich ohnmächtig werde. Ich habe das Gefühl, dass ich eine außerkörperliche Erfahrung mache. Ich habe das Gefühl, dass die Erde unter meinen Füßen zerbröckelt. Das darf mir einfach nicht passieren. Das kann nicht wahr sein. Aber dann schaue ich auf und sehe ihn an, sehe in seine Augen, und ich weiß es. Alles, was wir getan haben, war eine Lüge. Alles, was ich fühlte, war eine Lüge, und alles, was er sagte, war eine Lüge.

Innerhalb von drei Minuten bricht alles in sich zusammen. Alles, was ich mir aufgebaut hatte, wurde zerstört. Kaum, dass ich Jaxon seinen Slush reichte, spürte ich Blicke auf mir. Als ich aufsah, dachte ich noch, es wäre nur ein Hirngespinst. Ich dachte, mein Verstand würde mir einen Streich spielen. Das konnte nicht sein.

Aber als er sich mir näherte, wurde mir endlich klar, dass es echt war. Er war wirklich da, und er stand direkt vor mir. Er trug schwarze Jeans, ein weißes Hemd und eine schwarze Jacke, und er war noch heißer als im Club. Aber nicht heißer als zu dem Zeitpunkt, als er nackt war.

Ich bin mir sicher, dass sein Gesichtsausdruck meinen spiegelt. Er war genauso geschockt, mich zu sehen, wie ich ihn, und als er seine Hand ausstreckte und ich ihn berührte, erwachte mein Körper plötzlich zum Leben. Ich wollte zu ihm aufschauen, und wollte, dass er zu mir heruntersah und mich küsste. Ich wollte, dass er eine Hand um meine Taille legte und mich ganz nah an sich heranzog, wollte ihm sagen, dass es mir leidtat, dass ich gegangen war, ohne mich zu verabschieden. Ich wollte ihm sagen, dass ich die ganze Woche über an ihn, diesen blauäugigen Fremden, denken musste. All das wollte ich ihm sagen, und dann kam alles anders. Genauso schnell wie das überwältigende Gefühl, ihn zu sehen, kam der vernichtende Schlag, dass er nicht das war, was ich mir in meinem Kopf ausgemalt hatte.

Ich stand sprachlos da, als sie seine Lippen küsste, dieselben Lippen, die ich jede Nacht in meinen Träumen spürte. Ich stand da, als sie sich bei ihm unterhakte, und ich konnte unmöglich übersehen, wie sie sich an ihn klammerte, mit diesem riesigen Diamantring an ihrem Finger. Mir drehte sich der Kopf, während ich all das wahrnahm.

Er hatte eine Frau. Er hat eine Frau.

Ich habe mit einem verheirateten Mann geschlafen. Ich habe mit dem Ehemann von jemandem geschlafen.

Bei diesem Gedanken hätte ich mich am liebsten übergeben, aber ich drängte ihn beiseite. Die Genugtuung, mich ein zweites Mal zum Narren zu halten, wollte ich ihm nicht geben.

»Hi.« Ich zwinge mich zu einem Lächeln. »Ich bin Evelyn, die Tante von Caleb.« Dann schüttle ich ihre knochige Hand und nehme mir eine Minute Zeit, um sie zu betrachten. Sie ist größer als ich, ihre Brüste sind definitiv gemacht, ihre Lippen sind unterspritzt, und sie hat keine einzige Falte um die Augen oder auf der Stirn. Sie ist schlank, und man merkt, dass sie trainiert. Nicht wie ich, die nur so tut als ob, sondern wirklich. Ihre schwarzen Augen sind perfekt geschminkt; ihr Aussehen ist makellos.

»Oh, du bist die Schwester von Tim«, sagt Murielle und lässt meine Hand los.

Ich ziehe meinen Neffen zu mir und will nur noch weg von hier. »Das bin ich«, erwidere ich, dann senke ich den Blick und blinzle die Tränen weg, die mir zu entkommen drohen.

»Veronica hat erzählt, wie aufgeregt sie alle waren, dass du endlich wieder nach Hause gezogen bist.« Während sie spricht, lässt sie Manning nicht einen Augenblick lang los.

»Ja, ich bin sehr froh, wieder zu Hause zu sein.« Ich schaue zu meinem Neffen hinunter, der zum Glück nicht zu bemerken scheint, dass mit mir etwas nicht stimmt.

»Bist du bereit zu gehen, Kumpel? Deine Mom und dein Dad warten auf uns.« Er nickt. »Ich hoffe, es ist okay, dass ich Jaxon ein Slush gekauft habe.« Dabei sehe ich die beiden an, oder besser gesagt, ich meide die blauen Augen, die ich am liebsten vergessen würde.

»Mehr als okay«, antwortet Manning, und ich begehe den Fehler, ihn anzuschauen. Meine Brust fühlt sich an, als würde sie zerspringen, aber dann baut sich die Wut langsam in mir auf. »Vielen Dank, dass du bei ihm geblieben bist.«

Ich nicke ihm nur zu, nicht sicher, ob ich in der Lage bin, etwas zu sagen, und schlucke den Kloß in meinem Hals hinunter. »Sag auf Wiedersehen.«

»Tschüs, Jaxon«, verabschiedet sich Caleb und sieht mich dann an. »Kann Jaxon morgen mit uns ins Kino gehen?«

Verwirrt stehe ich einfach da und weiß nicht, was ich tun oder sagen soll. Es ist eine Sache zu wissen, dass Manning verheiratet ist, zu wissen, wer er ist, und ihn vor mir stehen zu sehen. Es ist eine ganz andere Sache zu versuchen, mit diesem Arschloch befreundet zu sein.

»Oh, Mom, darf ich?«, fragt Jaxon, und ich schaue auf den Jungen hinunter, der, wie ich jetzt erst bemerke, genauso aussieht wie sein Vater. Warum ist mir das nicht früher aufgefallen?

»Morgen Abend ist das Eishockeyspiel«, sagt sie zu ihm, und seine Schultern sinken enttäuscht herab.

»Schon okay.« Ich sehe Jaxon an. »Wie wäre es, wenn wir das ein anderes Mal nachholen?«

Er lächelt mich an. Vorhin schmerzte das noch nicht, aber jetzt tut es weh. Was, wenn er herausfindet, dass ich mit seinem Vater geschlafen habe? Was, wenn sie es herausfindet? Mein Neffe könnte da mit hineingezogen werden. Mein Bruder, o Scheiße.

»Es war schön, euch kennenzulernen.« Dabei sehe ich stur Murielle an, nehme Calebs Hand und gehe auf die Treppe zu, über die wir hochgekommen sind. Er schnappt sich seine Hockeytasche, und ich halte währenddessen seinen Slush. »Soll ich die Tasche für dich tragen?«, frage ich ihn. Er schüttelt nur den Kopf, und ich beuge mich hinunter und küsse ihn auf den Kopf, während wir die Treppe hinuntergehen.

Eine Träne entweicht mir nun doch, und ich wische sie so schnell ich kann weg. Mit gesenktem Kopf verlasse ich die Eishalle und sorge dafür, dass Caleb so schnell wie möglich ins Auto steigt. Mit hämmernder Brust und verschwitzten Handflächen fahre ich vom Parkplatz. Soll ich es Tim und Veronica erzählen? Soll ich ihnen erzählen, dass ich mit einem verheirateten Mann geschlafen habe?

Und nicht nur mit irgendeinem verheirateten Mann. Nein, das wäre zu einfach. Nein, ich habe mit dem Vater eines Freundes von Caleb geschlafen. Oh, mein Gott. Ich presse mir die Hand gegen die Stirn, während ich mich auf den Weg zu Tim und Veronica mache.

Als ich in ihre Einfahrt einbiege, schlucke ich meinen Schmerz hinunter. Ich steige aus dem Auto und öffne die Hintertür für Caleb, der gleich herausspringt. Dann nehme ich ihm seine Tasche ab und gehe zur Haustür, die offen steht, und Veronica kommt heraus.

»Vielen Dank«, sagt sie, nachdem sie Caleb einen Begrüßungskuss gegeben hat und er ins Haus gerannt ist.

»Jederzeit«, erwidere ich, und sie greift nach der Hockeytasche. »Es hat Spaß gemacht.«

»Willst du reinkommen? Wir haben gerade Chinesisch bestellt«, bietet sie mir an, doch ich schüttle den Kopf.

»Ich habe eine lange Woche hinter mir«, winke ich ab und es ist nicht einmal eine Lüge. »Darum gönne ich mir ein heißes Bad.«

»Das klingt göttlich«, seufzt sie, und ich nicke ihr zu und wende mich um, um zu meinem Auto zurückzugehen. »Wir sehen uns morgen zum Mittagessen«, verabschiede ich mich, und sie nickt ebenfalls.

»Willst du uns zum Eishockeyspiel begleiten?«, fragt sie, und das Brennen in meinem Magen kehrt zurück.

»Vielleicht ein anderes Mal. Ich muss noch ein paar Kisten auspacken.« Diesmal ist es eine Lüge. Alles, was ich besitze, habe ich diese Woche ausgepackt. Es war mein Weg, um nicht an Manning denken zu müssen. Sie hebt die Hand und winkt mir zu, während ich wegfahre.

Erst als ich mich außerhalb der Sichtweite des Hauses befinde, kommen mir die Tränen. Anstelle der Erinnerungen an Samstag ist es das Gesicht seines Sohnes, das mich nicht mehr loslässt. Es ist der Blick seiner Frau, die lächelt und keine Ahnung hat, wer ihr Mann wirklich ist.

»Ich hatte noch nie einen One-Night-Stand«, höre ich seine Stimme in meinem Kopf. *»Das habe ich noch nie gemacht. Wollte es nie«,* flüsterte er mir zu, während er immer und immer wieder in mich glitt. *»Bis ich dir begegnet bin.«*

Ich schließe die Augen, und mir dreht sich der Magen um.

»Lügner!«, schreie ich im Auto, während ich nach Hause fahre.

Nachdem ich das Haus betreten habe, mache ich mir nicht einmal die Mühe, das Licht einzuschalten. Stattdessen gehe ich zum Kühlschrank, öffne ihn und greife nach dem Weißwein, den ich darin aufbewahre. Ich ziehe den Korken heraus und trinke den Wein direkt aus der Flasche. Die kalte Flüssigkeit rinnt meine Kehle hinunter und ich schließe die Augen.

»Heilige Scheiße«, murmle ich und nehme einen weiteren Schluck. »Verdammte heilige Scheiße.« Ich nehme einen weiteren Schluck, und diesmal ziehe ich mir dabei die Schuhe aus. Mit den Händen stützte ich mich auf der Küchentheke ab und lasse den Kopf hängen. »Verheiratet.« Ich schüttle den Kopf und versuche, ihn aus meinem Gedächtnis zu verbannen, gehe zurück in mein Schlafzimmer, von dort direkt ins Bad und lasse Wasser in die Wanne ein.

Die Weinflasche stelle ich auf dem weißen Marmortisch daneben ab und zünde die Kerzen rund um die Badewanne an. Dann ziehe ich mich aus, nehme die Flasche und lasse mich in die Wanne gleiten. Die Beine eng gegen die Brust gepresst, lasse ich die Tränen endlich fließen. Ich habe mit einem verheirateten Mann geschlafen. Der Gedanke geht mir immer wieder durch den Kopf, während ich den Wein trinke.

Mein ganzes Leben lang habe ich Geschichten über die Familien meiner Freunde gehört, die eine Scheidung durchmachten, und es gab immer ein Hauptthema: Einer hat den anderen betrogen. Ich konnte es nicht fassen. Verdammt, ich bin selbst schon einmal betrogen worden, also weiß ich, wie es sich anfühlt, betrogen zu werden. Ich weiß, wie es sich anfühlt, verletzt zu werden, belogen zu werden, diejenige zu sein, die im Dunkeln tappt.

Ich wische mir die Tränen weg und steige wieder aus der Wanne, weil das Wasser mittlerweile eiskalt ist. Rasch schlüpfe ich in meinen weißen Bademantel und gehe in die Küche. Dort öffne ich den Kühlschrank, um zu sehen, ob ich darin etwas Essbares finde.

Mein Telefon klingelt, und ich schaue auf die Uhr; es ist fast halb zehn. Ich gehe zur Haustür, nehme meine Gucci-Tasche und gerade als ich sie öffne, hört mein Handy auf zu klingeln.

Ein Blick auf das Display zeigt mir, dass der Anruf von einer unbekannten Nummer kam. Ich frage mich, ob es einer der Klienten ist, mit denen ich mich heute getroffen habe. Die Uhrzeit ist eigentlich unpassend für so einen Anruf, aber meine Klienten müssen sicher sein, dass ich für sie da bin, was auch immer passiert. Also rufe ich die Nummer zurück, während ich wieder in die Küche gehe.

»Hallo?«, meldet sich jemand am anderen Ende der Leitung, und ich bleibe abrupt stehen. »Evelyn«, sagt er, und ich bin wie versteinert.

Das Einzige, was aus meinem Mund kommt, ist: »Woher hast du meine Nummer?« Ich warte nicht darauf, dass er antwortet, denn es ist verdammt noch mal egal, wer ihm diese Nummer gegeben hat. Was zählt, ist, dass er sie benutzt hat. »Ruf mich nie wieder an«, fauche ich, lege auf, und mein Herz rutscht mir in die Hose. Ich lege das Handy weg und höre es Piepsen.

Mit hämmerndem Herzen nehme ich das Handy wieder in die Hand, ohne zu wissen, was mich erwartet. Womit auch immer ich gerechnet habe, das hier ist es nicht.

Unbekannte Nummer: Wir können das auf die leichte oder auf die harte Tour machen.

Ich lache. Er hat wirklich Nerven, und dann kommt eine weitere SMS rein.

Unbekannte Nummer: Ich habe kein Problem damit, deinen Bruder anzurufen und ihn zu bitten, nach dir zu sehen.

Mir bleibt der Mund offen stehen. Was zum Teufel ist sein Problem? Jetzt bin ich sauer, verdammt stinksauer. Ich wähle seine Nummer, und ich kann hören, dass er im Auto sitzt.

»Evelyn«, fleht er verzweifelt. »Bitte lass es mich erklären.«

»Ich weiß wirklich nicht, was für ein Spiel du da spielst«, setze ich an, »aber …«

»Ich spiele kein Spiel. Ich will nur fünf Minuten deiner Zeit, und dann werde ich dich nie wieder belästigen.«

»Von mir wirst du kein Wort hören.« Dabei werde ich immer lauter. »Es gibt keinen Grund, noch darüber zu reden. Wir können einfach vergessen, dass es je passiert ist.«

»Auf gar keinen Fall«, widerspricht er, und ich habe keine Ahnung, was er damit meint. »Ich kann zu dir kommen.« In meinem Kopf dreht sich alles. »Ich muss auch nicht ins Haus kommen. Wir können auch draußen reden.« Seine Stimme wird jetzt sanfter. »Ich muss nur …«

»Du willst die Sache einfach nicht ruhen lassen, oder?«, frage ich, und schließe die Augen, als er antwortet.

»Nein.«

Ich stelle mir vor, wie es wäre, ihm wieder von Angesicht zu Angesicht gegenüberzustehen, und dann stelle ich mir vor, wie es wäre, wenn uns jemand dabei erwischt – der Gedanke ist zu viel für mich. »Ich schicke dir meine Adresse«, gebe ich schließlich nach. »Du hast fünf Minuten Zeit. Danach will ich dich nie wiedersehen.« Ich lege auf und schicke ihm die Adresse. Gerade, als ich das Handy beiseitelege, bekomme ich eine SMS.

Unbekannte Nummer: Bin in fünfzehn Minuten da.

Dreizehn

Manning

Ich werfe das Handy auf den Sitz neben mir und mache mich
auf den Weg zu Evelyns Haus.

Die letzten drei Stunden sind wie in Trance an mir vorbei-
gezogen.

*Sie tat so, als würde sie mich nicht kennen, und das hat mich
innerlich sterben lassen. Ich sah ihr nach, als sie wegging, und
die ganze Zeit über wollte ich ihr hinterherlaufen und mir ihre
Telefonnummer holen. Wollte ihr alles erzählen. Sie vermied
es, in meine Richtung zu schauen, doch die ganze Zeit über
hoffte ich, sie würde es tun, wenn auch nur für eine Minute.
Ich hoffte, sie würde die Wahrheit in meinen Augen sehen,
wenn sie mich ansah.*

*»Was möchtest du zum Abendessen essen?«, hörte ich Mu-
rielle neben mir sagen. Mein Blick war immer noch auf Evelyn
gerichtet, die mit ihrem Neffen die Treppe hinunterging. Ich
schüttelte Murielles Arm ab, während ich Jaxon dabei zusah,*

wie er sein Slush trank. Sie hatte mich noch nie vor anderen Leuten auf den Mund geküsst, und ich sah sie darum schräg von der Seite an.

Während ich ihren Lippenstift von meinen Lippen wischte, sah ich ihr direkt in die Augen. »Ich gehe mit Jaxon Pizza essen«, antwortete ich ihr, nur damit sie keine Szene machte. Natürlich blickte sie sich um, um sicherzugehen, dass niemand zu uns hinübersah.

»Bleib nicht zu lange mit ihm weg«, mahnte sie. »Er hat morgen Nachmittag ein Spiel.«

»Ich kenne seinen Zeitplan, Murielle«, erwiderte ich, während ich Jaxons Tasche nahm und mit ihm die Treppe hinunterging. »Hast du lange mit Evelyn gewartet?« Jedes Mal, wenn ich ihren Namen aussprach, zog sich mein Magen zusammen. Jetzt mehr denn je.

»Nein«, erwiderte er, als wir aus der Eishalle gingen, und ich könnte schwören, dass ich sie in einem schwarzen BMW davonfahren sah. Als sie am Stoppschild anhielt, war ich mir sicher, dass sie es war.

»Sie wollte uns Geld für die Spielautomaten geben«, sagte er, »aber dann kamst du.«

»Das war sehr nett von ihr.« Ich öffnete ihm die Tür und wollte ihm noch mehr Fragen stellen, wollte wissen, ob er sie mochte. Wollte alles wissen, was er mir über sie sagen konnte.

Ich versuchte, ihm zuzuhören, während er mir von seiner Woche erzählte, aber konnte nur an Evelyn denken. Als wir endlich zu Hause ankamen, sah ich das Auto ihres Trainers davor stehen und schüttelte nur den Kopf.

Wir gingen hinein, und Jaxon fragte nicht einmal nach seiner Mutter, sondern machte sich auf den Weg in die Dusche. Ich setzte mich bei ausgeschaltetem Licht ins Wohnzimmer und begann, Evelyn zu googeln, jetzt, da ich ihren vollen Namen kannte.

Ich fand einen Artikel, in dem stand, dass sie die Nachfolge ihres Vaters in der Firma antrat, und ich suchte schnell in meinem Postfach nach der E-Mail, die ich vor zwei Wochen von Tims Firma erhalten hatte.

Da war sie, und darin standen, schwarz auf weiß, ihr Name und ihre Handynummer.

Ich schloss die E-Mail, als ich Schritte von unten heraufkommen hörte.

»Danke, dass du vorbeigekommen bist, um meine juckende Stelle zu kratzen«, hörte ich Murielle zu ihrem Trainer sagen. »Du weißt immer genau, an welcher Stelle du kratzen musst.«

»Wenn es dich juckt«, sagte ich, während ich aufstand und beide rissen ihre Köpfe herum und starrten mich an, »dann schlage ich vor, du gehst zum Arzt lässt dich untersuchen.« Ich machte mich auf den Weg zur Treppe und ging nach oben, um Jaxon ins Bett zu bringen.

Sobald er schlief, ging ich aus dem Haus und schloss die Tür hinter mir.

Ich fahre zu ihrem Haus, die Veranda ist beleuchtet und der schwarze BMW parkt in der Einfahrt. Meinen Wagen stelle ich direkt dahinter ab. Ich weiß nicht einmal, was zum Teufel ich ihr sagen soll, aber ich muss sie sehen. Ich muss ihr wenigstens irgendetwas sagen. Das hat sie verdient; um ehrlich zu sein, hat sie etwas Besseres verdient als das. Sie verdient etwas Besseres als mich. Mein Telefon klingelt, und mein Herz schlägt schneller, weil ich denke, dass es Evelyn ist, die mir sagt, ich soll doch nicht herkommen. Aber es ist Murielle.

»Was?«, frage ich, kaum, dass ich rangegangen bin.

»Wo bist du?«, will sie wissen, doch ich schüttle nur den Kopf.

»Geht es Jaxon gut?«, stelle ich ihr stattdessen eine Gegenfrage, und sie schnauft.

»Okay, dann tschüs.« Ich kann Laken rascheln hören und ich mache mir gar nicht erst die Mühe, noch irgendetwas zu ihr zu sagen, bevor ich auflege. Sie ruft mich wieder an, und ich weiß, wenn ich nicht antworte, wird sie es immer wieder versuchen. »Was gibt es, Murielle?«

»Lass diesen ›Was gibt es, Murielle‹-Mist. Ich bin deine Frau«, erwidert sie, und ich muss lachen. »Ich habe ein Recht darauf zu wissen, wo du bist.«

»Ich habe auch ein Recht darauf, dass dein Trainer dich nicht in unserem Haus fickt. Ich habe das Recht, dich um die Scheidung zu bitten. Wir bekommen eben nicht immer, was wir wollen«, erwidere ich. »Wenn mit Jaxon alles in Ordnung ist und er schläft, haben wir uns nichts weiter zu sagen.«

»Betrügst du mich?«, kreischt sie und ich lache.

»So viel Glück habe ich nicht«, antworte ich nur und lege auf. Als sie wieder anruft, lasse ich ihren Anruf einfach auf die Mailbox laufen. Ich warte, ob sie es dann noch einmal versucht, stattdessen schickt sie nur eine SMS.

> Murielle: Wir müssen reden.

Ich gehe zur Haustür und drücke auf die Klingel. Mein Blick richtet sich auf den betonierten Gehweg und dann wieder nach oben, als ich höre, wie Evelyn die Tür aufschließt. Langsam öffnet sie sich, und ich sehe sie vor mir. Sie trägt einen Pullover, der ihr bis zu den Knien reicht, und eine Strumpfhose. Ihr rotes Haar hat sie zu einem Knoten auf ihrem Kopf aufgetürmt, und ich sehe, dass sie geweint hat. Ihre Nasenspitze ist rot, und ihre Augen sind geschwollen. Das ist wie ein Tritt in die Eier.

So viele Dinge gehen mir durch den Kopf, so viele Dinge, die ich sagen möchte, aber das Einzige, was aus meinem Mund kommt, ist ihr Name. »Evelyn«, flüstere ich, der Schmerz in meiner Brust ist mehr, als ich ertragen kann.

»Du hast fünf Minuten«, sagt sie, und ich weiß, ich bin es ihr schuldig, diese Zeit einzuhalten.

»Willst du das hier draußen machen oder …?« Ich schaue mich fragend um, und sie öffnet die Tür ganz, um mich hereinzulassen. Ich betrete das Haus und kann die Gemütlichkeit darin spüren. Auf dem Tisch neben der Tür steht ihre schwarze Handtasche, die sie heute Abend dabeihatte. Daneben befindet sich eine Vase mit Rosen, und ich frage mich, ob sie sie selbst besorgt hat. Ich frage mich, ob sie Rosen mag und was ihre Lieblingsblumen sind.

»Danke.« Ein Blick auf sie reicht, und ich wünschte, ich könnte sie küssen. Ich stecke meine Hände in die Taschen, damit ich nicht dem Drang nachgebe, sie zu packen, denn dann würde sie mir wahrscheinlich in die Eier treten und mich sofort rausschmeißen. Und ich will jede Minute nutzen, die sie bereit ist, mir zu geben.

»Ich dachte, es wäre besser, wenn wir keine große Sache daraus machen«, sagt sie, tritt von mir weg und verschränkt die Arme vor der Brust. »Und vor allem wollte ich es nicht vor aller Augen besprechen.«

»Bevor ich irgendetwas sage, möchte ich nur, dass du weißt: Es tut mir leid.«

Als sie lacht, betrachte ich sie, und etwas macht klick, aber ich weiß nicht, was ich tun soll. Diese ganze Woche hat meine Welt aus den Fugen geraten lassen.

»Was genau tut dir leid?«

Das ist eine schwierige Frage. »Vieles, aber vor allem, dass du es auf diese Weise erfahren hast.« Sie rollt mit den Augen. »Okay, das war nicht die beste Antwort.«

»Warum übernehme ich nicht das Reden?«, schlägt sie vor. »Was auch immer am Samstag zwischen uns passiert ist«, sie deutet auf sich und dann auf mich, »das bleibt unter uns. Es wird nirgendwo hinführen.« Ich mache einen Schritt auf sie zu, und sie wird wütend. »Du bist verheiratet!«, schreit sie. »Verheiratet!« Sie presst sich die Hände auf den Bauch. »Weißt du, wie ich mich dabei fühle?« Ihre grünen Augen leuchten, und ich möchte ihr Gesicht in meine Hände nehmen, ihre Lippen küssen und ihr alles sagen, verdammt noch mal alles. »Du hast deine Frau betrogen, und ich war Teil davon.« Sie schüttelt den Kopf. »Verheiratet ... du bist verheiratet.«

Jetzt oder nie. »Ich erzähle niemandem etwas über mein Privatleben«, fange ich an. »Ich bin der verschwiegenste Mensch, den du je kennenlernen wirst. Mein Name ist Manning Stevenson, und ich spiele Eishockey für die Dallas Oilers. Ich bin ihr Kapitän.«

»O mein Gott.« Sie schlägt die Hand vor den Mund. »Deshalb hat dich der Barkeeper Captain genannt.«

»Ja«, bestätige ich ihr. »Ich bin nicht in den sozialen Medien zu finden. Ich bleibe gerne für mich, und Interviews gebe ich nur nach dem Spiel oder wenn es um die Stiftung oder Kinder geht. An dem Abend, als ich in das Restaurant ging ... Ich möchte, dass du weißt, dass das, was wir hatten, was wir geteilt haben ...« Es ist schwer, die richtigen Worte zu finden.

»Es war alles eine Lüge«, flüstert sie und ich kann Tränen in ihren Augen sehen. »Die ganze Woche über musste ich an dich denken. Das Einzige, was ich die ganze Woche über bereut habe, war, dass ich an diesem Morgen nicht bei dir geblieben bin.« Sie schluckt, und ich kann sehen, dass ihr eine Träne entkommen ist. »Aber jetzt bereue ich alles. Du hast mich zu der Person gemacht, die ich auf der Welt am meisten hasse. Du hast mich zu jemandem gemacht, der eine Ehe zerstört hat.« Wieder presst sie ihre Hände auf ihren Bauch.

»Du hast keine Ehe zerstört«, widerspreche ich ihr. »Ich schwöre dir bei allem, was ich habe, dass du keine Ehe zerstört hast. Murielle und ich ...« Ich fahre mir mit den Händen durch die Haare, habe Angst, es ihr zu sagen, habe Angst vor dem Mitleid, das sich vielleicht auf ihrem Gesicht abzeichnen könnte. Vor allem aber habe ich Angst, dass sie mir nicht glauben wird. Aber ich habe keine Wahl, denn ich werde nicht zulassen, dass sie sich selbst niedermacht. »Du bist das Gegenteil von jemandem, der eine Ehe zerstört hat. Es gibt keine Ehe mehr, die zerstört werden könnte.« Ich sehe die Verwirrung in ihrem Gesicht. »Sind Murielle und ich verheiratet?« Die Worte in meinem Mund schmecken bitter, aber nicht bitterer als das nächste Wort, das herauskommt: »Ja. Aber …«

Sie schüttelt den Kopf. »Es gibt kein Aber«, blockt sie ab und geht an mir vorbei zur Tür, um sie zu öffnen. »Lebwohl, Manning.«

Vierzehn

Evelyn

»Lebwohl, Manning«, sage ich zu ihm. Mein Herz ist sich nicht sicher, ob es seine Anwesenheit hier noch länger ertragen kann. Vor ihm zu stehen und zu wissen, dass er mir niemals gehören kann. Zu wissen, dass er mir nie gehört hat. Zu wissen, dass unsere gemeinsame Nacht für ihn nurirgendeine Nacht war.

Ich sehe ihn an, und er sieht genauso gebrochen aus wie ich, und ich frage mich, warum. Hat er Angst, dass ich es seiner Frau erzähle? Angst, dass ich es meinem Bruder erzähle?

»Alles, was ich dir letzte Woche gesagt habe, war die Wahrheit«, sagt er. Seine Stimme klingt fest, und seine Füße bewegen sich nicht in Richtung Tür. »Vor Samstag habe ich nicht gelebt.« Ich sehe ihn an, nicht sicher, was er meint. »Letzten Samstag war das erste Mal seit langer Zeit, dass ich meine Wünsche über die von anderen gestellt habe. Es war das erste Mal, dass ich erkannte, ich verdiene das. Ich verdiene es, etwas für mich zu haben.«

»Ich weiß nicht einmal, was das bedeuten soll«, erwidere ich ehrlich. »Wenn du dir Sorgen machst, dass ich jemandem von uns erzähle«, ich schüttle den Kopf, »kann ich dich beruhigen. Niemand wird von mir erfahren, was zwischen uns passiert ist.« Ich sehe ihn an, will wissen, ob er vielleicht einen Seufzer der Erleichterung ausstößt, aber er zuckt bei dieser Aussage nicht einmal zusammen. »Hast du dich deshalb am Samstag ständig umgesehen?«, frage ich, weil sich die Teile des Puzzles zusammenfügen.

»Ich habe mich umgesehen, weil ich es erstens hasse, wenn jemand nur auf meinen Promistatus aus ist, und zweitens, weil ich dich beschützen wollte, damit du nicht überall auf Social Media auftauchst«, antwortet er. »Weißt du, wie toll es war, dass du mich um meinetwillen mochtest?«, fragt er dann, doch ich antworte nicht. »Es hat einfach alles verändert.« Seine Stimme verstummt. »Alles in dieser Nacht war perfekt.«

»Weißt du, warum ich wieder nach Hause gezogen bin?«, frage ich, und er sieht mich nur an. »Weil ich meinen Freund dabei erwischt habe, wie er bis zu den Eiern in seinem Geschäftspartner steckte, während meine beste Freundin auf seinem Gesicht hockte«, verrate ich ihm. »Jetzt bin ich diese Person.« Ich zeige auf mich. »Du hast mich zu dieser Person gemacht. Du.« Ich deute auf ihn und dann wieder auf mich. »Du hast mich zu der Person gemacht, die ich am meisten hasse. Du hast mich zu einer Lügnerin gemacht und zu einer Fremdgeherin!«, schreie ich. »Ich bin genauso furchtbar wie sie.«

»Du bist nicht so furchtbar wie sie«, widerspricht er mir, und ich rolle mit den Augen. »Du könntest nie so ein Mensch sein.«

»Aber ich bin es.« Ich hebe die Hände und lasse sie dann wieder sinken. »Es war eine Lüge«, fahre ich leise fort, und das trifft ihn mehr als alles, was ich vorher gesagt habe.

»Nichts an diesem Abend war eine Lüge.« Er starrt mich

an. »Der Mann, der mit dir in diesem Hotelzimmer war – das war ich. Das war mein wahres Ich. Es war ein Ich, das niemand je kennengelernt hat. Ich war nicht Manning, der Kapitän der Dallas Oilers. Ich war nicht Manning, der Typ, der für Fotos posiert. Ich war nicht Manning, der ein Interview gibt. Ich war Manning, einfach der Mann.«

Es ist mir unmöglich, ihm zu antworten, weil sich ein riesiger Kloß in meinem Hals bildet. Ich sollte ihm sagen, dass er sich verpissen soll und ihn einen Fremdgeher schimpfen. Das hier hatte eigentlich ganz einfach ablaufen sollen. Jetzt erkenne ich endlich, dass nichts einfach ist, wenn es um ihn geht.

»Die ganze Woche über habe ich diese Nacht immer und immer wieder in meinem Kopf durchgespielt. Die ganze Woche über war es das Einzige, woran ich denken konnte. An dich.« Er deutet auf mich. »Du warst das Einzige, an das ich denken konnte. In die Eishalle zu kommen und dich zu sehen, war ...« Er fährt sich mit den Händen durch die Haare. »Fuck, es war, als würde ich einen verdammten Engel sehen. Ich dachte, meine Augen würden mir einen Streich spielen.«

»Ich habe nach einem Ring gesucht«, sage ich. »Nachdem wir uns das zweite Mal über den Weg gelaufen sind und ich an die Bar kam, habe ich als Erstes nach einem Ring an deinem Finger gesucht.«

»Ich habe eigentlich nie einen Ring getragen«, gesteht er mir. »Aber jetzt würde ich erst recht keinen mehr tragen.«

Ich werfe die Hände in die Luft. »Ich weiß nicht einmal, was das bedeuten soll.«

»Vor vier Jahren habe ich Murielle um die Scheidung gebeten, und sie ...«, setzt er an. »Sie ist mit Jaxon für zwei Wochen abgehauen. Ich konnte beide nicht finden, und hatte keine Ahnung, wohin sie gegangen war. Sie hat meinen Sohn genommen und ist einfach verschwunden.« Seine Stimme bricht. O mein Gott. Er zieht seine Hand aus der Gesäßtasche und wischt sich mit dem Daumen eine Träne weg. »Noch nie in meinem Leben habe ich mich so hilflos gefühlt. Sie hat nur zugestimmt, nach Hause zurückzukommen, wenn ich nie wieder mit Scheidung komme.« Er hört nicht auf zu reden. »Ich hätte ihr alles versprochen, nur um Jaxon zurückzubekommen. Sie kam zurück, und wir haben uns zusammengesetzt. Ich habe ihr mein Herz ausgeschüttet und sie gefragt, warum sie überhaupt noch mit mir verheiratet sein wollte.« Meine Hand fällt von der Klinke. »Sie wusste darauf keine Antwort. Saß einfach da, und ich habe gewartet. Ich wartete und wartete, und das Einzige, was sie sagen konnte, war, wie es aussehen würde, wenn wir uns scheiden lassen sollten.« Er legt den Kopf in den Nacken. »Ihre größte Sorge war, wie die Leute sie ansehen würden. Ich habe sie gefragt, ob sie mich liebt, und sie hat es bejaht, aber sie konnte mir nicht sagen, warum. Meine Antwort war ehrlich, ich sagte ihr, dass ich sie nicht liebte. Wofür ich sie geliebt hatte, war, dass sie mir Jaxon geschenkt hat, aber ansonsten waren wir vollkommen gegensätzlich.«

Mir schwirrt der Kopf von all diesen Informationen. Eigentlich dachte ich, dass er aufhören würde, mir davon zu erzählen, aber er tut es nicht. »Ich habe sie angefleht, mich gehen zu lassen.« Er schluckt, während seine Stimme wieder bricht. »Aber sie hat sich geweigert. In dieser Nacht bin ich aus unserem Schlafzimmer ausgezogen. Von diesem Tag an, und noch viele Monate davor schon, habe ich sie nicht mehr angefasst. Wir sind anderen zuliebe verheiratet. Wir sind nur zur Show verheiratet. Nur zur verdammten Show. Ich, der immer alles für sich behält, lebe eine verdammte Lüge.« Er sieht mich an. »Ich bleibe nur aus einem einzigen Grund bei ihr, und das ist Jaxon.« Das tut mir so unendlich leid für ihn. »Ich bleibe für meinen Sohn. Ich bleibe, damit sie mein Kind nicht in die Scheiße reitet. Ich bleibe, um den Anschein zu wahren. Aber dabei ist ein Teil von mir gestorben.« Er schüttelt den Kopf. »Ich wusste es nicht einmal, bis ich dich sah.« Seine

Stimme wird leiser. »Bis ich dich berührt habe. Mir hat es gereicht, einfach zu leben und allen anderen zu geben, was sie wollten. Doch dann habe ich dich gesehen.« Er starrt mich an. »Ich habe dich gesehen, und etwas in mir ist einfach vom Rand einer Klippe gesprungen.« Er kommt auf mich zu, doch ich bewege mich nicht und tue nichts. Manning steht vor mir, und sein Duft hüllt mich ein. »Etwas in mir ist aufgewacht.« Seine Stimme wird wieder leiser, verstummt schließlich, und er sieht mich an. Ich weiß nicht, was ich sagen soll. Er hat mir gerade sein ganzes verdammtes Herz auf einem Tablett serviert, und ich weiß nicht, was ich ihm antworten soll.

»Manning«, flüstere ich.

Seine Hand hebt sich und sein Daumen streicht über meine Wange. »Du hast keine Ehe zerstört. Mach dich niemals wieder so runter«, mahnt er und mein Herz hämmert laut in meiner Brust. »Du hast mich sogar gerettet.« Manning beugt sich zu mir herunter, und mit seinen Lippen direkt vor meinen wage ich kaum zu atmen. »Du warst diejenige, die mir die Augen geöffnet hat«, fährt er fort, und sein Atem stockt. »Dass ich innerlich nicht tot war.« Er lehnt sich näher zu mir, bis kein Platz mehr zwischen uns ist, und seine Lippen liegen auf meinen, in dem sanftesten Kuss, den er mir je gegeben hat. Seine Hand berührt meine Wange, doch er zieht sich wieder zurück. »Du, Evelyn.« Meine Lider heben sich flackernd und ich sehe ihn an. »Du bist der Stoff, aus dem meine Träume sind.« Alles, was ich kann, ist ihn anzusehen; seine Blicke flehen mich fast an. Ich kann nichts sagen. Kein einziges Wort kommt aus meinem Mund, denn der Kloß in meiner Kehle macht es fast unmöglich, ohne dass ein Schluchzen aus mir herausbricht. Seine Hand sinkt von meiner Wange. »Meine fünf Minuten sind vorbei«, sagt er, und seine Stimme klingt so niedergeschlagen. »Danke, Evelyn«, höre ich ihn sagen, und er verlässt das Haus.

Ich lege meine Hand an meine Wange, während ich ihn

wegfahren sehe. Eine Träne rollt über meinen kleinen Finger und tropft zu Boden. Meine Hand wandert von meiner Wange zu meinen Lippen, die noch immer von seinem Kuss prickeln. Ich weiß nicht, wie lange ich so dastehe, bevor ich leise die Tür schließe, weiß nicht einmal, warum ich darauf gewartet habe, dass er zurückkommt.

Irgendetwas in mir hat gehofft, dass er zurückkommen würde. Ich sitze im Dunkeln und höre seine Worte noch immer in meinem Kopf. »Vier Jahre«, sage ich in die Dunkelheit, während eine Stunde in die andere übergeht. »Lieblos.« Ein Schauer durchfährt mich. »Ich war einfach ich.«

Ich lege mich auf die Couch, schließe die Augen, kann seine Stimme hören, als ob er direkt neben mir wäre. *Du bist der Stoff, aus dem meine Träume sind.* Ich schließe meine Augen, als der Schlaf mich einholt.

Fünfzehn

Manning

Du hast mich zu einer Lügnerin gemacht und zu einer Fremd-geherin.

Ihre Stimme klingt so deutlich in meinen Ohren, dass ich glauben könnte, sie steht direkt neben mir, und ich reiße die Augen auf. »Ich bin genauso furchtbar wie sie.« Mein Blick ist auf meine Schlafzimmerwand gerichtet. Dann drehe ich mich um und schaue an die Decke, die Schwere in meiner Brust ist noch drückender als letzte Nacht, wenn das überhaupt mög-lich ist.

Von ihr wegzufahren war das Schlimmste, was ich je tun musste. Sie dabei im Rückspiegel zu sehen, wie sie in der Tür stand. Ihr Kuss, der immer noch auf meinen Lippen brennt. Meine Hand sehnt sich danach, ihr Gesicht zu berühren. Mein Körper sehnt sich nach ihr.

Ich schließe die Augen wieder und versuche, noch einmal einzuschlafen, aber alles, was ich höre, ist, wie sie zu mir sagt, dass sie eine schreckliche Person ist, und das ertrage ich einfach nicht. Wie konnte ich zulassen, dass sie vor mir stand und diese Dinge über sich selbst sagte. Zum ersten Mal in meinem Leben habe ich mich jemandem gegenüber geöffnet. Zum ersten Mal habe ich mich nicht zurückgehalten. Zum ersten Mal habe ich jemandem gezeigt, dass ich nicht perfekt bin, dass mein Leben nicht so ist, wie es scheint, und dass ich genauso leide wie alle anderen. Sie sollte wissen, dass die Stunden mit ihr keine Lüge waren. Nichts, was wir getan haben, war eine Lüge.

Ich höre Schritte vor meiner Tür und schaue hinüber, als sich die Tür langsam öffnet. »Hey«, grüße ich Jaxon, der ins Zimmer gerannt kommt und sich zu mir ins Bett legt. »Morgen«, sage ich zu ihm, während er sich an mich kuschelt. Ich lege meinen Arm um ihn und küsse ihn auf den Kopf. »Hast du gut geschlafen?«

»Ja«, antwortet er und beugt sich vor, um sich die Fernbedienung zu schnappen und den Fernseher einzuschalten. Er schaltet Netflix ein, und ich stehe auf, um ins Bad zu gehen. Dort wasche ich mir das Gesicht und schaue in den Spiegel. Die Spuren vom letzten Wochenende sind in meinem Gedächtnis eingebrannt, auch wenn ich sie nicht mehr sehen kann. Ich hebe meine Hand und berühre die Stelle, an der sie mich gebissen hat. Die Erinnerung kommt so schnell zurück, dass ich sie nicht zurückhalten kann.

»Bist du dir da sicher?«, fragte ich sie, als ich sie zum Bett trug. Es war eine Sache, an der Tür über sie herzufallen, aber ich hatte nicht vor, sie noch einmal an der Wand zu ficken. Vielleicht beim fünften Mal, dachte ich bei mir. Sie schüttelte den Kopf und ich küsste sie innig.

»Kondome«, sagte sie und hielt mich davon ab, mich noch einen Zentimeter weiter zu bewegen. »Handtasche.«

Vorsichtig setzte ich sie auf dem Bett ab. »Ich hole sie«, flüsterte ich ihr zu, und am liebsten hätte ich jetzt Licht gehabt.

Ich wollte ihr Gesicht sehen, wenn ich in sie glitt. Stattdessen ging ich zurück zur Tür, wo ihre Handtasche offen auf dem Boden lag, und die Kondome lugten daraus hervor. Ich beugte mich vor, um sie aufzuheben, und als ich wieder zum Bett zurückkam, war sie bereits völlig nackt. Sie lag auf dem Bett, hatte die Beine an die Brust gezogen und die Knöchel gekreuzt. Ihr Haar fiel ihr über die Schultern. »Du bist wunderschön«, sagte ich, während ich mir die Schuhe und die Hose auszog.

Hastig riss ich die Kondompackung auf, mein Schwanz war bereits hart und bereit für sie. Ich rollte das Kondom herunter und schaute sie an. Sie lag mit dem Kopf auf den Kissen hinter ihr und hatte die Beine jetzt weit gespreizt. Mit einem Knie stützte ich mich auf der Matratze ab und kroch zu ihr hinüber, beugte mich und leckte sie noch ein letztes Mal, bevor ich an ihrer Spalte auf und ab rieb.

»Perfekt«, seufzte ich, während ich zusah, wie ich in sie glitt. Dabei ließ ich mir Zeit, um jede einzelne Sekunde auszukosten. Erst als ich vollständig in ihr war, merkte ich, dass ich nicht atmete. Als ob sie für mich gemacht wäre. Ich legte meine Arme neben ihrem Kopf ab, während ich mich in sie hinein und wieder heraus bewegte. Das tat ich so langsam wie möglich, bis sie mich unter dem Kinn küsste, und dann stieß ich hart in sie. In dem Moment biss sie mich.

»Dad«, höre ich Jaxon rufen, was mich in die Gegenwart zurückholt. »Kannst du mir Pfannkuchen machen?«

»Ja, Kumpel«, erwidere ich, gehe zu meinem begehbaren Kleiderschrank und hole mir dort ein T-Shirt. Ohne mein T-Shirt gehe ich nicht nach unten. Das letzte Mal, als ich das getan habe, hat Murielle ihren Finger über meinen Rücken wandern lassen und dann ihre Handflächen auf meine Brust gelegt. »Geh dir die Zähne putzen«, fordere ich ihn auf, und er wirft die Decke beiseite und geht aus dem Zimmer.

Ich nehme mein Handy in die Hand und weiß nicht, warum ich hoffe, eine SMS von Evelyn darauf zu finden, aber da ist keine, und ich lösche die SMS, die ich ihr gestern Abend geschickt habe. Ihre Nummer speichere ich unter dem Namen ihres Vaters ab. Dann gehe ich die Treppe hinunter und setze mir einen Kaffee auf. Ich hole ein paar Würstchen und etwas Truthahnspeck aus dem Kühlschrank und fange an, alles anzubraten, dann mache ich ein paar Pfannkuchen. Jaxon kommt zehn Minuten später herunter, er trägt fast das Gleiche wie ich. »Willst du einen Orangensaft?«, frage ich ihn, und er nickt, geht zum Kühlschrank hinüber und gießt sich ein Glas ein. »Möchtest du Blaubeeren in deinen Pfannkuchen?«

Er schüttelt den Kopf. »Schokolade«, sagt er und lächelt.

»Du hast in drei Stunden ein Spiel«, erwidere ich, und er schlägt sich die Hand gegen die Stirn. »Also, Blaubeeren?«

»Ja, bitte«, antwortet er, setzt sich auf den Hocker vor mir und wir sprechen über die Spielzüge, die er machen will. Gerade als ich mich zu ihm setzen will und wir anfangen wollen zu essen, kommt Murielle in kurzen Shorts und einem Tanktop die Treppe herunter.

»Morgen«, ruft sie und geht zur Kaffeemaschine hinüber. Sie nimmt sich einen Kaffee und setzt sich auf den Hocker neben mich. »Wann bist du nach Hause gekommen?«

»Nicht sehr spät«, antworte ich, esse und ignoriere die Tatsache, dass sie so nah bei mir sitzt. Sie greift über mich hinweg nach einer Scheibe Truthahnspeck, und ich sehe sie böse an. Sie weiß, dass ich ihr nicht vor Jaxon sagen werde, dass sie sich verpissen soll.

Murielle lächelt mich nur an. »Wann müsst ihr beide heute los?«

»Um zehn fahren wir«, informiere ich sie. »Sein Spiel ist um elf.«

»Ich wünschte, ich könnte mitkommen, aber ich habe ein Stiftungstreffen. Wir werden im Dezember eine Spielzeugsammlung organisieren«, erzählt sie mir. Das muss ich ihr lassen – sie engagiert sich sehr für die Stiftung. Ich meine, das muss sie auch, schließlich ist sie die Frau des Kapitäns. »Tut mir leid, Kumpel.«

»Schon okay«, erwidert Jaxon, steht auf und stellt seinen Teller in die Spüle. »Kann ich ein bisschen auf dem iPad spielen?«, fragt er, und ich nicke.

»Wir fahren in fünfundvierzig Minuten los. Du hast also dreißig Minuten Zeit für das iPad. Ist deine Tasche gepackt?«, frage ich.

Er nickt, während er zur Couch hüpft und sich das iPad schnappt.

»Gehst du nach dem Spiel noch weg?«, fragt sie, und ich sehe zu ihr hinüber. »Bin nur neugierig.«

»Ich frage dich nicht, wohin du gehst, also frag du mich auch nicht.« Damit stehe ich auf und stelle meinen Teller in die Spüle.

»Wenn du willst, kannst du mich fragen«, erwidert sie, und ich drehe mich um und sehe sie, wie sie sich gegen die Küchentheke lehnt. »Ich bin ein offenes Buch.«

»Oh, offen bist du wirklich«, murmle ich. Sie trinkt ihren Kaffee, und ich weiß nicht, was über mich kommt. Vielleicht ist es die Tatsache, dass ich Evelyn hatte. Vielleicht ist es die Tatsache, dass ich für zwei, drei Sekunden glücklich war. Vielleicht ist es die Tatsache, dass ich mir endlich eingestanden habe, dass ich es verdiene, glücklich zu sein. Ich verdiene es, jeden Morgen aufzuwachen und mich nicht fürchten zu müssen, die Frau zu sehen, die mein Haus mit mir teilt. »Bist du nicht müde?«, frage ich, und sie sieht mich nur verwirrt an. »Von dem hier?« Ich zeige auf sie und dann auf mich. Ihre Augen zeigen mir, dass sie es immer noch nicht verstanden hat. »Eine Lüge zu leben? Sich zu verstellen? Willst du nicht offen und frei sein?«

Wütend funkelt sie mich an, während sie zur Couch

schaut, um sicherzugehen, dass Jaxon nicht zuhört. »Ich weiß nicht, wie es dir geht«, erwidert sie leise, »aber ich schlafe nachts sehr gut.« Sie verschränkt die Arme vor der Brust. »Wenn du wieder zurück in unser Bett kommen willst, würde ich allerdings nicht Nein sagen.«

»Bist du wahnsinnig? Murielle, es ist vorbei. Es ist mehr als nur vorbei. Diese Ehe ist tot und begraben.« Ich sehe sie an und frage sie erneut. »Liebst du mich?«

Sie sieht mich nur an. »Ja«, lautet ihre Antwort, und ich muss lachen und schüttle den Kopf. »Ja, ich liebe dich.«

»Okay, was liebst du an mir, außer mein Geld und meinen Status?« Mit geneigtem Kopf warte ich auf ihre Antwort.

»Wir haben ein gutes Leben. Ein tolles Leben. Wir sind beide …«

Ich hebe die Hand, um ihr Einhalt zu gebieten. »Spar es dir, Murielle.«

»Warum bist du so?«, klagt sie. Es klingelt an der Tür, und ich schaue zur Kamera hinüber, um zu sehen, dass es ihr Fuckbuddy ist.

»Dein Kratzbaum ist da«, sage ich und drücke mich von der Theke weg. Noch einmal sehe ich zu ihr und bleibe neben ihr stehen. »Falls du deine Meinung änderst, können wir darüber reden.«

Murielle starrt mich wütend an. »Es gibt nichts, worüber wir reden müssten«, zischt sie mir zu, und es klingelt erneut. Sie stößt sich ebenfalls von der Theke ab und geht aus der Küche.

»In dem Moment, in dem mein Sohn herausfindet, dass seine Mutter im Keller gefickt wird, ist es wirklich vorbei«, sage ich.

»Unser Sohn«, korrigiert sie mich. »Es würde mir wirklich keine Freude machen, dir unseren Sohn wegnehmen zu müssen.«

Ich halte ihre Hand fest, als sie versucht wegzugehen. »Das

letzte Mal hast du mich überrumpelt«, erwidere ich so ruhig, wie ich gerade kann. »Dieses Mal bin ich vorbereitet.«

Murielle entreißt mir ihre Hand. »Wage es nicht, mir zu drohen«, zischt sie.

Mit einem Kopfschütteln lächle ich sie an. »Ich würde es nicht wagen, dir zu drohen.« Damit gehe ich zur Couch. »Los geht's, Kumpel.« Ich hebe Jaxon hoch, und er lacht, weil ich ihn mir über die Schulter werfe.

»Dad!«, ruft er, und ich gehe die Treppe hinauf, während Murielle die Tür öffnet. Dabei versichere ich mich, dass ihr Trainer mich nicht sieht, während ich in meinen Bereich des Hauses gehe.

»Musst du wieder weg?«, fragt Jaxon, als ich meine Reisetasche hole und sie auf das Bett lege, während er auf seinem iPad spielt.

»Nur für ein paar Tage. Ich fahre morgen weg und komme am Mittwoch zurück.«

»Kannst du mich zum Training mitnehmen, wenn du zurück bist?«, fragt er. Ich greife nach meinem Handy und mein Herz macht einen kleinen Hüpfer, weil ich hoffe, dass ich dort eine SMS vorfinde, werde aber enttäuscht. Also werfe ich stattdessen einen Blick in meinen Terminkalender. »Ich denke, ich kann. Bis jetzt sieht es gut aus.«

Er erhebt sich vom Bett, als der Timer auf dem iPad losgeht und ihm mitteilt, dass er sich anziehen muss. »Danke, Dad«, ruft er und läuft aus dem Zimmer.

»Für dich tue ich alles«, sage ich zum leeren Türrahmen. »Für dich tue ich alles.«

Sechzehn

Evelyn

»Du siehst müde aus«, begrüßt mich Veronica, kaum, dass ich im Restaurant ankommen bin.

»Das ist eine sehr höfliche Art zu sagen, dass man scheiße aussieht.« Ich küsse sie auf die Wange und beuge mich dann vor, um auch die meines Bruders zu küssen. »Tut mir leid, dass ich ein bisschen zu spät bin.« Dann küsse ich meinen Neffen und zucke zusammen, als ich Jaxon sehe. Mein Herz beginnt schneller zu schlagen, und ich schaue mich nervös um, um zu sehen, ob er mit seiner Mutter oder seinem Vater hier ist. Ich habe die ganze Nacht über Manning nachgedacht. Über das, was er gesagt hat. Habe daran denken müssen, dass ich ihm heute vor einer Woche das erste Mal begegnet bin, und es kommt mir vor, als würde ich ihn schon ewig kennen. Es ist so dumm.

»Hallo, du«, begrüße ich Caleb, küsse ihn auf den Kopf, und Jaxon sieht zu mir auf und lächelt. »Dir auch hallo.« Ich streiche ihm durch die Haare und verziehe das Gesicht. »Warum sind deine Haare nass?« Er lacht zu mir auf. »Ist das Eishockeyschweiß oder kommt das von der Dusche?« Sein Lachen wird noch lauter. »Bitte sag mir Dusche.« Ich versuche, mein Herz im Zaum zu halten, während ich mich möglichst unauffällig umsehen.

»Wir haben geduscht«, ruft Jaxon und lacht. Mein Blick wandert zu Tim und Veronica hinüber, wo ich zwei leere Stühle entdecke, und mein Mund wird ganz trocken.

»Sind es nur wir beim Essen?«, frage ich und versuche, keine große Sache daraus zu machen. Beide nicken, ich atme erleichtert auf, setze mich neben Veronica und lasse dabei den Platz neben mir frei. »Wie war das große Spiel?«, frage ich die Jungs.

»Wir haben mit einem Punkt verloren«, antwortet Caleb. »Jaxon hat zwei Tore geschossen.«

Mir bleibt der Mund offen stehen, und ich hebe die Hand. »High five für die zwei Tore.« Er hebt ebenfalls die Hand und gibt mir ein High five. »Nennt man das einen Hattrick?«, frage ich und sie lachen mich aus.

»Tante Evie, ich habe es dir doch schon mal erklärt«, stöhnt Caleb und schlägt sich mit der Hand gegen die Stirn. »Das sind drei Tore.« Er schüttelt den Kopf. »Das habe ich dir schon fünfmal gesagt.«

Ich hebe lachend die Hände. »Ich verstehe nichts von Eishockey.« Ich schaue zu Jaxon, der mit Caleb lacht. »Na ja, das nächste Mal schaffst du es bestimmt«, ermutige ich ihn. Dann schauen Caleb und er beide auf ihre Speisekarten.

»Du solltest heute Abend mit uns zum Spiel kommen«, schlägt Tim vor, doch ich sehe ihn nur an. Bei dem Gedanken, Manning zu begegnen, dreht sich mir der Magen um.

»Ich würde lieber auf meiner Couch sitzen und mehr über diesen Joe Exotic gucken, ihr wisst schon, aus der Serie *Tiger King*«, winke ich ab. »Und dann google ich, wie ich einen Tiger adoptieren kann.« Damit zucke ich mit den Schultern,

denn ich weiß, dass ich mich auf meiner Couch zusammen-
rollen und die Nacht damit verbringen werde, nicht an Manning zu denken. Veronica lacht. Die Kellnerin kommt, und
die Kinder bestellen Burger mit Speck und Pommes. Jaxon
fragt, ob er eine Suppe dazu haben kann, und dann fragt Caleb ihn, ob er gefrühstückt hat.

»Habe ich. Dad hat mir Blaubeerpfannkuchen mit Würstchen und Truthahnspeck gemacht.«

»Wow«, meint Tim. »Na ja, du hast heute hart gespielt,
also kannst du dir bestellen, was immer du willst.«

Beim Mittagessen unterhalten sich die beiden lautstark
miteinander. Ich lausche mit einem Ohr den Geschichten, die
Jaxon erzählt, weil ich mehr über Manning erfahren möchte.
Ich frage mich, wo die Mutter war, während er das Frühstück
gemacht hat. War sie da?

Rasch beuge ich mich vor und schnappe mir Pommes von
Calebs Teller und dann auch von Jaxon; die beiden lachen
und ich lache mit ihnen. »Wer von euch bestellt sich Nachtisch?«, frage ich beide und stütze mich auf meinen Arm. »Ich
möchte von jedem einen Bissen.«

»Nein.« Caleb schüttelt den Kopf. »Von mir kriegst du
nichts.«

»Du kannst einen Bissen von meinem haben«, sagt Jaxon.
»Aber ich bestelle mir Schokolade.«

»Oh«, säusle ich, »ich liebe Schokolade.«

»Ich auch«, erwidert er, und seine Augen werden groß.
»Dad und ich lieben sie. Mom aber nicht.«

Ich lächle und schlucke den Kloß herunter, der sich bei
der Erwähnung seiner Mutter und seines Vaters in meiner
Kehle gebildet hat.

»Geht euch die Hände waschen«, fordert Tim die beiden
auf, und sie stehen auf und gehen sich die Hände waschen.

»Er ist ein netter Junge«, sage ich und sehe den beiden
nach, wie sie in Richtung Toilette gehen.

»Das ist er«, stimmt Veronica mir zu und trinkt den Rest ihres Weins aus. »Ich hasse seine Mutter«, fährt sie fort, und ich sehe sie an.

»Fang nicht damit an«, mahnt Tim Veronica.

»Von wegen, fang nicht damit an. Das ist deine Schwester. Wem soll sie es denn schon verraten?« Veronica sieht ihn an und stützt sich mit den Armen auf dem Tisch auf. »Tim sagt, ich muss nett sein.«

»Ich habe nur gesagt, benimm dich«, widerspricht er, beugt sich zu ihr, und sie küsst ihn, und etwas in meiner Brust schmerzt. »Ich benehme mich ja auch. Wir alle benehmen uns.« Sie rollt mit den Augen. »Sie ist eine Schlampe erster Güte. Falls du es nicht wusstest, ihr Mann spielt in der NHL.« Ich hebe mein Wasser-Glas und führe es an meine Lippen. Hoffentlich bemerken sie nicht, dass das Glas in meiner Hand zittert. »Er ist der Kapitän, also wenn wir etwas brauchen, kann sie es für uns besorgen. Wir sind ja schließlich bloß kleine Leute.«

»So schlimm ist sie gar nicht«, erwidert Tim.

»Letzten Monat kam sie zu mir, um mir zu sagen, dass alle Snacks und Muffins bio und so ein Scheiß sein müssen.« Veronica sieht Tim an, während sie spricht. »Dann hat sie mich gefragt, ob ich mir das leisten kann. Mich. Ich bin eine verdammte Ärztin. Sie ist …« Sie wirft ihre Hand in die Luft. »Sie ist eine Hausfrau mit einem Kindermädchen, einer Putzfrau und einem Koch.« Mein Herz sinkt mir in die Magengrube, als ich an Manning denke und an das, was er mir erzählt hat.

Tim reibt ihr über den Rücken. »Okay, genug jetzt. Es ist nicht Jaxons Schuld, dass sie so ist.«

»Glaubst du, das weiß ich nicht? Es ist gut, dass er so ein netter Mensch ist wie sein Vater, denn …«

»Pst«, mache ich und bringe sie zum Schweigen, weil ich

die Jungs zurückkommen sehe. »Habt ihr Seife benutzt?«, frage ich, und beide nicken.

Sie bekommen ihren Nachtisch, und mein Herz zerspringt förmlich in meiner Brust, als er die Kellnerin um zwei Löffel bittet, damit er es mit mir teilen kann. Lächelnd sehe ich ihn an. *Er ist wirklich wie sein Vater.*

Er bleibt noch bei uns, bis Tim aufsteht und ihn mit Caleb nach Hause fährt. Ich umarme Veronica und bedanke mich für das Mittagessen, bevor ich mich auch auf nach Hause mache.

Als ich dort ankomme, ziehe ich meine Schuhe aus und verbringe den Abend damit, eine Sendung auf Netflix zu schauen. Dann schlafe ich ein, aber dieses Mal träume ich von Manning und Jaxon.

Der Sonntag vergeht mit der Anprobe der Brautjungfernkleider und dem anschließenden Abendessen wie im Flug. Die ganze Zeit muss ich an das letzte Mal denken, als ich mit ihnen zusammen war, und als ich am Abend nach Hause komme, bin ich erschöpft, weil ich fast den ganzen Tag versucht habe, Manning aus meinen Gedanken zu verdrängen.

Am Mittwochabend ziehe ich, als ich heimkomme, meine High Heels schon an der Haustür aus und mache mich auf den Weg ins Badezimmer. Ein heißes Bad ist genau das, was ich jetzt brauche. Als ich wieder aus der Wanne steige, bestelle ich mir einen Burger statt eines Salats, gehe zurück ins Schlafzimmer und ziehe mir Shorts und ein Tanktop an. Ich schnappe mir den langen Kaschmirpullover und streife ihn über, während ich zum Kühlschrank gehe und den Weißwein herausnehme.

In dieser Woche hatte ich ein Meeting nach dem anderen, mit allen Klienten meines Vaters, die zu mir wechseln wollen. Mir wurden auch ungefähr fünfundfünfzig Millionen Fragen darüber gestellt, was ich mache und was nicht. Jedes Mal, wenn jemand Neues den Raum betrat, war es fast so, als ob ich mich um einen Job bewerben würde.

Der kühle Wein läuft mir weich die Kehle hinunter, und als ich den Fernseher einschalte, läuft *SportsCenter*. Okay, gut, ich habe mir gestern Abend das Eishockeyspiel angesehen. Schlussendlich bin ich doch eingeknickt, und als ich ihn auf dem Eis sah, hatte ich Schmetterlinge im Bauch. Ich hielt es drei Minuten aus, bevor aus den Schmetterlingen Unbehagen wurde und ich den Sender wechselte.

Es klingelt an der Tür, und ich lege die Fernbedienung neben das Glas Wein und mache mich auf den Weg zur Haustür. Ich schließe auf und öffne, weil ich den Lieferanten mit dem Essen erwartet habe, aber er ist es nicht, der vor mir steht.

»Manning«, flüstere ich. Er steht da in seinem Anzug, die Hände in den Taschen, und er sieht noch besser aus als im Club. »Was machst du denn hier?«

»Ich …«, setzt er an und blickt zum Himmel hinauf. »Ich weiß, ich sollte nicht hier sein. Das weiß ich.«

Daraufhin sage ich nichts, weil ich immer noch unter Schock stehe.

»Ich habe versucht, mir einzureden, dass ich nicht kommen soll und dass es keine gute Idee ist. Aber dann ist mein Auto hierhergefahren, und ich … ich musste dich einfach sehen.«

Er kommt jetzt auf mich zu, und mein Herz klopft laut in meiner Brust. »Manning«, sage ich seinen Namen.

Es ist das Einzige, was ich wirklich sagen kann. Seine Hände finden mein Gesicht. »Evelyn«, flüstert er und streicht mit seinen Daumen über meine Wangen. »Du hast Jaxon getroffen?«, fragt er und ich nicke. »Noch nie in meinem Leben war ich so eifersüchtig auf meinen Sohn.« Er lächelt, und ich kann das Lächeln nicht unterdrücken, das mein Gesicht strahlen lässt. Es ist unmöglich, selbst wenn ich es versuchen würde.

»Ich kann mich einfach nicht von dir fernhalten.« Er neigt seinen Kopf, sodass seine Stirn meine berührt. »Dein Gesicht«, sagt er. »Es verfolgt mich bis in meine Träume.«

Eine Träne entwischt meinen Augen. »Ich habe dich letzte Nacht spielen sehen.« Es ist das Einzige, was mir gerade einfällt. »Ich konnte es nicht länger als drei Minuten aushalten, bis meine Brust begann zu schmerzen.«

»Evelyn«, flüstert er wieder, und mein Herz schlägt schneller, mein Magen macht einen Salto, und ich weiß, worauf er wartet. Ich weiß, dass er nicht weitermachen wird, bis ich ihm sage, dass es okay ist. Ich weiß, dass, egal wie sehr er mich will, egal wie sehr ihn das Warten auch quälen mag, er nicht den nächsten Schritt machen wird. Jetzt liegt es an mir.

»Manning«, wispere ich. Das ist das Einzige, was ich sage, bevor ich mich bewege. Ich bewege meinen Kopf nur ein wenig, damit meine Lippen seine berühren, genug, damit er weiß, dass ich damit einverstanden bin. »Manning.« Das ist das Letzte, was ich sage, bevor sein Mund wieder den meinen erobert, und ich fühle mich, als hätte ich ihn schon mein ganzes Leben lang geküsst. Ich fühle mich, als wäre das hier, wo ich immer hätte sein sollen. Mit seinen Lippen auf meinen, verschwindet alles andere.

Siebzehn

Manning

»Evelyn«, sage ich. Nachdem sie mich gebeten hat, sie zu küssen, habe ich meine Hände in ihr Haar geschoben. Ich beuge meinen Kopf wieder tiefer und erobere ihre Lippen. Dieser Kuss ist anders als alles, woran ich mich erinnern kann. Unsere Zungen tanzen sanft miteinander, während wir diesen verdammten Moment auskosten. Ich will sie gerade hochheben, als ich einen Wagen heranfahren höre. Tatsächlich sehe ich ein Auto, als ich mich umdrehe, das gerade in der Einfahrt parkt.

»Geh rein«, fordert sie mich auf, und ich frage mich plötzlich, ob sie jemanden erwartet. Ein Mann öffnet die Fahrertür und beugt sich dann über den Beifahrersitz. »Das ist mein Essen. Der Lieferant könnte dich erkennen«, sagt sie, und ich nicke. Ich hasse es, dass ich sie hier draußen allein lassen muss. Dennoch betrete ich das Haus, gehe ins Wohnzimmer und sehe mich um. In der Mitte des Raumes steht eine hellgraue Couch mit schwarzen flauschigen Kissen. Ein übergroßer grauer Tisch befindet sich in der Mitte des Raumes vor dem Fernseher, der an der Wand hängt und auf dem irgendeine Sendung läuft. Auf dem Tisch steht ein Glas Wein. Ich schaue mich um und sehe Familienfotos auf den Beistelltischen. Sie ist noch nicht einmal einen Monat hier, dennoch fühlt sich dieses Haus schon wie ein Zuhause an.

Ich wusste nicht, was mich erwarten würde, als ich an der Tür klingelte, wusste nicht einmal, ob sie mich hereinlassen würde. Aber das war egal, denn es gab nur eine Sache, die wichtig war: Ich musste sie sehen, auch wenn sie nur einen Meter von mir entfernt stehen sollte. Selbst wenn sie mir die Tür vor der Nase zuschlagen sollte, aber ich wusste, ich musste sie sehen.

»Sorry«, sagt sie, als sie zurückkommt, und mir fällt auf, dass sie unter ihrem langen Morgenmantel Shorts trägt. »Ich wollte nur nicht, dass der Typ dich sieht und dir dann Ärger macht.«

Wieder kommt dieses Gefühl in meinem Herzen auf – wie ein dumpfer Schlag –, aber ich bin mir nicht sicher, was es ist.

»Du hast dir Sorgen um mich gemacht?«, frage ich, nicht sicher, ob ich sie richtig verstanden habe.

»Na ja …« Sie stellt die braune Papiertüte auf die Küchentheke und dreht sich dann zu mir um. »Er hätte dich erkennen und sich fragen können, was du hier machst.« Als Antwort nicke ich; das ist eine weitere Sache, die ich an meinem Job und allem, was damit einhergeht, hasse. »Hast du schon gegessen?«, reißt sie mich aus meinen Gedanken, und ich nicke erneut, woraufhin sie zu mir kommt. »Ich kann nicht glauben, dass du hier bist«, flüstert sie.

»Glaub mir, es geht mir ganz genauso«, erwidere ich. Ich will mein Jackett ausziehen und mich zu ihr auf die Couch setzen, damit wir reden können. Sie kommt auf mich zu, ergreift meine Hand und zieht mich zur Couch.

»Gib mir dein Jackett«, sagt sie. Gehorsam ziehe ich meine

Anzugsjacke aus, und sie faltet sie behutsam zusammen und legt sie über die Lehne der Couch. »Komm, setz dich. Wir müssen reden.«

Ich nicke, gehe zur Couch und nehme Platz. Sie setzt sich ebenfalls hin, aber mit Abstand zu mir, und ich lehne mich zu ihr und ziehe sie näher an mich heran. »Ich habe dich vermisst«, gestehe ich ihr, als sie in meinen Armen liegt. »Es ist total verrückt, und ich kann es nicht erklären, aber ich ...«

»Ich weiß«, erwidert sie. Ihre Hand berührt mein Gesicht und sie streicht mit ihrem Zeigefinger über meine Lippen. »Ich habe dich auch vermisst, was verrückt ist, da ich dich bis letzte Woche noch nicht einmal kannte«, fährt sie fort und schaut zu Boden, als wäre ihr diese Aussage peinlich.

Ich lege meinen Finger unter ihr Kinn und hebe es an, damit ich in ihre Augen sehen kann.

»Versteck dich nicht vor mir.«

Sie hebt leicht das Kinn an. Ich beuge mich vor und küsse sie. Ihr Mund öffnet sich für meine Zunge, und der Kuss wird hungriger. Wir beide wollen den anderen spüren. Sie lehnt sich noch ein bisschen weiter vor, und ich ziehe sie zu mir. Dabei rutscht sie ganz auf mich und hockt sich rittlings auf meinen Schoss. Dabei drückt sie sich direkt auf meinen Schwanz, der so was von bereit ist.

»Dafür bin ich nicht hergekommen.« Es ist mir wichtig, ihr das zu sagen. Ich bin wirklich nicht deswegen gekommen. »Ich bin hier, um dich zu sehen.«

»Das weiß ich«, erwidert sie, lehnt sich vor und beißt mir in die Unterlippe, bevor ich meine Zunge wieder in ihren Mund schiebe. Meine Hände haben ihren eigenen Willen, als ich ihre Titten durch den Stoff ihres Tanktops streiche. Ihre Brustwarzen wollen unbedingt beachtet werden. Während unsere Zungen miteinander ringen und unsere Köpfe sich hin und her bewegen, um den Kuss zu vertiefen, ziehe ich ihr Tanktop herunter und mein Finger fährt leicht über ihre

Brustwarze. Sie lässt meine Lippen los und stöhnt. Ich beuge mich vor und nehme ihren Nippel in den Mund, während sie ihren Rücken durchdrückt und ihre Hüften bewegt. »Manning«, seufzt sie und fährt mit der Hand durch mein Haar. Ich ziehe die andere Seite des Tops herunter und beiße in die andere Brustwarze. »Gott«, zischt sie.

»Manning«, korrigiere ich sie grinsend, während ich ihren Nippel in meinen Mund nehme.

»Schlafzimmer«, keucht sie nur, und ich halte inne und schaue in ihr Gesicht. Ihre Wangen sind rosig, und ihre Titten liegen frei – sie sind perfekt.

Noch im Aufstehen, lege ich einen Arm um ihre Taille, und sie schlingt ihre Beine um meine Hüften. In dem Moment beschließe ich, dass das meine liebste Art ist, sie zu küssen. »Da lang.« Sie deutet auf die Tür an der Seite des Wohnzimmers. Ich betrete das schwach beleuchtete Zimmer, und überall in diesem Raum sehe ich sie. Es ist genau so, wie ich es mir vorgestellt habe.

Die Wände sind in einem hellen Grau gehalten, die Decke ist mit Holz verkleidet und hat dieselbe Farbe wie die Wände. Vor ihrem Doppelbett steht eine Bank. Die Lichter auf ihrem Beistelltisch sind gedimmt. Ich schaue auf den Rahmen über ihrem Bett.

Du bist mein für immer.

Bei diesem Anblick muss ich daran denken, wie sehr dieses Zitat auf sie zutrifft. Ich gehe zum Bett und bleibe an der Seite stehen. Sie löst ihre Beine von meiner Taille und kniet sich auf die Matratze. Ihre Finger finden mein Hemd, knöpfen es langsam auf. Mein Magen zieht sich zusammen, als sie es öffnet und dann die Mitte meiner Brust küsst. Sie greift nach oben, schiebt das weiße Hemd von meinen Schultern und küsst die Mitte meiner Tätowierung.

»Baby«, sage ich, und sie lächelt und legt den Kopf zurück. Ich beuge mich herunter und küsse sanft ihre Lippen. Ihre

Hände wandern zu meinen Hüften, und ich ziehe ihr den Pullover und dann das Tanktop aus. »Lehn dich zurück«, fordere ich sie auf, und sie legt sich auf den Rücken, und ich sehe den nassen Fleck auf ihren hellgrauen Shorts. Mit dem Finger berühre ich die nasse Stelle, und ihr Kopf dreht sich hin und her, während sie die Augen schließt. »Seit ich an diesem Sonntag alleine aufgewacht bin, musste ich an diesen Augenblick denken.«

»Ich auch«, keucht sie. Ich ziehe ihr die Shorts von den Hüften und sehe sie nackt vor mir. Ganz und gar nackt. »Mein«, knurre ich und gehe auf die Knie. Ich ziehe sie an den Rand des Bettes und vergrabe mein Gesicht zwischen ihren Schenkeln. »Ich habe mir vorgestellt, das fünfmal am Tag mit dir zu machen.« Meine Zunge wandert nach oben, und ihre Schenkel öffnen sich weiter für mich. Sie legt ihr Bein auf meine Schulter, und ich betrachte ihr Gesicht, während ich zwei Finger in sie gleiten lasse.

»Manning.« Sie ruft meinen Namen, und es ist noch besser als in meinen Träumen. »Bitte.«

»Was, Baby?«, frage ich, während meine Finger sich schneller in ihr bewegen. Ihre Hände sind auf ihren Brüsten und sie spielt mit ihren Nippeln. »Sag mir, was du willst.«

»Ich will auf deiner Zunge kommen.« Sie sieht mich an. »Oder auf deinen Fingern.« Ich beuge mich vor und nehme ihre Klit in den Mund, lasse ihr Gesicht dabei nicht aus den Augen. Eine ihrer Hände greift nach unten in mein Haar. »Aber was ich wirklich will«, stöhnt sie, und ihre Pussy wird immer enger und enger. Ich knabbere an ihrer Klit. »Was ich wirklich will«, wiederholt sie, versucht, sich auf ihre Worte zu konzentrieren, während sich meine Finger immer schneller und schneller bewegen.

Ich lasse ihre Klit lange genug in Frieden, um sie zu fragen: »Was willst du?« Meine Zunge streicht über ihren Kitzler.

»Dich.« Ihre Augen schließen sich halb, während sie ihre

Hüften auf und ab bewegt. »Ich will deinen Schwanz in meinem Mund.« Ihre Hand zerrt an meinen Haaren. Sie ist das Schärfste, was ich je in meinem Leben gesehen habe. »Dann will ich, dass du mich fickst.« Jetzt bin ich derjenige, der aufstöhnt. »Dann will ich dich reiten, bis ich nicht mehr stehen kann.« Sie hört auf zu sprechen, als sie auf meinen Fingern kommt. Ich befriedige sie weiter mit der Hand, bis sie aufhört zu stöhnen, und ziehe dann meine Finger aus ihr heraus. Sie sieht mir mit halb geschlossenen Augen dabei zu.

»Jetzt bin ich dran«, sagt Evelyn und setzt sich auf. Sie küsst meine Lippen und versucht dann, mich dazu zu bringen, aufzustehen. »Steh auf«, fordert sie schließlich. Wie sollte ich da widerstehen?

Sie öffnet den obersten Knopf meiner Hose, leckt sich über die Lippen, als sie meinen Schwanz sieht. Sie nimmt die Spitze in ihren Mund. Ihr Haar fällt vor ihr Gesicht, und ich schiebe es zur Seite, während ich beobachte, wie sie versucht, mich ganz aufzunehmen, während ihre Hand den Schaft umfasst hält.

»So gut«, keuche ich und bewege meine Hüften. Ich will nicht aufhören, sie zu betrachten, aber meine Augen schließen sich, als sich alle meine Sinne auf die warme Reibung und das Gefühl ihrer weichen Lippen konzentrieren.

»Oh, Baby.« Sie fährt mit ihrer Zunge den ganzen Schaft hinunter und nimmt einen meiner Hoden in ihren Mund. Ich schwöre, er ist noch besser als letzte Woche. Der beste Blowjob meines Lebens. Sie saugt an meinem anderen Hoden und dann an meinem Schaft, bis sie an der Spitze ankommt.

»Dein Penis ist so verdammt schön«, murmelt sie und geht von einer sitzenden Position auf Hände und Knie. Als sie eine ihrer Hände zwischen ihre Beine schiebt, greife ich in ihr Haar und ziehe sie zurück.

»Deine Pussy gehört mir«, knurre ich. »Wenn du damit spielen willst, musst du erst mich fragen.« Mit ihrem Haar dirigiere ich ihren Kopf zurück. »Frag mich«, fordere ich sie auf, und mein Schwanz ist alles andere als glücklich darüber, dass ich dieses Spiel spiele.

»Darf ich mich berühren?«, fragt sie, ihr Hintern bewegt sich hin und her, und ich muss ihren Kopf fester halten.

»Wenn du weiter so rumwackelst muss ich dich noch bestrafen!«, drohe ich, und ich schwöre, ihre Augen leuchten auf. »Willst du das?«

Sie nickt. »Ich will alles, was du mir zu geben hast.«

»Fuck«, zische ich, als sie sich auf meinen Schwanz stürzt und wir drohen beide, über den Rand dieser Klippe zu stürzen. Ihre Hand spielt mit ihrer Pussy, während ich ihren Mund ficke. »Ich komme gleich«, warne ich sie, als ich spüre, wie meine Eier sich zusammenziehen.

Sie stöhnt, während sie an mir saugt, und als ihre Beine beginnen zu zittern, weiß ich, dass sie kommt; ich folge ihr, und sie schluckt alles.

Achtzehn

Evelyn

»Ich brauche dich«, flüstere ich nur wenige Augenblicke, nachdem wir beide erschöpft von unserem Orgasmus auf das Bett gesackt sind. »Ich muss dich spüren.« Er zieht seine Hose aus. Eigentlich dachte ich, ich wüsste noch, wie sein Körper aussieht, aber ich lag falsch. Ich lag so verdammt falsch. Seine Augen haben einen dunkleren Blauton angenommen. Die Tätowierung auf seiner Schulter wirkt jetzt größer, heller, und dieses Mal erkenne ich den Buchstaben J inmitten des ganzen Schwarz, Blau und Rot. Seine Bauchmuskeln sind straff, und die beiden seitlichen Muskeln schreien danach, dass man in sie hineinbeißt.

Seine Brust scheint breiter zu sein, als ich sie in Erinnerung habe, und plötzlich vermisse ich meine Male auf ihm.

»Worüber denkst du nach?«

»Darüber, wie sehr ich es vermisse, meine Male auf dir zu sehen«, erwidere ich ehrlich. »Versprichst du mir etwas?«, frage ich, und mir dreht sich der Magen um, als ich sehe, wie sich Sorge über sein Gesicht legt.

»Alles«, sagt er leise und stützt sich mit Ellebogen auf der Matratze ab.

»Versprich mir, dass du mich nicht anlügen wirst. Dass du, wenn du mir etwas sagen musst, es einfach sagst.« Mein Herz hämmert in meiner Brust.

»Ich verspreche«, antwortet er und schiebt mir die Haare aus dem Gesicht, »dass ich dir immer die Wahrheit sagen werde.« Ich nicke, und er beugt sich vor. »Als ich am Sonntag aufgewacht bin und dein Mal nicht gesehen habe, hat mich das traurig gemacht«, verrät er mir, und sein Finger fährt genau zu der Stelle, an der ich ihn gebissen habe. »Du weißt, was das bedeutet.«

»Was?«, frage ich.

»Es bedeutet, dass du mir ein neues verpassen musst.« Er grinst, und ich lächle, als er meinen Kopf in beide Hände nimmt und mich küsst. Er drückt mich sanft auf den Rücken, und meine Beine öffnen sich für ihn. Unsere Küsse sind zuerst sanft, dann werden sie immer hungriger.

Er löst sich von meinen Lippen, um meinen Hals zu küssen, meine Brustwarzen werden hart, und ich hebe meine Hand, um sie zu kneifen. »Manning, du musst mich ficken.« Es ist mir egal, ob ich mich jetzt wie ein Flittchen anhöre. Ich weiß nur, dass ich ihn brauche. »Kondom«, bringe ich heraus, und er sieht mich an, seine Augen werden groß. »Du hast doch Kondome mitgebracht?«

»Ähm, nein«, sagt er, ohne sich zu bewegen, »ich hätte nicht gedacht, dass wir …«

Fassungslos sehe ihn an und weiß nicht so recht, was ich sagen soll. Soll ich ihm sagen, dass er seinen Arsch aus der Tür bewegen soll, um welche zu kaufen? Dann dämmert es mir. »O mein Gott«, rufe ich aus und beuge mich zum Beistelltisch, um die Schachtel mit den Kondomen herauszuholen, die Veronica mir zum Scherz gekauft hat. »O mein Gott.« Ich zeige ihm die Schachtel mit den Kondomen. »Veronica hat mir das als Einweihungsgeschenk gekauft.« Ich öffne die Schachtel und nehme ein paar heraus. »Der Witz geht auf ihre Kosten.« Damit werfe ich ihm die Kondome zu.

»Wenn ich mit dir im Bett bin, würde ich nie auf die Idee kommen, an eine andere Frau zu denken, aber jetzt gerade könnte ich Veronica umarmen«, sagt er, nimmt ein Kondom und reißt die Verpackung auf. »Ich könnte schwören, mein Schwanz hat geweint, als du nach einem Kondom gefragt hast.« Er streift sich das Kondom über, während ich lache. »Also, wo waren wir?«

»Ich glaube, du wolltest mich noch härter nehmen als letzte Woche«, erwidere ich und spreize meine Beine für ihn. »Und nur um das klarzustellen, das habe ich noch drei Tage später gespürt.«

»Herausforderung angenommen.« Auf seinen Knien kommt er zu mir gekrochen und reibt sich an meiner Spalte auf und ab. Er schiebt meine Knie näher an mich heran und hebt meine Hüften ein wenig vom Bett an, während er langsam in mich eindringt. Ich schwöre, dass ich jede einzelne Ader spüren kann, als er sich tief in mir vergräbt. Seine Eier berühren meinen Hintern, und wir stöhnen beide auf. »Fuck«, zischt er, zieht sich zurück, schiebt dabei auch meine Beine zurück und stößt erneut in mich. »Ich habe mich geirrt«, keucht er, zieht sich langsam wieder heraus und stößt dann erneut in mich, und ich verdrehe vor Lust die Augen. Alles, was letzte Woche war, ist vergessen, denn nichts ist vergleichbar mit dem, wie es sich in diesem Moment anfühlt. Nichts ist so gut wie das, was jetzt gerade passiert.

»Die ganze Woche«, setze ich an, während er sein Tempo erhöht, »die ganze verdammte Woche über habe ich davon geträumt. In meinen Träumen konnte ich es fast fühlen, wenn ich meine Augen nur fest genug geschlossen habe.« Er legt sich eines meiner Beine über seine Schulter, und meine Hüfte kippt automatisch nach hinten. Er stößt immer und immer wieder in mich, so tief, dass ich nicht einmal mehr sprechen kann. Es gibt auch nichts mehr zu sagen; ich kann nur zusehen, wie sein Penis in mich stößt, sehe dabei zu, wie ich ihn aufnehme. »Ich bin …«, versuche ich zu sagen und kneife mir in die Brustwarzen. Er nimmt mein anderes Bein und legt es sich über die andere Schulter. Ich sehe verdammt noch mal Sterne, als er den perfekten Punkt trifft.

Als mein Orgasmus mich durchströmt, rutschen meine Beine von seinen Schultern. Ich schlingen sie um seine Hüften, während er sich mit der Hand neben mir abstützt. Seine Lippen finden meine, und noch immer bewegt er sich in mir. Seine Nase berührt meine, als wir uns in die Augen sehen. Meine Hand wandert zu seinem Hinterkopf, hält ihn, während er mich küsst. Unsere Zungen finden sich, winden sich wieder und wieder umeinander. Die Sanftheit seines Kusses bringt mich erneut zum Höhepunkt, und ich schreie seinen Namen, aber er verklingt in seinem Mund. Er wartet, bis das Pulsieren nachlässt, bevor er seinen Kopf zurückwirft und meinen Namen schreit.

Dann bricht er auf mir zusammen und rollt mit mir auf die Seite. Ich schlinge meine Beine um seine Hüfte und meine Arme um seinen Hals. Seine und meine Brust heben und senken sich gleichzeitig. »Das«, sagt er, »war besser als meine Träume.«

Ich lächle und vergrabe mein Gesicht an seinem Hals. »Es war besser, als ich gedacht hätte.« Ich verrate ihm nicht, dass er der Beste ist, den ich je hatte. Das muss ich auch nicht, denn ich bin sicher, er spürt es.

Manning hebt mich hoch und wir duschen zusammen, können dabei aber nicht die Hände voneinander lassen, und als ich aus der Dusche steige, beugt er mich vor und fickt mich so hart von hinten, dass ich das morgen bestimmt noch spüren werde. Wir fallen zusammen aufs Bett, und ich schlafe in seinen Armen ein, bis mein Wecker uns am nächsten Tag aus dem Schlaf reißt. Mit einem Stöhnen strecke ich die Hand aus, um ihn auszuschalten. »Wie spät ist es?«, fragt Manning neben mir, und ich spüre seine Erektion zwischen meinen Pobacken.

»Zeit für dich, noch eine Kondompackung aufzumachen und mich zu wecken«, murmele ich, und drei Sekunden später gleitet er sanft in mich hinein. Dieses Mal nimmt er mich zärtlich. Er lässt sich Zeit, stößt sanft in mich, bis ich ihn anflehe, mich härter zu ficken.

Als wir beide kommen, ist es bei mir schon das dritte Mal. »Ich mache uns Kaffee«, sagt er, und ich versuche, meine Hand zu heben, aber es gelingt mir nicht.

»Ich glaube, du wirst mich aus dem Bett heben müssen«, murmle ich, den Kopf immer noch auf dem Kissen.

»Oder du meldest dich krank, dann können wir das den ganzen Tag machen«, wirft er ein und geht aus dem Zimmer. Ich warte, bis ich Kaffee rieche, bevor ich mich aus dem Bett rolle. Ich kann ihn immer noch in mir spüren. Er hat nicht gelogen, als er sagte, er nimmt die Herausforderung an. Rasch schnappe ich mir meinen Bademantel und gehe in die Küche, wo er gerade Kaffee in zwei Tassen füllt.

»Was isst du so zum Frühstück?«, fragt er, und ich schüttle den Kopf.

»Normalerweise esse ich etwas auf dem Weg zur Arbeit«, antworte ich ihm, setze mich auf den Hocker und zucke dabei zusammen. Er reicht mir eine Tasse, und ein mulmiges Gefühl überkommt mich. Wahrscheinlich spürt er meinen Gefühlsumschwung, denn er sieht mich an.

»Woran hast du gerade gedacht?«, fragt er mich, doch ich schüttele den Kopf und führe die Tasse an meine Lippen. »Evelyn«, sagt er mahnend, und ich sehe ihn an. »Wir haben gesagt, keine Lügen.«

Wütend funkle ich ihn an. »Das kannst du nicht einfach gegen mich verwenden.«

»Ich warte«, sagt er und sieht mich dabei an.

»Du bist verheiratet.« Mir ist zum Kotzen zumute. Ich presse meine Hand auf meinen Bauch. »Wenn du hier weggehst, gehst du zurück nach Hause zu deiner Frau.«

»Meine Frau fickt ihren Trainer in meinem Haus«, erwidert er, und ich starre ihn schockiert an. »Im Keller, um genau zu sein.« Sein Blick fällt wieder auf mich. »Wenn ich also nach Hause gehe, dann zu meinem Sohn.«

»Ich weiß nicht, ob ich das schaffe.« Es ist die Wahrheit, und meine Stimme wird leise. »Ich weiß nicht, ob ich mit jemandem zusammen sein kann, der verheiratet ist.« Er umrundet die Küchentheke und dreht mich auf dem Hocker zu sich herum. »Das ist scheiße.«

»Du hast keine Ahnung, wie scheiße das ist. Ich war noch nie froh, nach Hause zu kommen.« Ich blicke zu ihm auf. »In den letzten vier Jahren habe ich mich immer darauf gefreut, das Haus zu verlassen und auf Tour zu gehen, damit ich von ihr weg bin. Ich habe zwar meinen Sohn vermisst, aber ich war frei.«

»Und jetzt?«, frage ich.

»Jetzt hasse ich es, weil du hier bist und ich nicht bei dir sein kann.« Seine Stimme wird leiser. »Ich weiß nicht, wie es weitergehen soll. Im Moment weiß ich gar nichts.«

»Da bist du nicht der Einzige«, erwidere ich. »Tief in meinem Herzen weiß ich, dass du nicht zu ihr nach Hause gehst, aber in Wirklichkeit tust du es doch. Du frühstückst mit ihr und dann überlegt ihr gemeinsam, was ihr zum Abendessen kochen wollt. Du lebst mit ihr zusammen.« Der Gedanke verursacht mir Übelkeit.

»Genau da liegst du falsch. Ich frühstücke mit Jaxon und esse entweder mit ihm oder alleine zu Abend«, widerspricht er mir, und mein Herz bricht an seiner Stelle, weil er in einem Haus wohnt, in dem er ein Fremder ist.

»Ich weiß nicht, wie die richtige Antwort auf all das lautet«, sage ich zu ihm, und er beugt sich vor, um meine Lippen zu küssen, und ich muss einfach im Augenblick leben.

»Ich weiß es auch nicht«, erwidert er und streicht mir das Haar hinter die Ohren. »Aber eines weiß ich ganz sicher.«

»Und das wäre?«, frage ich und ertrinke in seinen blauen Augen. Seine Lippen sind noch feucht von meinem Kuss. Ich hebe meine Hand, um sie zu berühren. Um sicherzugehen, dass er echt ist. Um sicherzugehen, dass es nicht nur ein Traum ist. Mein Finger berührt seine Lippen, und er küsst sie, dann beugt er sich zu mir herunter und küsst mich noch einmal sanft. Ich frage mich, ob er auch so empfindet. Frage mich, ob er mich auch berühren muss, um sicherzugehen, dass dies kein Traum ist.

Keine Ahnung, was er sagen wird, aber ich weiß, dass was immer er auch sagt, es mir die Sprache verschlagen und den Atem rauben wird. Und das macht alles nur noch komplizierter, denn ich empfinde genau wie er. Genau wie er bin ich hin- und hergerissen; genau wie er habe ich keine Antworten. »Ich kann dich nicht gehen lassen.«

Neunzehn

Manning

Als ich zwei Stunden später das Haus betrete, knalle ich die Tür hinter mir zu. »Na, sieh mal an, wer sich entschlossen hat, wieder aufzutauchen«, höre ich Murielle sagen. Sie steht in ihren Trainingsklamotten auf der Wendeltreppe. Ich ignoriere sie und gehe die Treppe hinauf in mein Schlafzimmer. »Manning«, ruft sie mir hinterher, und am liebsten würde ich mich übergeben.

»Was?«, brumme ich und schaue über meine Schulter zurück.

»Ich rede mit dir«, keift sie und kommt auf mich zu. Ich will nicht, dass sie mir zu nahe kommt, für den Fall, dass ich noch nach Evelyn rieche und sie es merken könnte. Nicht, dass mich das stören würde. Aber ich will Evelyn diese Scheiße nicht antun, nicht, wenn ich sie gerade erst zurückbekommen habe.

»Was willst du, Murielle?«, frage ich. Sie bleibt stehen, und ich atme erleichtert aus.

»Wo hast du letzte Nacht geschlafen?«, fragt sie. »Ich weiß, dass ihr gestern Abend zurückgekommen seid.«

»Was willst du von mir?«, frage ich.

»Ich will, dass du mir antwortest.« Sie starrt mich an.

»Um fünf bin ich wieder zu Hause und kümmere mich dann um Jaxon.« Ihre Frage ignoriere ich einfach. »Dann kannst du die juckende Stelle mal untersuchen lassen.« Ich wende mich ab und mache ein paar Schritte von ihr weg. »Falls es hilft, einer der Rookies hat sich letztes Jahr auch so etwas eingefangen, und er musste nur vier Pillen nehmen, um es wegzubekommen.«

»Du bist so ein Arschloch«, beschimpft sie mich, und ich nicke.

»Und trotzdem lässt du mich nicht gehen, verdammt!«, schreie ich zurück, und sie sieht sich um, um sicherzugehen, dass die Putzfrau nicht irgendwo in der Nähe ist. »Das ist ein Witz, oder? Du fickst deinen Trainer im Keller und glaubst, sie weiß das nicht?«

»Nun, sie hat eine Verschwiegenheitserklärung unterschrieben.« Sie verschränkt die Arme vor der Brust. »Falls sie also versuchen sollte, die Geschichte irgendwo zu verkaufen, wird sie das bereuen.«

»Ich würde sie nicht verklagen.« Damit gehe ich weiter in Richtung meines Schlafzimmers. »Ich würde ihr wahrscheinlich sogar helfen, den Fall vor Gericht zu gewinnen. Bis dann, Murielle.« Damit ziehe ich die Tür hinter mir zu und schließe sie ab.

Ich ziehe mich aus, werfe meine Sachen in die Wäsche und dusche. Dann schnappe ich mir meine Trainingshose und meine Jacke und mache mich auf den Weg zur Eishalle, um trainieren zu gehen. Als ich die Halle betrete, sehe ich, dass die meisten der Neulinge gerade vom Eis kommen. Das Training heute war freiwillig, also trainieren die »alten« Jungs normalerweise lieber im Gym.

Als ich meine Schlüssel und mein Portemonnaie auf mein Regal in der Umkleidekabine werfe, piept mein Handy und ich ziehe es aus der Tasche. Eine Nachricht von Peter, meinem Finanzberater, und erst als ich sie öffne, erinnere ich mich daran, dass ich Evelyns Nummer unter seinem Namen abgespeichert habe. Ihre Nachricht bringt mich zum Lächeln.

> Peter: Erinnerst du dich an die Herausforderung, die du angenommen hast? Also, ich musste heute so tun, als hätte ich gestern Abend zu hart im Gym trainiert.

Das bringt mich zum Lachen, während ich antworte.

> Ich: Wenn du willst, kann ich dich heute Abend massieren.

> Peter: Wenn es die Art Massage ist, an die ich denke, dann wird das nichts bringen. Ich habe laut gestöhnt, als ich aufgestanden bin.

Das Lächeln auf meinem Gesicht will einfach nicht mehr verschwinden, und als ich das Gym betrete, bin ich nicht überrascht, Ralph und Miller auf den Fahrrädern zu sehen. Sie schauen zu mir rüber, und Miller hört sofort auf, in die Pedale zu treten. Er schaut sich um, und als er sieht, dass wir nur zu dritt sind, zeigt er auf mich.

»Du hattest Sex.« Er sieht zu Ralph, der ebenfalls aufhört zu treten und einen Schluck Wasser trinkt. »Und zwar die ganze Nacht lang.«

»Was?«, frage ich schockiert und gehe zur Tür des Gyms, schließe sie ab für den Fall, dass jemand versucht hereinzukommen, während wir uns unterhalten. »Ich weiß nicht, wovon du redest.« Mein Handy summt in meiner Hand; ich weiche Millers Blick aus, und werfe einen Blick darauf. Es ist Evelyn.

»Ich rede von deinen Augenringen.« Miller zeigt wieder auf mich. »Das bedeutet, dass du nicht geschlafen hast.«

»Das könnte stimmen«, pflichtet Ralph ihm bei und ich rolle mit den Augen.

»Und du warst auch nicht so miesepetrig wie sonst, als du hier reingekommen bist, also …« Er zuckt mit den Schultern. »Das heißt, du bist froh über den Grund, der dich die ganze Nacht wachgehalten hat.«

»Das ist definitiv wahr. Erinnerst du dich an letzte Woche, als Ariella uns die ganze Nacht wachgehalten hat, weil sie zahnt? Da war ich am nächsten Tag nicht besonders gut drauf. Gelächelt habe ich definitiv nicht.« Ralph sieht zu Miller, der nickt. »Der Trainer hat mich fünf Minuten nach Beginn des Trainings nach Hause geschickt.«

»Das hat er«, stimme ich ihnen zu, und dann schaue ich nach unten und hebe den Blick wieder. »Ich war gestern Abend mit Evelyn zusammen.« Die beiden sehen sich an und dann wieder mich. »Die Rothaarige.«

»Die heiße Braut aus dem Club«, erklärt Miller, und ich will ihm gerade eine reinhauen, als Ralph die Hand hebt, um mich aufzuhalten.

»Worüber haben wir noch gesprochen?« Er sieht Miller an. »Was würdest du davon halten, wenn jemand sagt, dass er Laylas Arsch liebt?« Miller starrt ihn als Antwort nur wütend an. »Genau«, sagt Ralph und wendet sich dann wieder mir zu. »Wie zum Teufel hast du sie gefunden?«

»Ähm.« Ich überlege, wie ich es formulieren soll. »Ich habe sie letzte Woche gefunden. Sie war bei Jaxon.«

»Deinem Sohn?«, fragt Miller, und dann keucht Ralph auf, und Millers Augen werden groß. »O mein Gott, du hast eine Hockey-Mom gevögelt.« Er gibt mir nicht einmal die Chance zu antworten, bevor er von seinem Fahrrad absteigt. »Alter, eine verdammte Hockey-Mom?« Seine Stimme wird hoch, aber Ralph bedeutet ihm, leiser zu sein. »Eine Hockey-Mom?«, flüstert er. »Wie groß ist der Vater?«, fragt er, die Hände in die Hüften gestemmt. »Ich meine, du bist ein Monster, also denke ich, dass du es wahrscheinlich mit ihm aufnehmen kannst, es sei denn, der Typ ist ein Sumoringer oder ein Cop.« Er schlägt sich die Hände vor den Mund. »Ich habe neulich mit Layla eine Folge *Dateline* geguckt. Da hat ein Cop den Liebhaber seiner Ex-Frau umgebracht, und siebenundzwanzig Jahre lang hat es niemand gemerkt.«

»Hat er in dem Zustand auch einen Aus-Knopf?« Ralph sieht mich fragend an, und ich zucke mit den Schultern. »Miller, kannst du dich verdammt noch mal beruhigen und ihn reden lassen?«

»Danke«, sage ich zu den beiden. »Sie ist die Tante von Jaxons bestem Freund.«

»O mein Gott«, lacht Ralph. »Das ist mal ein Zufall.«

»So gut wie unmöglich«, pflichtet Miller ihm bei.

»Ja, anfangs war es großartig, sie wiederzusehen, aber dann hat es sich zu miserabel entwickelt, weil Murielle aufgetaucht und mir auf die Pelle gerückt ist«, erzähle ich weiter, und auf Ralphs und Millers Gesichtern zeichnet sich Entsetzen ab.

»Deshalb hattest du letzte Woche über so schlechte Laune«, sagt Ralph, und ich nicke.

»Herrgott, ich dachte, jemand hätte deinen Hund getötet«, sagt Miller und ich lache.

»Ich habe keinen Hund. Jedenfalls, sie hat mich weggeschickt, und gestern, als wir wieder zu Hause waren, bin ich einfach zu ihr gefahren.«

»Nett.« Miller lächelt und verschränkt die Arme vor der Brust. »Bist einfach losgezogen, um dir deine Frau zu holen.«

»Ja, wie auch immer. Aber ich bin verheiratet, Jungs.«

»Nur auf dem Papier«, meldet sich Ralph.

»Was würdest du tun, wenn die Rollen vertauscht wären?«, fragt Miller und sieht Ralph an. »Wenn Candace mit einem Arschloch verheiratet wäre und jeden Abend zu ihm nach Hause gehen würde?«

»Keine Ahnung«, erwidert Ralph. »Hast du mit ihr gesprochen?«

»Ja, heute Morgen kurz, aber dann musste sie weg, also werde ich heute Abend mit ihr reden.« Ich senke den Blick und hebe ihn dann wieder. »So eine Verbindung habe ich noch nie gespürt. Ich wollte noch nie mit jemandem diesen Schritt machen. Bisher waren es immer Jaxon und ich, und in zwei Jahren wollte ich Murielle zwingen, sich von mir scheiden zu lassen. Ich hatte einen Plan, aber ...«

»Manchmal ändern sich Pläne«, beendet Ralph meinen Satz. »Sieh mich an. Ich hatte Ari, und mein Hauptziel war es, ihr Vater zu sein.« Er lächelt breit. »Und dann ist mir Candace in den Schoß gefallen.«

»Bei mir war es genauso«, sagt Miller, und ich lache ihn aus.

»Alter, Layla wollte vier Jahre lang nichts von dir wissen. Sie hat dich abgrundtief gehasst.« Ich zeige auf ihn. Die beiden, na ja, eigentlich war es nur sie, die ihn gehasst hat. Er war in sie verliebt und hat auch kein Geheimnis daraus gemacht.

»Hass ist so ein starkes Wort«, widerspricht er, und jetzt lächelt er ebenso wie Ralph gerade. Ich frage mich, ob ich jemals so lächeln werde. »Aber am Ende habe ich sie weichgekocht.«

»So habe ich mich noch nie gefühlt«, sage ich zu den beiden. »Diese verdammte Anziehungskraft zu einer Person.« Ich schüttle den Kopf. »Das habe ich einfach noch nie erlebt, deshalb ist es mir fremd. Ich weiß, dass ich meinen Sohn liebe. Daran gibt es keinen Zweifel. Ich würde für ihn sterben. Aber

Evelyn möchte ich glücklich machen. Ich möchte, dass sie mich immer nur anlächelt. Ich kann es einfach nicht erklären.«

»Verliebt sein«, erklärt mir Ralph. »Das ist das schönste Gefühl der Welt.«

»Neben ihr aufzuwachen«, erwidere ich und kann mein Lächeln nicht mehr verbergen. »Es war, als ob ich das schon mein ganzes Leben lang gemacht hätte. Als ob ich dort hingehören würde. Alles, was noch gefehlt hat, war Jaxon.«

»Hör zu, Mann«, sagt Miller. »Es gibt nichts, was ich mir mehr für dich wünsche, als dass du glücklich bist.« Ich sehe ihn an. »Aber Murielle zu verarschen, wird dir das Leben zur Hölle machen. Schlimmer noch als die Hölle.«

»Eine brennende Hölle«, sagt Ralph. »Ich stimme Miller zu, und ich kann nicht glauben, dass ich das sage, aber wenn du so fühlst, dann mach es, aber du musst Evelyn erklären, womit sie es zu tun hat.«

»Ich habe es ihr schon erzählt«, erwidere ich, und jetzt sehen sie mich beide schockiert an. »Alles.«

»Alles?«, wiederholen beide gleichzeitig. »Alles, bis hin zu dem Trainer, der Murielle in meinem Keller fickt.«

»Sie ist es«, sagt Ralph. »Sie ist die Richtige für dich.«

Ich sage ihm nicht, dass er recht hat, denn ich habe Angst, das zuzugeben. »Ich weiß nicht«, spiele ich es herunter und sehe Miller an.

»Wie oft werfen sich die Puckhäschen dir an den Hals?«, fragt er, doch ich schweige. Er weiß es, weil er es miterlebt hat. Kaum, dass wir in einer anderen Stadt landen, passiert das mindestens zwanzig Mal. Sie finden heraus, in welchem Hotel wir absteigen, warten auf uns und gehen zum Angriff über, sobald wir vom Spiel kommen. »Wie oft warst du versucht, auf ihr Angebot einzugehen?« Ich funkle ihn an. »Aber ein Blick auf Evelyn hat gereicht.«

»Sie hat mehr verdient, als ich ihr geben kann.« Damit gestehe ich ihnen meine größte Angst. »Sie verdient jemanden, der mit ihr ausgeht und sie zum Essen einlädt, und nicht jemanden, der ein schmutziges kleines Geheimnis aus ihr macht.«

»Ich denke, diese Entscheidung solltest du ihr überlassen«, meint Ralph. »Wirf sie nicht wegen deiner Ängste weg. Lege sie ihr dar und lass sie die Entscheidung treffen.«

Ich nicke. Jemand klopft an die Tür, und ich stehe auf, um aufzusperren. »Das tut mir leid. Sie hat geklemmt«, lüge ich, und der Rookie nickt mir nur zu.

Miller und Ralph klopfen mir auf die Schulter, verlassen das Gym und lassen mich mit meinen Gedanken allein. Ich steige auf das Fahrrad und fahre zwei Stunden lang, während mein Verstand verrücktspielt. Da kommt mir ein Plan, und ich schreibe der einzigen Person, die mir dabei helfen kann, Becca.

> Ich brauche deine Hilfe. Ruf mich an.

Ich komme gerade nach Hause, als Jaxon aus dem Bus steigt. Er rennt zu mir, und ich nehme ihn in den Arm. »Hey, Kumpel«, grüße ich ihn und küsse ihn auf den Hals. »Ich habe dich vermisst.«

Nach dem Essen mache ich mit ihm Hausaufgaben, dann bringe ich ihn ins Bett, und als ich aus seinem Zimmer gehe, kommt Murielle gerade durch die Haustür herein.

Ich schnappe mir mein Handy und meine Schlüssel. »Er ist gerade eingeschlafen. Ruf mich an, falls er mich braucht.«

»Wo gehst du hin?«, fragt sie.

»Ich treffe mich mit Becca«, antworte ich ihr, und sie nickt nur, als ich das Haus verlasse.

Zwanzig

Evelyn

»Hey, wenn Sie sonst nichts mehr brauchen, gehe ich jetzt«, sagt meine persönliche Assistentin Chantal.

Ich blicke von der Zeitung, die ich gerade lese, zu ihr auf. Sie hat das letzte Jahr über mit meinem Vater zusammengearbeitet, dann hat er sie an mich weitergegeben, und mittlerweile weiß ich nicht, wie ich all das ohne sie schaffen würde. »Haben Sie dieses Wochenende große Pläne?«

Ich lächle sie an. »Nicht, dass ich wüsste. Ich muss eine Menge Akten aufarbeiten«, antworte ich, und das ist nicht gelogen.

»Tja, es ist nicht gut, wenn man nur arbeitet und sich nie Zeit zum Spielen nimmt«, sie lacht. »Das sagt meine Großmutter immer.«

Jetzt muss ich auch lachen. »Das habe ich noch nie gehört. Aber das werde ich im Hinterkopf behalten. Ich wünsche Ihnen ein schönes Wochenende, Chantal.«

Sie nickt mir zu und macht sich auf den Weg nach Hause.

Mein Computer piepst, zeigt mir eine neue E-Mail an; sie ist von Dex. Ich rolle mit den Augen und öffne die E-Mail.

Von: Dex Lennon
An: Evelyn
Betreff: Wollt mich mal melden
Ich wollte nur sehen, wie es dir geht. Dachte, ich melde mich mal. Ruf mich an.
Dex

Ich lösche die Nachricht, ohne noch einmal darüber nachzudenken, dann piept mein Handy und ein Blick darauf zeigt mir, es ist eine SMS von Manning.

Manning: Ich vermisse dich.

Drei Worte. Drei Worte und ich strahle wie ein Weihnachtsbaum. Drei Worte und in meinem Bauch tanzen kleine Schmetterlinge. Während ich noch die Nachricht betrachte, klingelt mein Telefon; es ist Dex. Ich überlege, ob ich den Anruf auf die Mailbox laufen lassen oder seine Nummer blockieren soll, aber aus irgendeinem Grund lasse ich es.

»Hallo«, melde ich mich, nachdem ich das Handy ans Ohr gedrückt habe, und drehe mich auf meinem Stuhl um.

»Evelyn.« Meinen Namen aus seinem Mund zu hören, löst nichts in mir aus. Ich will nicht lächeln; ich will nicht seufzen. Es macht nichts mit mir. »Ich dachte, du würdest nicht rangehen.«

»Hast du deshalb angerufen?«, frage ich und lege den Kopf in den Nacken.

»Nein«, widerspricht er, und seine Stimme wird leiser. »Ich bin nur überrascht. Seit zwei Wochen versuche ich schon, dich zu erreichen, aber ohne Erfolg.«

»Ich bin beschäftigt«, erwidere ich knapp. »Was willst du?«

»Ich … Ich vermisse dich«, sagt er, und im Gegensatz zu den Gefühlen, die ich empfunden habe, als Manning mir gerade diese drei Worte geschrieben hat, fühle ich bei ihm gar nichts. Ich kenne Manning noch nicht einmal einen Monat, und ich empfinde schon mehr für ihn, als ich je für Dex empfunden habe.

»Was vermisst du?«, will ich wissen und frage mich, ob er vielleicht etwas sagen wird, das mich daran erinnert, warum ich mich mal in ihn verliebt habe.

»Ich vermisse uns«, antwortet er. »Ich vermisse es, nach Hause zu kommen und dich dort zu haben.«

»Vermisst du mich, bevor oder nachdem du Ally und Joshua fickst?«, frage ich, meine Stimme wird leiser.

»Ich kann das erklären«, ist seine Antwort, und ich rolle mit den Augen.

»Es gibt wirklich nichts, was du sagen kannst, um das zu erklären, Dex. Man wacht auch nicht einfach eines Tages auf, und beschließt, Vegetarier zu werden. Du bist bisexuell, aber anstatt mit mir darüber zu reden …«

»Du solltest das nie herausfinden«, unterbricht er mich. »Wir hätten vorsichtiger sein müssen.«

»Nun, ich denke, ihr wart vorsichtig genug, immerhin habe ich es erst kürzlich herausgefunden.« Ich warte, um zu sehen, ob der Schmerz kommt, und bin schockiert, weil er ausbleibt. Ich empfinde nichts mehr für ihn, bin nicht einmal verletzt, weil er es getan hat. Meine Gedanken wandern sofort zu Manning. Als ich ihn im Hotel zurückgelassen habe, hat mich das mehr und tiefer verletzt als bei Dex.

In diesem Moment weiß ich, dass Dex nie der Richtige war. »Dex, ich will ehrlich zu dir sein. Ich glaube, wir waren zusammen, weil es das Richtige war. Wir waren füreinander da, und es hat einfach Sinn gemacht, aber wenn wir ehrlich sind, haben wir uns nicht Hals über Kopf ineinander verliebt. Scheiße, ich glaube, der einzige Grund, warum du mich im

Moment vermisst, ist, dass du Veränderungen hasst. Du hasst es, allein zu Hause zu sein.«

»Aber ich liebe dich«, wirft er ein, doch ich schüttle den Kopf. »Du glaubst, du liebst mich. Aber wenn du mich lieben würdest, hättest du auch nie nur daran gedacht, einen anderen Menschen zu berühren. Ich muss los, Dex. Ich hoffe, du findest diese Person für dich.« Ich lege auf und starre auf das Telefon in meiner Hand.

Tim kommt herein. »Hey, ich bin weg.« Er steckt den Kopf in mein Büro und linst herein.

»Was hast du da an?«, frage ich; es ist ein Dallas-Trikot.

»Das ist das Dallas-Trikot«, erklärt er und deutet auf seine Brust. Dann dreht er sich um, und auf dem Rücken steht Mannings Nachname. »Das ist das Trikot von Jaxons Dad.«

Ich versuche, nicht zu lächeln, weil ich an ihn denke.

Heute Morgen hat er mein Bett verlassen, bevor die Sonne aufging. Seit er vor zwei Tagen bei mir zu Hause aufgetaucht ist, schlafe ich immer in seinen Armen ein. Es stört mich immer noch, dass er technisch gesehen verheiratet ist, aber ich versuche, mich nicht zu sehr darauf zu konzentrieren. Es ist aber immer in meinem Hinterkopf, wie ein Teufel, der auf deiner Schulter sitzt und dir sagt, wie beschissen das ist. »Nico, der Besitzer des Teams, ist mein Klient, und er hat mir Karten für seine Loge heute Abend gegeben.«

»Ist das etwas Gutes?«, frage ich unsicher, und er starrt mich nur mit offenem Mund an.

»Nico, ist eine große Nummer. Ich meine, nicht riesig, aber er ist auf dem besten Weg dahin. Er ist der jüngste Teambesitzer, den es je gegeben hat, sogar jünger als du.« Er zeigt auf mich und zwinkert mir zu, als ich ihm den Finger zeige. »Wie auch immer, ich geh mir jetzt das Spiel anschauen. Vielleicht siehst du mich ja im Fernsehen.«

»Oder«, sage ich, stütze mich mit den Ellbogen auf dem Schreibtisch ab und lehne mich vor, »du kannst mir Bescheid sagen, wenn ich dich verpasst habe.« Er lacht und verlässt mein Büro genau in dem Moment, in dem mein Handy klingelt. Ein Blick darauf verrät mir, es ist der Mann, der mich in seinen Bann gezogen hat. Der Mann, der mich aussehen lässt, als würde ich regelmäßig hart im Gym trainieren. Gestern, auf dem Weg zur Arbeit, hatte ich das Gefühl, er wäre noch in mir. Es hat einige Zeit gebraucht, bis ich mich in eine stehende und sogar in eine sitzende Position bringen konnte. Vor den anderen habe ich so getan, als hätte ich einen besonders harten Abend im Fitness-Studio hinter mir. Wenn die nur wüssten ...

»Hallo, du«, begrüße ich ihn und lächle.

»Hey, Baby«, erwidert er mit sanfter Stimme, und alle Zweifel, die ich bisher hatte, sind wie weggeblasen. Allein der Klang seiner Stimme reicht, und meine Brust platzt fast vor Emotionen. »Hast du gerade Zeit?«

»Ja«, erwidere ich, lehne mich in meinem Stuhl zurück und höre ein Hupen. »Sitzt du im Auto?«

»Ja, ich bin auf dem Weg zur Eishalle. Wir spielen heute Abend gegen Carolina.«

»Ich weiß«, verrate ich ihm. »Mein Bruder trägt dein Trikot. Er wird irgendwo in einer Loge sein.«

»Du hättest ihn begleiten sollen«, sagt er und lacht.

»Ich gebe es jetzt einfach mal zu: Von Eishockey habe ich keine Ahnung. Ich weiß, dass es existiert. Chicago, wo ich früher gelebt habe, hat ein paar Mal den Stanley Cup gewonnen.«

»Ein paar Mal.« Er lacht wieder. »Sie haben den Cup dreimal in zehn Jahren gewonnen.«

»Ich nehme an, das ist gut?«, witzle ich. »Wie war dein Tag?«

»Gut. Ich hatte heute Morgen Training, bin dann nach Hause gegangen, habe ein Nickerchen gemacht und bin jetzt auf dem Weg zur Eishalle. Wir fahren Montag für vier Tage weg«, erzählt er mir. »Freitag bin ich zurück.«

Ich versuche, nicht darüber nachzudenken, wie das alles funktionieren soll. Es ist das erste Mal, dass ich mich mit jemandem treffe, seit ich mit Dex zusammen war, und ich weiß nicht, was man machen und was man nicht machen soll. »Bin bei der Arbeit angekommen. Ich rufe dich danach an.«

»Viel Glück. Mach einen Hattrick«, sage ich, und er lacht. »Ich meine, wenn du kannst.«

»Ich werde es versuchen, Evelyn«, antwortet er und legt auf.

Danach stehe ich auf, schließe alles ab und mache mich auf den Weg nach Hause.

Dort schlüpfe ich aus meiner Jeans und dusche schnell, dann bestelle ich mir chinesisches Essen. Während ich gerade *Unsolved Mysteries* gucke, klopft es leise an der Tür. Ein Blick auf mein Handy verrät mir, dass es fast elf ist.

Als ich die Tür aufschließe, bin ich überrascht, dass Manning vor mir steht, diesmal in einem blauen Anzug und eine braune Tüte mit Essen zum Mitnehmen in der Hand.

»Wie kannst du einfach die Tür öffnen, ohne zu fragen, wer da ist?«, will er wissen, kommt herein, legt seinen Arm um meine Taille und beugt sich herunter, um mich zu küssen. Er riecht, als käme er gerade aus der Dusche. »Ich hätte jeder x-beliebige Kerl sein können.«

»Was machst du denn hier?«, frage ich ihn, während sich mein Herzschlag plötzlich beschleunigt. Er hebt mich hoch, trägt mich weiter ins Haus hinein und schließt die Haustür dabei mit dem Fuß. »Ich hätte nicht gedacht, dass ich dich heute noch sehen würde.«

»Ich will nirgendwo anders sein«, antwortet er leise, und ich schlinge meine Arme um seinen Hals. »Ich habe dich vermisst.«

»Ich habe dich auch vermisst.« Es ist die Wahrheit. Er setzt mich jetzt ab, nimmt meine Hand und ich folge ihm in die Küche. »Hast du Essen mitgebracht?«, frage ich ihn und er nickt. »Setz dich«, fordere ich ihn auf und nehme ihm die Tüte ab. »Ich packe das Essen auf Teller.« Die Tüte lege ich auf die Küchentheke und gehe zu den Tellern hinüber. »Was machst du da?«, frage ich ihn, weil er nur dasteht. »Setz dich«, fordere ich ihn wieder auf, doch er zuckt mit den Schultern und sieht mich komisch an. »Was ist los mit dir?«

»Es ist nur ...«, beginnt er zu sagen, setzt sich auf einen der Hocker und sieht mich an. »Normalerweise mache ich alles selbst.« Ich sehe ihn an und öffne die Tüte, nicht sicher, ob ich im Moment etwas sagen kann. »Hast du deinen Hattrick geschafft?«, frage ich ihn und nehme den Essensbehälter heraus.

»Nein«, gesteht er und lacht. Ich öffne den Kühlschrank und hole eine Flasche Wasser heraus, die ich ihm bringe, weil er bestimmt durstig ist. Während ich sie ihm reiche, ergreift er meine Hand und zieht mich zu sich heran. »Hi«, flüstert er und legt seine Hand um meine Taille. Ich sehe zu ihm auf, und er beugt sich vor, um den Abstand zwischen uns zu verringern, und unsere Lippen treffen sich. »Das Beste nach einem Spiel«, sagt er zu mir. Sein Telefon beginnt zu klingeln. Ich küsse ihn noch einmal auf die Lippen, bevor ich wieder zur Theke gehe, um ihm einen Teller zurechtzumachen.

»Hast du gewonnen?«, frage ich ihn dabei, reiche ihm dann seinen Teller und gehe Besteck holen.

»Wir haben gewonnen«, bestätigt er. Ich klatsche in die Hände, was ihn erneut zum Lachen bringt, und reiche ihm Gabel und Messer.

»Ich habe dir auch was mitgebracht«, sagt er und deutet auf die Tüte, in der sich noch ein Behälter befindet. »Ich dachte, wir könnten zusammen essen.«

»Ich hatte schon chinesisch. Immerhin wusste ich ja nicht, dass du noch vorbeikommst.« Damit stehe ich auf, hole mir selbst eine Flasche Wasser und setze mich neben ihn. »Gut, dann erzähl mal.« Mir fällt auf, dass das Haar an seinem Hinterkopf noch nass ist. Automatisch hebe ich die Hand und berühre es. »Was machst du normalerweise nach einem Spiel?«

»Das ist ein bisschen verrückt«, gesteht er. »Jeder macht etwas anderes. Die Rookies gehen normalerweise zusammen in ein Restaurant. Die ›Alten‹ gehen einfach nach Hause. Ich«, sagt er und schneidet ein Stück Huhn ab, »esse in der Regel und sehe dann bis zwei Uhr fern. Damit das Adrenalin meinen Körper verlässt.«

»Ich bin froh, dass du gekommen bist«, gestehe ich ihm, und er sieht mich an.

»Lass uns das Fragespiel spielen«, schlägt er vor, und ich sehe ihn nur an, »bis ich mit dem Essen fertig bin, und dann gehen wir auf die Couch und machen rum.«

Jetzt lache ich. »Ach ja?«

»Bett oder Couch? So oder so, einer von uns wird bald nackt sein.« Er kaut. »Wie bist du in Chicago gelandet?«

Ich lehne mich auf dem Hocker zurück und sehe ihm beim Essen zu. »Dort bin ich zur Uni gegangen, und dann habe ich mich einfach in die Stadt verliebt.« Ich nehme einen Schluck Wasser. »Wie bist du in Dallas gelandet?«

»Die haben mir am meisten gezahlt«, sagt er und lacht. »Bist du froh, dass du wieder zu Hause bist?«

Ich nicke zur Antwort. »Das bin ich. Ich wusste nicht, wie es sein würde, zurückzukommen und die Nachfolge meines Vaters anzutreten. Es hat viel besser geklappt, als ich gedacht habe. So schlimm ist es gar nicht.«

Manning sieht mich an. »Dein Vater ist sicher froh, dass du wieder hier bist«, sagt er, und ich sehe ihn an. »Ich habe von dir gehört.« Mein Kopf neigt sich zur Seite. »Dein Vater kümmert sich um meine Finanzen«, erklärt er, und jetzt bleibt mir der Mund offen stehen. »So bin ich an deine Nummer gekommen. Sie stand in der E-Mail.«

»Tim muss dich als Klienten übernehmen«, erwidere ich. »Keine Ahnung, wie ich es ihnen sagen soll. Vielleicht muss ich meine Mutter oder Veronica mit dazu holen. Hast du ein gutes Verhältnis zu deinen Eltern?«

Er nickt. »Ja, aber nicht so gut, wie ich es gerne hätte. Doch ich arbeite daran.« Er kaut auf einem Stück Huhn herum. »Murielle mag es nicht, wenn sie zu uns kommen, also bleiben sie weg.« Ich schlucke den Kloß in meinem Hals hinunter. »Für eine Weile war es ziemlich hart. Ich wusste nicht, wie ich ihnen sagen sollte, dass Murielle keine Leute in ihrem Haus haben wollte. Es fühlte sich an, als würde ich sie ihnen vorziehen, und das hat mich schier umgebracht.«

»Hast du mit ihr darüber gesprochen?«, frage ich ihn und weiß nicht, was ich sonst sagen soll. Keine Ahnung, wie ich mich fühlen würde, wenn Dex mir gesagt hätte, dass meine Eltern nicht zu uns kommen dürfen. »Das hat dich in eine sehr schwierige Lage gebracht.«

»Stimmt. Ich wurde von gewissen Dingen und Familienfeiern ausgeschlossen, weil sie nicht wussten, ob ich kommen würde oder nicht, und sie wollten keinen zusätzlichen Druck auf mich ausüben.« Er blickt zu Boden. »Ich bedauere nur, dass Jaxon sie nicht so gut kennt, wie er sollte. Aber wir arbeiten daran. Ich bringe ihn zu ihnen, so oft ich kann, und wir videochatten einmal pro Woche mit meiner Mutter.«

»Das muss sie doch lieben.« Ich lächle ihn an, als er seine Gabel und sein Messer auf den Teller legt.

»Das tut sie. Er erzählt ihr immer, wie seine Woche war.« Manning führt das Wasser zu seinem Mund. »Wie lange warst du mit deinem Ex zusammen?«

»Wir haben uns kennengelernt, als ich auf dem College war. Wir waren immer zu viert und hingen miteinander rum. Er war ein Zimmergenosse von Joshua.« Jetzt schlucke ich. »Fast zehn Jahre lang. Er hat mich heute angerufen«, fahre ich fort und bin überrascht, dass ich ihm das erzähle. »Es war komisch, mit ihm zu reden, aber ich glaube, es war gut, weil ich dadurch gemerkt habe, dass wir nicht füreinander bestimmt waren.« Ich schaue Manning an. »Am Ende sind wir zusammengeblieben, weil es einfach war, denke ich. Was ist mit dir?«, frage ich, und anders als bei Dex breitet sich ein brennendes Gefühl in meinem Magen aus, als ich ihm diese Frage stelle. Es ist eine dumme Frage, weil sie beide ein gemeinsames Kind haben.

»Bei mir ist es ziemlich ähnlich«, lautet seine Antwort. »Es wäre weniger schlimm, wenn sie in die Scheidung einwilligen würde.«

Ich blicke zu Boden. »Was glaubt sie, wo du gerade bist?«, frage ich, und er zuckt mit den Schultern.

»Ich weiß es nicht, und es ist mir egal. Sobald Jaxon aufwacht, werde ich da sein, und das ist alles, was sie wissen muss.«

»Aber«, setze ich an, doch er stößt sich vom Tisch ab. »Sie hat hier keinen Platz. Das hier«, damit deutet er erst auf sich und dann auf mich, »gehört mir. Es ist das Einzige, was ich habe, das mir gehört und wirklich nur mir.« Ich senke den Blick, doch er legt seinen Finger unter mein Kinn und hebt es an, damit ich ihn ansehe. »Du bist es. Nur du.« Er beugt seinen Kopf herab und küsst mich. Ich schlucke die Angst herunter, die ich verspüre. Das Wissen, dass ich mit ihm immer tiefer und tiefer versinke, und nicht sicher bin, ob ich das überleben werde.

Einundzwanzig

Manning

»Ich hasse es, dich verlassen zu müssen«, gestehe ich Evelyn, während sie mich zur Tür bringt. Ich habe die Nacht mit ihr in meinen Armen verbracht. Jetzt legt sie den Kopf zurück, und ich streiche ihr das Haar aus dem Gesicht, während sie in ihrem Bademantel vor mir steht, und ich weiß, darunter ist sie nackt. »Ich rufe dich später an.«

»Okay«, sagt sie und gibt mir einen letzten Kuss.

»Schließ ab«, mahne ich und gehe hinaus, doch sie steht da und sieht mir nach, während ich wegfahre, gerade als die Sonne aufgeht. Ich hasse das, verdammt. Ich hasse es, dass ich sie verlassen muss.

Mit einer Handbewegung hole ich mein Handy raus und schicke Becca eine SMS.

> Ich: Hast du ihn eingestellt?

Schwer zu sagen, ob sie mir gleich antworten wird, also lege ich das Handy weg. Doch es klingelt sofort. »Ja«, keucht sie durch die Leitung. Becca ist einer der besten Menschen, die ich an meiner Seite habe. Sie trat vor etwa fünf Jahren in mein Leben, und ohne sie wäre ich nicht so erfolgreich, wie ich es heute bin. Becca hat mich auf den richtigen Weg gebracht, und ich würde alles für sie tun.

»Warum keuchst du so?«, frage ich sie. Mittlerweile ist es fast fünf Uhr morgens.

»Ich trainiere von halb fünf bis sechs, sieben Tage die Woche«, erwidert sie, und ich schüttle den Kopf. »Das ist es, was ich auf mich nehmen muss, um Kuchen, Schokolade und Kohlenhydrate essen zu können. Die Frage ist, warum bist du schon auf?«

»Ich bin auf dem Weg nach Hause.« Vor zwei Tagen war ich bei ihr zu Hause und habe ihr von Evelyn erzählt. Es hat ihr nicht gefallen. Aber nur, weil sie nicht will, dass Murielle damit etwas gegen mich in der Hand hat. Also setzte sie einen Plan in Gang, und hoffentlich bin ich schon nächsten Monat frei.

»Was glaubt Cruella, wo du bist?«, fragt sie. Diesen Spitznamen hat sie Murielle vor drei Jahren verpasst, als sie versucht hat, Becca zu feuern.

»Keine Ahnung. Bei dem Spiel habe ich sie nicht gesehen. Ich fahre jetzt nach Hause, werde für Jaxon da sein, und dann habe ich keine Ahnung, was ich machen soll.«

»Na ja, wir sehen uns heute Abend«, erwidert sie und ich sage nichts. »Du hast es vergessen, nicht wahr?«

»Wovon redest du?«

»Heute Abend gibt es eine Party, bei der jeder einen hässlichen Pullover trägt. Die veranstalten sie jedes Jahr vor Thanksgiving. Nico hat mich eingeladen«, versucht sie, meinem Gedächtnis auf die Beine zu helfen, und plötzlich fällt es mir tatsächlich wieder ein. »Er weiß, dass ich bald den aufstrebenden Rookie unter Vertrag haben werde, also umwirbt er mich«, schnauft sie laut. »Wie auch immer, wir sehen uns heute Abend.«

Sie legt auf, und als ich zu Hause ankomme, steige ich aus dem Auto und gehe, mit meinem Jackett in der Hand, hinein. Ich begebe mich direkt in mein Schlafzimmer und steige unter die Dusche. Dann ziehe ich mir Shorts und ein T-Shirt an, lege mich ins Bett und schlafe ein, bis Jaxon um halb neun wach wird.

Er schlüpft zu mir ins Bett, und ich kuschle mit ihm, während er fernsieht. Dankbarerweise lässt er mich noch eine Stunde weiterschlafen, bevor er sich beschwert, weil er Hunger hat. Ich stehe auf und gehe in die Küche, um Kaffee aufzusetzen und ihm Frühstück zu machen. Gerade fange ich an aufzuräumen, als Murielle in die Küche kommt und Jaxon einen Kuss auf den Kopf gibt.

»Na, sieh mal einer an, wer endlich nach Hause gekommen ist«, sagt sie, und ich werfe einen Blick zu Jaxon hinüber, um zu sehen, ob er sie gehört hat. Aber er bekommt nichts um sich herum mit, weil er ein Spiel auf dem iPad spielt, was ich ihm erlaubt habe. »Du gehst in letzter Zeit oft aus.« Sie führt die Tasse mit Kaffee an ihren Mund, und ich mache mir nicht einmal die Mühe, ihr zu antworten. »Um wie viel Uhr soll ich fertig sein?«

»Für?« Ich trockne meine Hände ab und schließe den Geschirrspüler.

»Die Sache mit den hässlichen Pullovern. Ich habe deinen oben in meinem Zimmer«, erklärt sie mir.

»Kannst du nicht mit deinem Auto hinfahren?«, frage ich, doch sie sieht mich nur an.

»Es ist ein Teamevent, da könnte die Presse dabei sein. Wie sieht es denn aus, wenn wir nicht zusammen auftauchen?« Ich rolle mit den Augen. »Jaxon, soll Elizabeth heute Abend auf dich aufpassen?« Er sieht auf und nickt.

»Dad, machen wir morgen immer noch einen Jungstag?«,

fragt er und ich nicke. Dann nehme ich mir eine Flasche Wasser, gehe ins Wohnzimmer und schalte den Fernseher ein. Es juckt mich in den Fingern, Evelyn anzurufen, aber ich frage mich, ob sie schon wieder wach ist. Frage mich, was sie heute vorhat. Ich schnappe mir mein Handy und schaue mir die Highlights des Spiels von gestern Abend an. Als ich Jaxon die Treppe hochgehen höre, folge ich ihm und gehe in mein Zimmer. Ich schließe die Tür hinter mir ab und rufe Evelyn an.

»Hey«, begrüßt sie mich, und es hört sich an, als wäre sie gerade shoppen.

»Bist du unterwegs?«, frage ich sie.

»Ich bin mit meiner Mom unterwegs. Sie wollte essen gehen, und dann haben wir beschlossen, zur Maniküre und Pediküre zu gehen. Wie geht es dir?«

»Mir geht's gut. Müde, aber gut. Jaxons Spiel findet um eins statt. Und heute Abend habe ich ein Teamevent.«

»Okay.« Ihre Stimme wird leiser, und ich wünschte, sie würde mich dorthin begleiten. Wünschte, sie wäre auf der Party die Frau an meiner Seite. »Wir hören uns später«, sagt sie und legt auf. Es klopft an der Tür, ich stehe auf und finde Murielle davor vor, die mir den Pullover hinhält.

»Was zum Teufel ist das?«, frage ich und schaue auf das Muster darauf, was wie ein Elchkopf aussieht.

»Das ist ein Elchkopf.« Sie deutet auf den Pullover. »Der Kopf kommt nach vorne und der Arsch nach hinten.« Damit dreht sich um und geht weg. »Um eins kommt der Aufhübsch-Trupp.«

»Es ist nur ein kleines Event. Nur für Mitglieder des Teams.«

»Es werden Fotos gemacht, und ich muss so gut aussehen wie möglich«, sagt sie und verschwindet endgültig.

»Dann schlage ich vor, du holst dir eine Tüte und stülpst sie dir über den Kopf«, murmle ich und schließe die Tür.

Jaxons Hockeyspiel verläuft ereignislos, und er rennt danach gleich ins Haus, um zu duschen. Ich mache es ihm nach und gerade als ich mir mein Hemd anziehe, höre ich Murielle meinen Namen rufen. Ich schnappe mir den Elchkopf und gehe aus dem Zimmer, bleibe aber abrupt stehen, als ich sie sehe. »Was zum Teufel hast du da an?«, frage ich, und Murielle dreht sich um, als hätte ich gerade etwas Schmeichelhaftes gesagt; sie trägt schwarze Nylons und Stiefel, die ihr bis zu den Oberschenkeln reichen. »Findest du einen Lederrock nicht etwas extrem?«

»Ich finde, ich sehe gut aus«, erwidert sie, was mich nur den Kopf schütteln lässt, und ich gehe die Treppe hinunter. Jaxon hilft mir dabei, den Pullover richtig herum anzuziehen, und als Dank drücke ich ihm einen Kuss auf den Scheitel.

»Ich will mit dem Porsche hinfahren«, fordert Murielle. Den Zweisitzer fahre ich aber so gut wie nie.

»Steig in den BMW, es sei denn, du willst selbst fahren.« Dabei lächle ich sie an. Murielle funkelt wütend zurück, steigt aber ins Auto, und allein ihr Geruch macht mich krank. Ich lenke den Wagen aus der Garage und mache mich auf den Weg zu Nicos Haus. Die ganze Zeit ist Murielle am Telefon.

»Warum hast du nicht in der Einfahrt geparkt?«, schimpft sie, nachdem wir ausgestiegen sind und zum Haus gehen; die Strecke ist nicht gerade kurz. »Diese Stiefel sind nicht zum Laufen gemacht.«

»Dein Mund sollte nicht zum Reden gemacht sein«, erwidere ich, und dann geht die Haustür auf.

»Willkommen«, begrüßt uns jemand. »Bitte treten Sie ein. Die Party ist gleich hier drüben.«

Sie ergreift meine Hand, als wir reingehen, doch ich schüttle sie ab, sobald ich Nico sehe. Er streckt mir seine eigene Hand entgegen, und ich schüttle sie. Er trägt einen grünen Pullover mit Weihnachtsbäumen und Schneeflocken darauf, darüber prangt in Weiß die Aufschrift *Cool bleiben.* »Da ist er ja, der Captain.« Ich lächle ihn an. Er ist der jüngste Teambesitzer in der ganzen Liga, und er ist nicht einfach nur Besitzer. Er ist ein Mann, der mit anpackt. Er ist dabei, wenn über Spielertransfers entschieden wird, er ist dabei, wenn wir verlieren, und er ist dabei, wenn wir gewinnen. Wenn jemand es verdient hat, den Cup zu bekommen, dann ist es Nico. »Ist das ein Elch?«, fragt er nach dem Motiv auf meinem Pullover, und ich nicke. »Und da ist sie, die Frau hinter dem Mann«, ruft er, und Murielle strahlt über das ganze Gesicht. Ich muss mir verkneifen, mit den Augen zu rollen. »Du siehst fantastisch aus. Hast du trainiert?« Sie nickt.

»Oh, ihr Trainer nimmt sie hart ran«, werfe ich ein und muss leise über meinen Insider-Witz lachen. Vom Tablett eines vorbeigehenden Kellners nehme ich mir eine Flasche Wasser. »Hallo, alle zusammen«, grüße ich in die Runde und sehe Becca hereinkommen. Sie trägt eine schwarze Jeans und ein T-Shirt, auf dem kleine Lämpchen leuchten.

»Wer hat die denn eingeladen?«, höre ich Murielle neben mir giften, und ich sehe, wie Nico erst ihr einen Seitenblick zuwirft und dann mich anschaut.

»Das war ich«, erklärt er und ruft dann: »Becca.« Er nimmt ihre Hand. »Schön, dass du es geschafft hast.«

»Ich muss schon sagen, Nico«, setzt sie an und schnappt sich ein Glas Wein von einem vorbeigehenden Kellner, »es gibt nichts Schöneres, als wenn du etwas von mir willst.« Sie nimmt einen Schluck von ihrem Wein. »Das ist wirklich das beste Gefühl der Welt.« Becca lächelt und sieht sich um. »Na ja, das und wenn du mir einen fetten Scheck ausstellen musst. Das steht ganz oben auf der Liste.«

Nico wirft den Kopf zurück und lacht sie an. »Wenn ich jemals heirate, möchte ich, dass du den Vertrag aushandelst.«

»Abgemacht«, erwidert sie und strahlt. »Hey, Manning«, sagt sie zu mir, und ich nicke nur.

»Entschuldigt mich bitte«, meldet sich Nico. »Da sind gerade noch ein paar der Jungs angekommen.«

»Ich bin auch da«, sagt Murielle, als Nico weggeht.

»Das weiß ich«, erwidert Becca. »Eigentlich dachte ich, es wäre ein Event mit hässlichen Pullis und keine 80er-Jahre-Trash-Party.«

»Du bist so eine verdammte Bitch, Becca«, schimpft Murielle und sieht mich an. »Ich gehe an die Bar.« Sie nähert sich mir für einen Kuss, und ich führe die Flasche mit Wasser an meinen Mund. Sie schaut sich schnell um, um sich zu vergewissern, dass niemand das gesehen hat, bevor sie weggeht.

»Bitte sag mir, dass er etwas hat«, flehe ich Becca an, die mich nur ansieht.

»Er arbeitet daran«, antwortet sie schließlich. »Ich habe dir doch gesagt, dass es klappen wird. Es sind erst zwei Tage.«

Ich sehe sie an und trinke mein Wasser, und in dem Augenblick trifft Miller mit Layla an seiner Seite ein. Beide tragen Bierpong-Pullover, an denen kleine Biergläser hängen. Ralph und Candace folgen kurz darauf. Sie trägt einen Pullover mit einem Weihnachtself, er einen Pullover mit dem Weihnachtsmann darauf.

»Wir sollten ein Foto machen«, schlägt Candace vor, doch ich schüttle den Kopf. »Komm schon, für Instagram, Manning.»

»Nein«, wehre ich ab, doch sie sieht mich eindringlich an. »Gut, aber nur ein Foto.«

Sie klatscht in die Hände, ich stelle mich in die Mitte und die Jungs neben mich. Ich sehe Murielle auf uns zukommen und Nico direkt dahinter. »Das ist ein schönes Motiv«, sagt sie, dann sieht Nico uns an.

»Wir machen Pärchenfotos«, sagt er, und Murielle ist die Einzige, die sich darüber freut. »Okay, erst der Captain.«

»Warum machen wir nicht ein Gruppenfoto?«, versuche ich abzulenken und sehe die Jungs an, die mich nur anstarren.

»Ja, das klingt nach einer guten Idee«, pflichtet Miller mir bei. »Wir sollten alle Jungs hierherholen und ein Foto machen.« Er sieht Ralph an. »Lass uns die Jungs zusammentrommeln.«

Murielle kommt zu mir und schlingt ihre Arme um meine Taille, und ich will ihr gerade sagen, dass sie mich loslassen soll, als ihr Fuß irgendwie umknickt und ich einen Arm um sie legen muss, damit sie nicht auf mich fällt. »Das sieht großartig aus«, sagt Nico und schießt ein Foto.

Zweiundzwanzig

Evelyn

»Das ist schön«, sagt meine Mutter, während wir gemeinsam zu Abend essen. »Den ganzen Tag mit dir zu verbringen, und dann haben wir uns auch noch einen Film angesehen, und jetzt essen wir zusammen.«

Ich lächle sie an. Wir haben den ganzen Tag in der Mall verbracht, haben uns Maniküre und Pediküre gegönnt und dann beschlossen, uns die neueste romantische Komödie anzusehen und anschließend zusammen essen zu gehen. »Ich gebe zu, das ist eines der Dinge, die ich an zu Hause vermisst habe«, gestehe ich und greife nach meinem Glas Wein.

»Eines der Dinge?« Mom legt den Kopf schief und sieht mich prüfend an. »Nun, so sehr ich den Grund, aus dem du nach Hause zurückkommen musstest, auch hasse …« Meine Mutter war diejenige, die extra nach Chicago geflogen ist, um mir beim Packen und Umziehen zu helfen. Dabei ließ sie kein böses Wort fallen und sagte auch nicht »Das musste ja so kommen«. Sie tat schlicht, was das Beste für mich war. »Ich bin einfach nur froh, dass du wieder hier bist.«

Ich schaue auf mein Handy, das sich seit meinem Gespräch mit Manning nicht mehr gerührt hat, und es beunruhigt mich, wie sehr mich das stört. »Also, erzähl mal, was geht dir so durch den Kopf?« Ich schaue zu ihr auf. »Irgendetwas ist doch. Du bist so still.«

Ich überlege, wie ich diese Frage beantworten soll, denn das Letzte, was ich will, ist, dass meine Mutter oder irgendjemand in meiner Familie von mir enttäuscht ist. »Ich habe jemanden kennengelernt«, beginne ich schließlich, und mein Herz klopft laut in meiner Brust, während mein Magen sich zusammenzieht.

Ihre Augen werden groß, und ein Lächeln breitet sich auf ihrem Gesicht aus. »Ich hatte schon das Gefühl, dass es mit einem Mann zu tun hat. Ist es der, der dich vorher angerufen hat?«

Ich sehe sie an, und mein Mund öffnet sich. »Du hast gelauscht.« Dabei bemühe ich mich, meine Stimme so weit wie möglich zu senken.

»Du hast direkt neben mir gesessen.« Sie schiebt sich die Haare über die Schulter. »Wie sollte ich das nicht hören?« Mom rollt mit den Augen und ich lache. »Jetzt erzähl mir alles über ihn. Wo hast du ihn kennengelernt?«

»Beim Junggesellinnenabschied«, sage ich und lasse die Tatsache weg, dass ich einen One-Night-Stand hatte. »Dann bin ich ihm später noch einmal begegnet.« Kurz zögere ich. »Ich habe ihn in einem Restaurant wiedergetroffen.«

Sie legt ihre Hände zusammen. »Magst du ihn?«

Ich schlucke hart und muss von meinem Wasser trinken, bevor ich antworten kann. »Ja«, gestehe ich schließlich, und meine Handflächen sind schweißnass. »Sehr. Mehr, als ich sollte.«

»Oh, sag das nicht.« Sie wedelt mit der Hand in der Luft.

»Ich wusste fünf Minuten, nachdem ich deinen Vater getroffen hatte, dass er der Richtige für mich ist. Von dem Moment an, als ich ihn auf dieser Hausparty von der anderen Seite des Raumes aus sah, wusste ich, dass ich ihn kennenlernen musste.«

»Zwischen uns gab es eine Verbindung, das ist sicher«, erwidere ich, »aber bei ihm ist es ein bisschen kompliziert.« Das ist alles, was ich dazu sage, denn ich bekomme ein flaues Gefühl im Magen, wenn ich nur daran denke.

»Was soll das heißen? Kompliziert?«, fragt sie, was ich bereits befürchtet hatte.

»Er macht gerade einiges durch mit …« Ich höre auf zu reden und versuche, die richtigen Worte zu finden. »Ich mag ihn, Mom«, fahre ich schließlich leise fort. »Kann es kaum erwarten, ihn wiederzusehen. Ständig will ich mit ihm reden.«

»Das ist normalerweise eine gute Sache«, sagt sie mir.

»Ich habe das Gefühl, ihn schon ewig zu kennen«, erwidere ich. »Und das ist so dumm, weil es nicht so ist. Aber ich weiß nicht, wie ich es erklären soll.«

»Er bringt dich zur Ruhe«, sagt sie, und ich neige den Kopf. »Wie die Teile eines Puzzles, Evelyn. Man sucht ständig nach dem fehlenden Teil des Puzzles. Dem Teil, der es komplett macht.« Ich nehme einen letzten Schluck von meinem Wein. »Warum klingt es so, als würdest du dagegen ankämpfen?«

Ich möchte ihr erklären: Der Grund dafür liegt darin, dass ich einfach nicht akzeptieren kann, dass er verheiratet ist. Tief im Inneren bringt es mich um, wenn er zu ihr nach Hause geht. Selbst wenn er mir sagt, sie würde nicht zwischen uns stehen, habe ich das doch immer im Hinterkopf.

»Ich habe einfach Angst«, gestehe ich, und sie lächelt jetzt und sieht mich an.

»Liebe ist beängstigend, Evelyn. Sie ist einfach, wenn sie kommt, aber sie ist beängstigend, wenn man um sie kämpfen muss.« Sie trinkt ihr Wasser aus, und der Kellner bringt uns die Dessertkarte.

Meine Mutter spricht das Thema nicht mehr an. Sie kennt mich und weiß, dass ich noch darüber nachdenken muss. Als ich sie zu Hause absetze, bittet sie mich, morgen zum Mittagessen zu ihr zu kommen, und ein Nein akzeptiere sie nicht als Antwort.

Es ist bereits nach neun Uhr, als ich mein Haus betrete, die Hände voller Einkaufstaschen. Alles Dinge, die ich eigentlich nicht brauche. Ich bringe die Sachen in mein Schlafzimmer, nehme dabei mein Handy mit, und als ich ins Bad schlüpfe, bin ich nervös, und ich habe keine Ahnung, warum. Absolut keine Ahnung.

Ich ziehe meinen Morgenmantel an, gehe zur Couch und schalte den Fernseher ein. Nachdem ich mir eine Decke geschnappt habe, lege ich mich hin, das Handy platziere ich auf dem Tisch vor mir: Ich weiß nicht, wann ich eingeschlafen bin, aber ich wache auf und sehe, dass es nach drei Uhr morgens ist. Also stehe ich auf, und entdecke eine SMS von Manning.

> Manning: Hey, es ist etwas dazwischengekommen. Heute Abend schaffe ich es nicht mehr vorbeizuschauen. Ich rufe dich morgen früh an.

Ich mache mir gar nicht erst die Mühe, die Nachricht zu beantworten. Stattdessen gehe ich zu meinem Bett, schlüpfe hinein und schlafe ein.

Als ich am nächsten Morgen aufwache, bin ich wütend, und ich hasse es. Ich gehe zur Kaffeemaschine und setze sie in Gang, während ich den Fernseher einschalte.

Ich schnappe mir mein Handy, setze mich auf die Couch und öffne Facebook. Mit dem Daumen scrolle ich durch meinen News-Feed, entdecke aber nichts Gutes. Ich öffne Instagram, und das Foto sticht mir sofort ins Auge. Es wurde auf dem Account der Dallas Oilers gepostet. Vor zwei Tagen habe ich angefangen, ihnen zu folgen.

Meine Hand zittert, als ich Manning in einem lächerlichen Pullover mit einem Elch darauf und seiner Frau neben ihm sehe. Mein Magen rutscht mir in die Kniekehle, die Tränen kommen. Seine Frau trägt einen Lederrock, und ich zoome ein wenig heran. Ihre Arme liegen um seine Taille, während sie lächelt, und er hat seinen Arm um sie gelegt. Die Bildunterschrift setzt dem Ganzen noch die Krone auf.

Der Mannschaftskapitän und seine Frau auf der Mannschaftsparty mit dem Motto »Hässliche Pullover« gestern Abend. Alle hatten viel Spaß.

Ich entfolge dem Team und schließe die App, dann stehe ich auf und gehe in mein Schlafzimmer. Dort ziehe ich meine Jeans und ein weißes langärmeliges Oberteil an. Ich schnappe mir einen dicken grauen Strickpullover und meine Handtasche und verlasse das Haus.

Es ist kurz nach acht Uhr morgens. Mir ist bewusst, dass ich aus dem Haus gestürmt bin, für den Fall, dass er heute Morgen bei mir auftaucht, weil ich nicht bereit bin, ihm jetzt zu begegnen. Ich bin nicht bereit, ihn zu sehen. Also gehe ich zu der Bäckerei, die ich schon seit zwei Wochen ins Auge gefasst habe. Im Laden kaufe ich zwei Schachteln mit Gebäck und fahre zum Haus meiner Eltern. Auf dem Weg dorthin rufe ich meine Mutter an, um mich zu vergewissern, dass sie wach ist.

»Hallo«, begrüßt sie mich.

»Hey. Ich bin gerade auf dem Weg zu euch, um beim Mittagessen zu helfen«, lüge ich. »Und ich habe ein paar Leckereien dabei.«

»Wow, du bist aber früh wach«, staunt sie und lacht. »Dann sehen wir uns gleich.« Ich lege auf, und ein Ping zeigt

mir, dass ich eine SMS bekommen habe. Ein Blick aufs Handy
verrät mir, sie ist von Manning.

> Manning: Guten Morgen. Es tut mir so leid wegen
> letzter Nacht. Es hat mir gefehlt, mit dir in meinen
> Armen aufzuwachen.

Ich werfe das Handy auf den Sitz neben mir und mache mir
nicht die Mühe, darauf zu antworten. Irgendwann muss ich
mich der ganzen Sache stellen, aber erst, wenn ich bereit bin,
und nicht, wenn er bereit ist.

Ich betrete das Haus meiner Eltern und sehe, dass meine
Mutter bereits in ihrer Nudelsoße rührt. »Hier riecht es fantastisch«, rufe ich, und sie sieht zu mir herüber.

Ich stelle das Gebäck, das ich gekauft habe, auf die Kücheninsel. »Was hast du alles gekauft?« Sie kommt zu mir, um
mich zu umarmen, und küsst mich auf die Wange.

»Du weißt doch, was du mir immer nahegelegt hast.«
Während ich das sage, hole ich mir eine Tasse und schenke
mir Kaffee ein. »Kaufe nie ein, wenn du hungrig bist.« Ich
gehe zum Kühlschrank und greife nach der Milch. »Und du
hattest recht.«

Sie wirft den Kopf zurück und lacht. »Ich hab's dir ja gesagt.«

Meine Antwort ist ein Augenrollen. »Du hast auch immer
gemeint, dass wir nach dem Essen nicht schwimmen gehen
sollen, weil wir sonst Krämpfe bekommen und sterben würden.«

Sie keucht auf. »Ich habe nie gesagt, dass ihr sterben würdet. Ich sagte, ihr würdet Krämpfe bekommen.« Das bringt
mich zum Lachen, und mein Vater betritt die Küche.

»Habe ich mir doch gedacht, dass ich deine Stimme gehört
habe«, sagt er, kommt zu mir herüber und küsst mich auf die
Wange. »Das ist ein Anblick, den ich gerne sehe.«

»Mich an einem Sonntag in deiner Küche um neun Uhr morgens?« Ich schüttle den Kopf und mein Telefon klingelt in meiner Handtasche. Mit wenigen Schritten bin ich bei meiner Tasche, nehme es heraus und sehe, dass es Manning ist. Kurzerhand drücke ich ihn weg, gerade als mein Vater den Fernseher im Wohnzimmer einschaltet, das an die Küche angrenzt.

Die Stimme des Ansagers ist laut und deutlich zu hören. »Die Dallas Oilers hatten gestern einen freien Abend«, sagt er und lacht dann. »Aber den Bildern in den sozialen Medien nach zu urteilen, war es ein lustiger Abend.« Auf dem Bildschirm erscheint ein Foto, auf dem das ganze Team in seltsamen Pullovern zu sehen ist. Im Hintergrund des Bildes entdecke ich Manning, er strahlt über das ganze Gesicht, wie er da neben seinen Jungs steht. Auf dem nächsten Foto sind drei Paare zu sehen, und er in der Mitte, mit seiner Frau an seiner Seite. Okay, gut, er berührt sie nicht, und sie steht vor ihm. Die beiden anderen Paare haben ihre Arme umeinander gelegt. Aber das letzte Bild ist das, worüber ich heute Morgen gestolpert bin. »Unser Kapitän sieht aus, als würde er sich gut amüsieren, nicht wahr?«

Ich schaue zu Boden und blinzle die Tränen weg. Rasch verlasse ich das Zimmer, gehe ins Bad und schließe die Tür ab. Das Telefon in meiner Hand klingelt. Mit einem Kopfschütteln sehe ich darauf.

Anruf von Manning. Sofort drücke den roten Knopf, um den Anruf wegzudrücken, und setze mich auf die Toilette. Den Blick in den Spiegel meide ich, bin mir nicht einmal sicher, ob ich mich im Moment überhaupt ertragen kann. Stattdessen wasche ich mir die Hände, spritze mir Wasser auf die Wangen und tupfe sie dann trocken.

Gerade, als ich das Badezimmer verlassen will, pingt mein Handy erneut.

Manning: Hey, ich habe gerade ein paar Mal versucht, dich anzurufen. Wollte deine Stimme hören.

Ich lösche die SMS, gehe zurück in die Küche und klatsche in die Hände. »Okay, was kann ich tun, um zu helfen?«, frage ich meine Mutter, und sie sieht mich an, weiß offensichtlich nicht, was sie sagen soll. Sie sieht meine roten Augen, doch als ich den Kopf schüttle, lächelt sie mich nur an.

»Wie wär's, wenn wir zusammen die Fleischbällchen machen?« Sie geht zum Kühlschrank hinüber, und ich ziehe meinen Pullover aus und ignoriere das erneute Klingeln meines Handys in meiner Gesäßtasche. Statt ranzugehen, ziehe ich es heraus, stelle es auf stumm, kann dabei aber nicht verhindern, dass ich den Text auf dem Bildschirm sehe.

Manning: Ich vermisse dich.

Dreiundzwanzig

Manning

Ich: Ich vermisse dich.

Ich lösche die SMS und stecke das Handy in die Tasche meiner Shorts, bevor ich den Pfannkuchen für Jaxon wende. Die letzte Nacht war ein einziges Durcheinander, und ich bin immer noch stinksauer deswegen. »Hol den Sirup.« Ich sehe zu Jaxon hinüber, und in dem Augenblick kommt Murielle in die Küche.

Ihre Haare hat sie zu einem Knoten auf ihrem Kopf zusammengedreht, und sie trägt noch immer ihr Glam-Make-up. Die verschmierte Schminke um ihre Augen herum lässt sie aussehen wie einen Waschbär. Auch die Klamotten sind noch die von gestern Abend. »Ich brauche einen Kaffee.« Sie macht ein paar Schritte, bleibt neben mir stehen und ich merke, sie stinkt nach Alkohol.

»Eine Dusche brauchst du auch«, informiere ich sie und schüttle den Kopf.

»Ich kann nicht glauben, dass du mich in deinem Auto zurückgelassen hast«, zischt sie. »Ich musste die Treppe hochkrabbeln.«

»Du hast Glück, dass ich dich überhaupt nach Hause gefahren habe«, erwidere ich. Eigentlich hätte mir klar sein müssen, dass etwas nicht gestimmt hat, als sie das Foto mit mir machte und dann über ihre Absätze stolperte. Da wusste ich aber auch noch nicht, dass sie davor Shots mit zwei der anderen Spielerfrauen gekippt hatte. Gemerkt, was los war, habe ich erst, als sie immer lauter wurde und anfing, mich zu befummeln, aber da war es schon zu spät.

»Warum bist du so prüde? Was ist schon dabei, wenn ich ein bisschen trinke?«

»Du hast ein bisschen getrunken.« Ich schnaube, lache und stelle den Teller mit Essen vor Jaxon, der uns beobachtet. »Iss auf, und dann kannst du mit deiner Xbox spielen«, fordere ich ihn auf, weil ich nicht bereit bin, in seiner Gegenwart weiter mit ihr zu reden.

Murielle legt ihren Kopf auf die Kücheninsel und schließt die Augen. »Warum dreht sich das Zimmer immer noch?«

Jaxon isst so schnell auf, wie er kann, um von ihr wegzukommen.

Er räumt seinen Teller in den Geschirrspüler. »Ich spiele ein bisschen, und danach können wir uns einen Film ansehen.«

»Klingt gut, Großer«, sage ich und warte, bis er weg ist, bevor ich Murielle wieder anspreche.

»Das ist das letzte Mal, dass so etwas vorkommt«, warne ich sie, schneide mir einen Bissen von dem Spiegelei ab und sehe sie dann an.

»Oh, bitte«, schnauft sie, ohne ihren Kopf zu bewegen. »So schlimm ist das doch gar nicht. Angela war auch betrunken.«

»Angela ist immer betrunken. Ich spreche davon, dass du dich an mich geklammert hast.«

Jetzt öffnet sie die Augen. »Hast du dein Gedächtnis verloren?«, will ich wissen. »Du hast dich mir an den Hals geworfen.«

»Da ist doch nichts dabei. Immerhin bist du mein Mann«, protestiert sie. »Und du hast mich ohnmächtig im BMW zurückgelassen.«

»Ich habe dir gesagt, dass wir zu Hause sind. Du hast gestöhnt, also dachte ich, mit dir wäre alles in Ordnung.«

»Ich bin aufgewacht und wusste nicht einmal, wo ich war!«, schreit sie.

»Das klingt nach einem Du-Problem und nicht nach einem Ich-Problem«, sage ich, stehe auf und gehe zum Geschirrspüler. Sie war völlig betrunken, was mich wütend gemacht hat, und mir war klar, dass ich Jaxon nicht einfach allein lassen konnte.

Ich schlief auf der Couch ein und wartete darauf, dass sie ins Haus kam, und als ich endlich aufwachte, war es bereits nach fünf Uhr morgens.

»Verdammt noch mal, Manning. Es war eiskalt draußen.« Sie schlägt mit der Hand auf die Küchentheke.

»Es ist November in Texas«, lache ich sie aus. »Hier ist es nie eiskalt.«

»Warum zum Teufel bist du so ein Arschloch?«, will sie wissen und verschränkt die Arme vor der Brust.

»Warum bist du so ein Miststück?«, stelle ich die Gegenfrage, aber warte nicht auf ihre Antwort. »Warum zum Teufel willst du dich nicht einfach scheiden lassen, und wir können im Anschluss endlich wieder normal miteinander umgehen?«

Sie starrt mich wütend an. »Ich werde mich niemals von dir scheiden lassen.«

»Sag niemals nie.« Ich stoße mich von der Theke ab. »Es wird Zeit, dass ich mich meinem Sohn widme.«

»Fick dich«, murmelt sie.

»Gleichfalls«, erwidere ich. Während ich die Treppe hinaufgehe, hole ich mein Handy heraus und sehe, dass Evelyn mir immer noch nicht zurückgeschrieben hat. Im Gehen wähle ich ihre Nummer, um sie erneut anzurufen, erreiche dabei mein Zimmer und setze mich dort aufs Bett.

»Das ist die Nummer von Evelyn. Leider kann ich Ihren Anruf gerade nicht entgegennehmen. Hinterlassen Sie eine Nachricht, und ich rufe Sie so schnell wie möglich zurück.« Ihre Stimme zu hören, bringt mich zum Lächeln.

Ich warte auf den Piepton und fange dann an zu sprechen. »Hey, ich bin's. Ich wollte nur deine Stimme hören. Wir hören uns.« Dann lege ich auf und schicke ihr eine weitere SMS.

> Ich: Geht es dir gut?

Ich stehe auf, gehe zu unserem Heimkino-Raum und setze mich, um mit Jaxon ein paar Spiele zu spielen. Die ganze Zeit über schaue ich auf mein Handy und warte darauf, dass Evelyn mir eine SMS schickt. Murielle zeigt sich nicht mehr, und als wir zum Mittagessen runtergehen, merke ich, dass sie überhaupt nicht da ist.

Also nehme ich mein Handy und schreibe Evelyn eine weitere SMS.

> Ich: So langsam fange ich an, mir Sorgen zu machen. Ich hoffe, es geht dir gut.

Ein ungutes Gefühl überkommt mich, und der Rest des Tages vergeht im Schneckentempo. Abends mache ich Jaxon etwas zu essen, und erst als er sich fürs Bett fertig macht, kommt Murielle endlich aus ihrem Zimmer.

»Ich habe ein noch Meeting mit Becca«, lüge ich sie an. »Nachdem ich Jaxon ins Bett gebracht habe, verschwinde ich.«

Sie sieht in meine Richtung. »Du hast in letzter Zeit viele

Meetings mit Becca.« Ihre Frage ignoriere ich einfach und bringe Jaxon zu Bett. Dann ziehe ich mir eine Jeans und ein Hemd an.

Bevor ich bei Evelyn ankomme, rufe ich sie noch mal auf dem Handy an, doch es geht immer noch die Mailbox ran. Bei dem Gedanken, dass ihr etwas zugestoßen sein könnte und ich nicht für sie da war, wird mir ganz anders. Als ich ihr Auto in der Einfahrt entdecke, atme ich erleichtert auf.

Eilig laufe ich zur Tür und läute. Mein Herzschlag beschleunigt sich noch mehr, als ich höre, wie aufgeschlossen wird. Bei Evelyns Anblick muss ich unwillkürlich lächeln. »Hey«, grüße ich sie und trete ein. Ich lege meinen Arm um ihre Taille und bemerke sofort eine Veränderung an ihr.

»Hi«, erwidert sie, ihre Hände verweilen auf meinen Armen und wandern nicht, wie sonst, um meinen Nacken. Normalerweise legt sie ihren Kopf zurück, damit ich sie küssen kann, aber dieses Mal macht sie das nicht.

»Ich habe dich den ganzen Tag über angerufen und dir SMS geschickt«, sage ich und lasse von ihr ab.

»Ja, habe ich gesehen. Ich war mit meinen Eltern bei einem Familienessen«, erwidert sie und tritt einen Schritt zurück. Und ich bin plötzlich neidisch auf die Zeit, die sie mit ihrer Familie verbracht hat.

»Das klingt nett.« Im Raum herrscht eine spürbare Spannung, und ich hasse das. »Was ist los?«

»Ich glaube, wir müssen reden«, sagt sie und verschränkt die Hände ineinander.

»Was ist hier los?«, frage ich, mein Herz hämmert in meiner Brust.

»Ich kann das nicht«, gesteht sie mir, und ich sehe, wie ihr die Tränen über die Wangen rollen. »Egal, wie sehr ich versuche mir einzureden, dass ich es kann, weiß ich doch tief in meinem Inneren, ich kann es nicht.«

»Wovon sprichst du?«, frage ich und möchte sie umarmen.

Möchte mich mit ihr hinsetzen und sie in meinen Armen halten.

»Du hast gesagt, du müsstest zu einem Event. Was du mir nicht gesagt hast, ist, dass heute das Foto mit dir und deiner Frau überall auf Social Media verbreitet werden wird.« Das bringt mich völlig aus dem Konzept.

»Was?«, frage ich sie, und als sie mir das Bild von Murielle und mir zeigt, weicht jegliche Farbe aus meinem Gesicht. Das einzige Foto, das ich mit ihr gemacht habe. Ich sehe wieder zu Evelyn auf und mein Herz schmerzt. »Es ist nicht das, wonach es aussieht«, versuche ich mit leiser Stimme zu erklären.

»Das ist es ja gerade«, erwidert sie. »Ich hasse es, mich so zu fühlen. Ich hasse es, dass ich mich so fühle. Ich hasse es, dass ich dich den ganzen Tag ignoriert habe, weil ich das verarbeiten musste. Ich hasse es, dass ich an mir selbst zweifle. Ich hasse es, dass ich an dir zweifle.« Sie wischt sich mit dem Handrücken eine weitere Träne weg. »Ich habe nur …«

»Ich habe sie nur aufgefangen, weil sie gestolpert ist«, erkläre ich. Wenigstens das muss sie wissen. »Es ist nichts passiert. Nichts. Ich habe sie schlafend im Auto zurückgelassen.«

»Es geht nicht nur um letzte Nacht. Es geht darum, dass du zu ihr nach Hause gehst. Es geht darum, dass du dein Leben mit ihr teilst.« Sie sieht mich an. »Versetz dich in meine Lage. Wie würdest du dich fühlen, wenn du wüsstest, dass ich zu jemand anderem nach Hause gehe? Wenn du wüsstest, dass ich mein Leben mit diesem Menschen teile und mit ihm unter einem Dach schlafe.«

Mein Magen schmerzt, wenn ich mir das vorstelle. Allein der Gedanke daran, sie zum Abschied zu küssen und zu wissen, dass sie zu einem anderen nach Hause geht, bereitet mir Bauchschmerzen. »Unterm Strich sind das die Fakten. Ihr seid nicht geschieden. Ihr seid immer noch verheiratet.«

»Evelyn.« Ich spreche ihren Namen fast wie ein Flehen aus und bete, dass sie mir noch ein bisschen Zeit gibt. Ich brauche nur noch mehr Zeit. »Ich werde nicht diejenige sein, die dich zur Wahl zwingt. Dieser Mensch will ich einfach nicht sein.« Sie schüttelt den Kopf. »Du wirst nie erleben, dass ich dich dazu zwinge, zwischen deinem Sohn und mir zu wählen, denn die einzige Antwort auf diese Frage sollte dein Sohn sein. Immer. Also werde ich gehen.« Mein Herz bricht im wahrsten Sinne des Wortes, der Schmerz kommt so schnell, dass ich meine Hand auf meine Brust pressen muss. »Vielleicht hat es einfach von Anfang an nicht sollen sein.«

Ich möchte sie anbrüllen und ihr sagen, doch, es sollte sein. Will ihr sagen, dass diese Sache zwischen uns aus einem bestimmten Grund so stark ist. »Den ganzen Tag über habe ich gedacht, dass es einen Grund dafür geben muss, aber dann fiel mir keiner ein.«

»Evelyn.« Das ist das Einzige, was ich sagen kann. »Bitte.«

»Wenn ich dir etwas bedeute, und sei es nur ein bisschen, musst du mich gehen lassen.« Ihre Stimme wird leiser, ihre Unterlippe zittert, und es ist mir unmöglich, den Gedanken, dass sie leidet, zu ertragen. Den Gedanken, dass sie den ganzen Tag über mit diesem Schmerz leben musste und niemanden hatte, an den sie sich wenden konnte. Sie hat sich den ganzen Tag so gefühlt, und ich bin der Grund dafür.

Diese Frau, die nichts anderes getan hat, als das wenige zu akzeptieren, was ich zu bieten hatte, weigert sich, mich zu einer Entscheidung zu drängen. Sie gibt mich auf, damit ich mich verdammt noch mal nicht entscheiden muss. »Es tut mir leid.« Das ist das Einzige, was ich ihr sagen kann. »Es tut mir leid, dass du verletzt wurdest. Dass ich dir auch nur für eine Sekunde all den Schmerz zugefügt habe.« Jetzt komme ich doch auf sie zu, nicht bereit zu gehen, ohne ihr einen letzten Kuss zu geben. Sie weicht nicht zurück, also lege ich ihr eine Hand auf die Wange. »Evelyn.« Sie schüttelt den Kopf.

»Das ist scheiße«, flüstert sie. »Du bist großartig.« Sie sieht mir in die Augen. »Jaxon sollte wissen, wie großartig du bist.«

Die Tatsache, dass sie mehr an meinen Sohn denkt als an sich selbst, macht sie noch perfekter.

»Das ist beschissener, als du denkst«, erwidere ich und sehe ihr bei den nächsten Worten in die Augen. »Du bist perfekt, Evelyn.« Ich beuge mich hinunter und küsse ein letztes Mal sanft ihre Lippen. Meine Hände lösen sich von ihrem Gesicht, ich gehe zur Tür und greife nach der Klinke. Mein ganzes Herz fühlt sich an, als ob es gleich in meiner Brust zerspringen wird, als ob man mich erstochen hätte. Dann werfe ich einen letzten Blick auf sie. »Diese Zeit mit dir, die wenige Zeit, die wir hatten, war alles für mich.« Damit drehe ich mich um, gehe aus dem Haus und schließe die Tür hinter mir. Das Geräusch hallt noch in meinen Ohren nach, als ich in meinen SUV steige und wegfahre.

Zu Hause höre ich den Fernseher im Wohnzimmer laufen. Doch ich halte nicht an und gehe direkt in mein Zimmer. Die Stille dort macht es mir nicht leicht. Ich schließe die Augen und sehe nur noch Evelyns Gesicht vor mir. Kann nur noch ihren Schmerz spüren. Ich liege hier und verabschiede mich von der einzigen Frau, die mich je um meiner selbst wollte.

Vierundzwanzig

Evelyn

Fünf Tage. Es ist fünf Tage her, dass ich ihn das letzte Mal gesehen habe – einhundertzwanzig Stunden – und doch taucht er nachts in meinen Träumen auf, so lebendig, dass ich, wenn ich aufwache, am liebsten sofort wieder einschlafen würde.

»Du siehst langsam besser aus«, sagt Tim, als er in mein Büro kommt.

»Ja. Ich fühle mich auch ein bisschen besser.« Am Montag, als ich zur Arbeit kam, war ich blass wie ein Gespenst, woraufhin mein Vater mich nach Hause geschickt hat, damit ich von dort weiterarbeite. Ich habe so getan, als hätte ich Fieber, und bin erst am Mittwoch wieder zur Arbeit gekommen. Sie sagten, ich dürfe erst wieder arbeiten, wenn das Fieber abgeklungen sei, also kam ich am Mittwoch mit Kaffee und Donuts für alle in die Firma und ging direkt in mein Büro.

»Vergiss nicht, dass du Caleb versprochen hast, morgen zu seinem Spiel zu kommen«, erinnert mich Tim. Ich möchte mich am liebsten in ein Loch verkriechen und sterben. Letzten Sonntag beim Mittagessen habe ich es ihnen versprochen, aber nur, weil sie mich in die Ecke gedrängt hatten. »Es findet morgen Mittag statt. Ich muss schon um elf da sein, aber wenn du irgendwann vor zwölf dort auftauchst, damit er dich dort sieht, reicht das.«

»Ja«, erwidere ich und schlucke den Kloß in meinem Hals hinunter. Es ist eine Sache, jeden Tag aufzuwachen und einfach mechanisch den Tag hinter mich zu bringen, aber ich bin mir nicht sicher, ob ich damit klarkomme, Manning wiederzusehen. Besonders jetzt. Es wäre wohl besser, Tim zu fragen, ob die Oilers gerade in der Stadt sind, um zu spielen. Vielleicht ist Manning ja auch unterwegs, und ich mache mich umsonst verrückt. »Ich kann es kaum erwarten. Soll ich Blumen oder etwas in der Art kaufen, für den Fall, dass er ein Tor macht.«

Tim schüttelt den Kopf und lacht. »Blumen?«

Ich werfe die Hände in die Luft. »Keine Ahnung. Was macht ihr denn sonst so, wenn er ein Tor schießt?«

»Du kannst ihm ein Slush kaufen«, erwidert er, und ich lache.

»Wir können mit ihm in die Pizzeria gehen«, schlage ich vor und bin zum ersten Mal in dieser Woche aufgeregt.

»Warum schauen wir nicht einfach, wohin es uns verschlägt?«, bremst er mich, schüttelt den Kopf und geht hinaus.

Die Nacht verbringe ich mal wieder komplett auf der Couch. Mittlerweile warte ich nur drauf, dass meine Couch mir sagt, ich solle meinen dicken Hintern bewegen und etwas tun.

Die ganze verdammte Nacht über wälze ich mich hin und her. In meinem Hinterkopf macht sich die Angst davor, Manning wiederzusehen, bemerkbar, obwohl ich sie verdrängt hatte. Das ist der Ort, an den ich alles verdrängt habe, was mit ihm zu tun hat. Es ist das Einzige, was ich tun kann, um mich davon abzuhalten, ihm eine SMS zu schreiben und ihn zu fragen, ob es ihm gut geht. Am liebsten würde ich aber genau das tun, ihm eine SMS schreiben, in der ich ihm sage, dass es mir leidtut, dass ich nicht mehr Vertrauen in ihn habe. Ich würde ihm schreiben, dass ich einen schrecklichen, schrecklichen Fehler gemacht habe und dass von ihm haben will, was immer er mir geben kann, und sei es noch so wenig. Aber tief in meinem Herzen weiß ich, ich kann das nicht machen. Ich kann es nicht. Ständig musste ich daran denken, wie sich Weihnachten für mich anfühlen würde, wenn ich wüsste, dass er den Weihnachtsmorgen mit Murielle verbringt und die beiden sich gegenseitig beschenken. Das war einfach zu viel, und ehrlich gesagt würde mich das zu einer Person machen, die ich nicht bin und auch nicht sein will.

Ich dusche und trockne mir dann die Haare. »Es ist besser so«, spreche ich mir selbst Mut zu, während ich meine Jeans anziehe. »Es wird schon gut gehen. Was soll schon passieren?« Beim Zuknöpfen merke ich, dass die Jeans etwas lockerer sitzt als beim letzten Mal, als ich sie anhatte, und ziehe dann ein langärmeliges schwarzes Oberteil an. »Das Schlimmste, was passieren kann, ist, dass ich ihn sehe und ihm sage, dass ich ihn vermisse.« Ich ziehe meine schwarzen Stiefel an und schnappe mir dann meine grüne Armeejacke und den dazu passenden Schal. »Ich meine, wäre es denn so schlimm, ihn zu sehen?« Damit nehme ich meine schwarze Handtasche und gehe aus dem Haus. »Ja«, sage ich zu mir selbst. »Ja, das wäre es.«

Ich stelle meinen Wagen auf dem Parkplatz ab, hole mein Handy heraus und schreibe meinem Bruder eine SMS, um ihm Bescheid zu sagen, dass ich hier bin.

Tim: Bin oben und sitze schon an einem der Tische.

Es sind noch zwanzig Minuten, bis das Spiel anfängt, also betrete ich die Eishalle, in der ich Manning wiedergesehen habe, und mein Herz schlägt so schnell, dass ich das Gefühl habe, es wird mir gleich aus der Brust katapultiert. Auf dem Weg zur hinteren Treppe schaue ich mich kurz um, um zu sehen, ob ich ihn irgendwo entdecke. Ich gehe die Treppe hinauf und sehe überall Tische. Als ich meinen Bruder entdecke, begebe ich mich zu ihm, und dann sehe ich, mit wem er zusammensitzt, und wäre fast vornübergefallen. *Warum nur?*, denke ich bei mir. *Warum zum Teufel passiert das?*

Mein Bruder sieht mich und hebt lächelnd die Hand. Manning dreht sich um und erkennt mich, und etwas in seinen Augen flackert auf. Ich gehe zu den beiden hinüber. »Hi«, begrüße ich Tim.

»Warum bist du wie ein Biker angezogen?«, scherzt er und sieht auf meine Stiefel hinunter, woraufhin ich die Augen verdrehe. »Bist du mit dem Motorrad gekommen?«

»Ja«, erwidere ich im selben scherzenden Ton. »Ich bin jetzt eine alte Lady, und mein Mann parkt gerade die Harley.« Mit einem Lächeln auf den Lippen sehe ich zu Manning.

»Manning«, beginnt Tim uns vorzustellen. »Diese Klugscheißerin ist meine Schwester Evelyn. Das ist Jaxons Dad«, fährt Tim am mich gewandt fort, und ich weiß nicht, was ich tun soll. Manning beugt sich vor, streckt seine Hand aus, und ich schaue sie nur an, weil ich mir nicht sicher bin, ob ich sie schütteln soll. Eigentlich will ich ihn nicht berühren, aber mein Kopf hat andere Pläne. Meine Hand gleitet in seine, und ich spüre, wie ich zittere.

»Es ist schön, dich kennenzulernen«, sagt Manning sanft, und ich blinzle die Tränen weg, die mit dem Klang seiner Stimme kommen. »Ich habe schon so viel über dich gehört.«

»Wenn es von Tim kommt, würde ich dem keinen Glauben schenken«, scherze ich und lasse seine Hand langsam los. Ich weiß, dass er meine Hand nicht loslassen will. Er sieht so gut aus, aber er hat Ringe unter den Augen, und ich frage mich, ob er auch Probleme damit hat, einzuschlafen. Ich frage mich, ob diese Woche einfach für ihn war. »Wo ist Veronica?«

»Sie kommt vielleicht später dazu«, informiert mich Tim, und ich sehe mich um. »Setz dich.« Er deutet auf den Stuhl zwischen ihm und Manning. Mein Blick wandert zu dem Stuhl. Er ist zu nah an Manning, und ich weiß nicht, wie gut es mir gelingen wird, mich nicht näher zu ihm zu beugen oder ihm sonst wie näher zu kommen.

»Ich hole mir einen Kaffee«, sage ich zu ihm. »Dann suche ich mir auf der Tribüne einen Platz.« Damit deute ich auf die Eisflächen. »Auf welcher wird er spielen?«

»Auf der da«, erwidert Tim und zeigt auf die Tür. »Ich treffe dich unten.«

Ich lächle Manning an. »Es war nett, dich kennenzulernen«, verabschiede ich mich und wende mich ab. Ich bestelle mir einen Kaffee, gehe in die Arena und suche mir dort einen Platz. Die Eismaschine reinigt das Eis, und dann höre ich, wie mein Name gerufen wird. Ich schaue nach unten und sehe, wie Caleb und sein Team sich an der Glasscheibe aufstellen.

»Hi.« Ich winke ihm zu, und dann sehe ich Jaxon neben ihm. »Hallo.«

»Hi, Evelyn«, ruft Jaxon, dann drehen sich beide um.

Ich sehe Tim auf mich zukommen und er setzt sich neben mich. »Wo ist Manning?«, will ich wissen, und er deutet zur Tür. Manning sitzt ganz allein da. »Warum sitzt er allein?«, frage ich ihn. »Ist es, weil ich hier bin?«

»Nein. Er sitzt immer allein. Einmal hat er versucht, sich zu den anderen Eltern zu setzen, aber sie wollten, dass er ihre Familie kennenlernt, und das war einfach zu viel. Also sitzt er jetzt immer für sich.«

Mein Herz schlägt mir buchstäblich bis zum Hals. »Er ist

doch kein Zirkustier«, knurre ich leise. »Gott, was stimmt mit den Leuten nicht?«

»Beruhige dich«, erwidert Tim und lacht. »Außerdem will er Jaxon nicht die Show stehlen, also ist es so einfacher.«

Ich sehe zu Manning hinüber, und er blickt in meine Richtung und schenkt mir ein kleines Lächeln. Ich wünschte, ich könnte mich zu ihm setzen. Ich wünschte, für diese ganze verdammte Sache gäbe es eine Gebrauchsanweisung. Ich wünschte, ich hätte mich nicht in einen verheirateten Mann verliebt. Verdammt noch mal.

Das Spiel beginnt, und ich sehe Jaxon und Caleb zusammen laufen. »Sie sind wirklich gut«, sage ich zu Tim, und er nickt. »Gehörst du zu den Eishockey-Eltern, die ihre Kinder anfeuern?«, frage ich und lache. Mein Lachen erfüllt die Halle, und ein paar Leute schauen mich an.

Das Spiel läuft weiter, und ich muss zugeben, es macht mir mehr Spaß, als ich dachte. »Hey!«, schreie ich, als ich sehe, wie ein Kind erst Jaxon und dann Caleb schlägt. »Das ist nicht nett«, sage ich zu Tim, und der lacht. Ich versuche zu vermeiden, Manning anzusehen, das versuche ich wirklich, aber am Ende des zweiten Drittels muss ich dringend pinkeln. Also stehe ich auf und gehe an dem Platz vorbei, auf dem Manning vorhin gesessen hat. Er ist leer, und ich frage mich, ob er zur Arbeit musste. Dann schaue ich mich nach der Toilette um und gehe mit gesenktem Kopf zum Ende der Halle. Als ich um die Ecke der Backsteinmauer biege, stoße ich mit jemandem zusammen. Ich muss nicht aufblicken, um zu wissen, wer es ist. Seine Berührung würde ich überall erkennen. Ebenso wie seinen Duft. Mein Körper erwacht zu neuem Leben, sobald ich seine Hände spüre, die meine Arme festhalten. »Es tut mir leid«, entschuldige ich mich und schaue zu ihm auf.

Ein Lächeln erhellt sein Gesicht. »Das erinnert mich an das erste Mal, als wir uns trafen«, sagt er mit leiser Stimme, während wir so voreinander stehen.

»Ich muss wirklich aufpassen, wo ich hinlaufe«, sage ich, und keiner von uns macht mehr Anstalten, sich zu lösen und weiterzugehen.

»Aller guten Dinge sind drei«, erwidert er und wiederholt die Worte, die er damals zu mir gesagt hat, und mein Herz beginnt schneller in meiner Brust zu schlagen.

»So sagt man.« Nervös lache ich auf und hebe den Blick zu ihm. Seine Augen sind klar und blau, und er lächelt mich an. Es ist der Blick, mit dem er mich immer angesehen hat. Es ist ein Blick, der sich in mein Gedächtnis eingebrannt hat, seit wir uns zum ersten Mal begegnet sind.

»Du bist wunderschön«, flüstert er. Seine Hand wandert von meinem Arm zu meiner Wange, und ich möchte mein Gesicht drehen und die Innenfläche küssen. »Ich vermisse dich«, gesteht er mir. Die gleichen Worte, die auch mir durch den Kopf gegangen sind, und die ich ihm sagen möchte. »Die ganze Zeit über kann ich an nichts anderes denken als an dich.«

»Ich weiß.« Das sind die einzigen zwei Worte, die ich hervorbringe. »Es war schwer.« Das ist die Wahrheit. »Ich habe zwei Tage lang vorgetäuscht, krank zu sein.«

»Ich weiß«, wiederholt er meine Worte und lässt seine Hand sinken. »Ich war drei Tage lang weg, das hat es etwas leichter gemacht. Aber dann habe ich dich hier reinkommen sehen.«

Er schluckt, und ich schwöre, es fühlt sich an, als wären nur wir beide hier. Von irgendwoher höre ich Jubelrufe, aber in diesem Moment, genau hier, gibt es nur ihn und mich. »Du kamst herein, und ich hatte das Gefühl, angekommen zu sein, wenn das überhaupt irgendeinen Sinn ergibt. Die ganze Woche über hatte ich das Gefühl, als würde ich all diese Bälle in der Luft jonglieren müssen.« Er versucht, so schnell wie möglich vorzubringen, was er zu sagen hat, bevor jemand noch zufällig an uns vorbeikommt, und ich höre ihm zu. »Aber in dem Moment, als ich mich umdrehte und dich sah, war da einfach nur Frieden. Es gab nur noch dich.«

»Manning«, flüstere ich und will gerade noch etwas sagen, als ich das Geräusch von Absätzen höre, die in unsere Richtung kommen und lauter und lauter werden.

Ich mache einen Schritt von ihm weg, aber er bewegt sich nicht. »Sieh an, sieh an, sieh an«, höre ich jemanden sagen und blicke auf, nur um seine Frau vor mir zu sehen. »Was haben wir denn hier?«, will sie wissen und sieht erst mich und dann Manning an.

Fünfundzwanzig

Manning

»Sieh an, sieh an, sieh an«, höre ich jemanden sagen und blicke auf, nur um Murielle vor uns stehen zu sehen. »Was haben wir denn hier?«, will sie wissen und sieht erst Evelyn und dann mich an. Sie verschränkt die Arme vor der Brust. »Ist das ein geheimes Meeting, von dem ich nichts weiß?« Sie lächelt, aber ihr Lächeln hat nichts Freundliches an sich. Bei Murielle gibt es keine Freundlichkeit.

»Murielle, du erinnerst dich doch an Tims Schwester.«

»Richtig«, sagt sie und stellt sich neben mich. »Evangeline, nicht wahr?«

»Eigentlich heiße ich Evelyn«, erwidert sie und schenkt uns jetzt ihr eigenes falsches Lächeln. »Es ist schön, dich wiederzusehen. Ich habe Manning gerade gesagt, was für einen großartigen Jungen ihr habt.«

»Das ist er wirklich«, stimmt Murielle ihr zu und nickt. Sie versucht, meine Hand zu ergreifen, aber ich stecke sie in meine Tasche, aber dann legt sie ihren Arm um meine Taille. »Genau wie sein Vater.«

Evelyn sieht aus, als würde sie sich wünschen, dass der Boden sich unter ihr auftut und sie verschluckt. »Es war schön, dich wiederzusehen, Evelyn«, verabschiede ich mich von ihr und gehe dann an ihr vorbei.

»Ja, es war schön, dich wiederzusehen«, flötet Murielle, und ich höre das Klacken ihrer Schuhe auf dem Boden. Sie gesellt sich zu mir, und ich schaue über meine Schulter, sehe Evelyn noch immer dort stehen. Am liebsten würde ich zurückgehen und mich vergewissern, dass es ihr gut geht.

»Du willst mich wohl verarschen«, presst Murielle zwischen zusammengebissenen Zähnen hervor. Ich habe keine Zeit, sie zu fragen, was sie damit meint, denn ich öffne die Tür zur Halle und gehe zu dem Platz hinüber, an dem ich vorher gesessen habe.

Eigentlich hatte ich erwartet, dass Murielle zu den anderen Eltern geht, wie sie es normalerweise tut, wenn sie zu einem Spiel kommt. Es gibt nichts Schöneres, als sich im Ruhm des eigenen Sohnes zu sonnen. Das macht sie bei den Eishockeyspielen immer mit mir, und hier hält sie es genauso. Das streichelt ihr Ego mehr, als die meisten ahnen.

»Warum setzt du dich hierhin?«, frage ich sie, doch sie starrt nur vor sich hin. »Ich dachte, du hättest heute so viel zu tun, dass du nicht kommen kannst.«

»Das hättest du sicher gern.« Sie funkelt mich wütend an, ihre Stimme ist ganz leise.

Ich starre auf die Eisfläche, wo das Spiel noch läuft. Aus dem Augenwinkel bemerke ich eine Bewegung, blicke zurück hinunter aufs Eis und entdecke Evelyn, die sich wieder neben Tim setzt.

Ich versuche ein paar Mal, ihre Aufmerksamkeit zu erregen, aber sie sieht nie in meine Richtung. Ihr Blick bleibt die ganze Zeit über auf dem Eis, und als das Spiel zu Ende ist, ist sie die Erste, die ihren Platz verlässt. Dabei weicht sie Tim keinen Moment von der Seite.

»Ich muss gehen«, sage ich und stehe auf. »Vor dem Spiel heute Abend will ich noch ein Nickerchen machen.«

»Ich bringe Jaxon heute Abend mit«, lässt Murielle mich wissen und steht im selben Moment wie ich auf. »Wann fährst du?«

»Montagmorgen. Mittwochnachmittag bin ich wieder zurück. Wartest du noch auf Jaxon?«

»Er ist mein Sohn«, schnauzt sie, doch ich sehe sie nur an.

»Wenigstens fällt dir das ab und zu wieder ein«, erwidere ich und warte gar nicht erst auf ihre Antwort, sondern verlasse die Halle einfach. Länger als nötig bleibe ich in meinem Auto sitzen, um zu sehen, ob Evelyn herauskommt. Ich weiß, dass ich es riskiere, aufzufliegen, indem ich hier sitze, aber etwas in mir will einfach nicht gehen.

Es dauert zwanzig Minuten, aber dann kommt sie zusammen mit Tim heraus und hält Calebs Hand, der sie anlächelt. Sie ist so verdammt schön. Ich kann nicht atmen, wenn ich sie ansehe. Jaxon kommt als Nächster heraus, kein Lächeln auf seinem Gesicht, während Murielle neben ihm geht und ihn seine Tasche tragen lässt.

Als ich vom Parkplatz fahre, rufe ich Becca an. »Manning«, sagt sie, nachdem sie abgenommen hat. »Mein Lieblingsklient.«

Ich muss lachen. »Du meinst der Klient, der dir eine Menge Geld einbringt.«

»Ist beides dasselbe.« Jetzt lacht sie. »Was verschafft mir die Ehre?«

»Becca, ich verliere den Verstand«, setze ich an. »Du musst dem Typen sagen, er soll sich beeilen.«

»Manning, wie soll er das denn beschleunigen?«, fragt sie mich.

»Ich halte es nicht mehr lange aus«, gebe ich zu. »Ich kann nicht mehr.«

»Du hast vier Jahre durchgehalten«, erinnert sie mich, und ich will ihr sagen, dass ich vier Jahre durchhalten konnte, weil ich nicht gelebt habe. Ich will ihr sagen, dass ich nur deshalb so lange durchgehalten habe, weil ich nicht wusste, was ich verpasste. Ich hatte keine Ahnung. »Ein paar Wochen schaffst du noch.«

»Ein paar Wochen?«, brülle ich. »Scheiße, nein.«

»Ich rufe ihn an und frage, was er für mich hat«, verspricht sie und legt auf. Daraufhin fahre ich nach Hause, gehe in mein Schlafzimmer, bekomme aber kein Auge zu.

Als der Wecker klingelt, bin ich bereits wach. Ich stehe auf, rufe an der Treppe nach Jaxon, und er kommt in mein Zimmer gerannt. Während ich mich fertig mache, setzt er sich auf mein Bett. »Und, was denkst du, wie hast du gespielt?«

»Gut. Aber die Jungs in der anderen Mannschaft waren größer.«

»Na und?« Ich schaue ihn an. »Was ist das für eine Ausrede? Du bist schneller als sie«, sage ich und ziehe mir meine Hose an. »Du lässt dich ins Bockshorn jagen. Du musst dir vorstellen, du wärst drei Meter groß. So mache ich das auch immer.«

»Aber du bist riesig«, ruft er, und ich lache.

»Ich war nicht immer so groß. Wo ist deine Mutter?«, frage ich ihn.

»Sie ist ausgegangen, nachdem sie mich abgesetzt hat«, antwortet er, und ich halte inne.

»Was meinst du damit?«, hake ich nach, und mein Herzschlag beschleunigt sich. Ja, ich war zu Hause, aber meine Tür war geschlossen. Hätte ich das gewusst, hätte ich die Tür offen gelassen.

»Sie hat einen Termin, um sich aufhübschen zu lassen«, sagt er, und dann öffnet und schließt sich die Haustür.

»Hallo!«, ruft sie die Treppe hinauf. »Jaxon? Manning?«

»Ich bin in Dads Zimmer!«, schreit er, steht vom Bett auf und geht aus dem Zimmer zum Geländer der Treppe. »Ich bin hier.«

»Willst du einen Snack, bevor ich mich fertig mache?«, fragt sie, und ich ziehe meine Schuhe an, während Jaxon die Treppe hinunter in die Küche geht. Ich lege meine Manschettenknöpfe und meine Rolex an, fahre mir mit den Händen durch die Haare und gehe die Treppe hinunter. Im Wohnzimmer bleibe ich stehen. Er sitzt dort, isst einen Snack und sieht sich ein paar Cartoons an.

Ich gehe weiter in die Küche, schnappe mir eine Flasche Wasser und sehe Murielle an der Kochinsel sitzen. Ihr Gesicht wurde noch nicht aufgehübscht; sie sieht genauso aus wie beim letzten Mal, als ich sie gesehen habe. Noch nicht einmal ihr Haar ist gemacht. »Ich dachte, du wolltest dich ›aufhübschen‹ lassen?« Damit schließe ich den Kühlschrank und drehe mich um, um sie anzusehen.

»Auf einmal interessiert es dich, wo ich hingehe.« Sie schüttelt den Kopf. »Du hast ja echt Nerven.«

»Oh«, sage ich, öffne die Flasche Wasser und trinke einen Schluck. »Es ist mir scheißegal, ob du zum Zirkus gehst und nie wieder zurückkommst. Aber es ist mir nicht scheißegal, dass du unseren Sohn allein zu Hause gelassen hast.« Ich stelle die Flasche auf der Küchentheke ab und lehne mich dann zurück. »Das ist es, was mir wichtig ist.«

»Du warst hier«, betont sie, »das heißt, er war nicht allein. Ein Elternteil war bei ihm.« Sie neigt den Kopf zur Seite, und ich sehe, dass ihr Haar ein wenig durcheinander ist. Ich frage mich, ob sie sich mit ihrem Trainer getroffen hat. Nicht, dass es mich interessieren würde. Sie könnte ihn während der Verlängerung mitten auf dem Eis vögeln, und ich würde nicht einmal mit der Wimper zucken. Es wäre mir vollkommen egal. »Hier geht es nicht um Jaxon, und das weißt du«, zischt sie und lacht dann bitter auf. »Also, sag mir, Mr Fucking Perfect«, ihre Worte triefen vor Hass, »ist sie der Grund, warum du die ganze verdammte Woche Trübsal geblasen hast?«

Mein Mund wird trocken, aber ich weigere mich, sie an meinen Gefühlen teilhaben zu lassen. Ich starre sie an, wir fixieren uns gegenseitig mit Blicken, während sie versucht, mich zu provozieren, aber das hier bekommt sie nicht. Nicht einmal ein kleines Stück davon. Das, was ich mit Evelyn habe, wird sie nicht anrühren. Nicht jetzt und verdammt noch mal niemals. »Ich habe keine Ahnung, wovon du redest.« Ich weiß nicht, ob das das Richtige ist, was ich gerade zu ihr sagen wollte, und als sie mich mit ihren Blicken förmlich erdolcht, bin ich mir sicher, das war es nicht.

»Diese verdammte Schlampe, der du in der Eishalle schöne Augen gemacht hast. Vor allen Leuten.« Sie klatscht mit der Hand auf die Theke und ihre Stimme wird höher.

»Du solltest deine Stimme senken, Murielle.« Mein Ton wird schärfer, und Hitze steigt in mir empor.

»Du bist verrückt.« Sie sieht mich an. »Jemanden zu ficken, der unser Kind kennt. Wenn das rauskommt, wird das einen riesigen Shitstorm geben. Ganz zu schweigen davon, wie respektlos es mir gegenüber ist.«

»Respektlos?« Meine Hände ballen sich zu Fäusten, während sie spricht. »Du fickst deinen Trainer in meinem verdammten Haus, für das ich bezahle. Du fickst ihn in dem Fitnessraum, der durch meine harte Arbeit erst gebaut wurde. Du willst über Respektlosigkeit reden, Murielle? Dann solltest du dir dafür lieber jemand anderen suchen.«

»Weißt du, wie es ausgesehen hätte, wärt ihr erwischt worden?«, fragt sie, und ich sehe sie an. »Was denkst du, was die Leute gesagt hätten?«

»Ich weiß nicht, was du glaubst, gesehen zu haben.« Mit einer Hand stütze ich mich auf der Theke ab und tue so, als wäre nichts passiert, was sie hätte sehen können. Aber in

Wirklichkeit möchte ich mich selbst dafür ohrfeigen, dass ich zugelassen habe, dass sie sieht, welche Wirkung Evelyn auf mich hat. »Aber da war nichts. Sie hat mit mir über Jaxon geredet.«

»Lüg mich nicht an, verdammt!«, schreit sie und ich starre sie wütend an. »Die ganze Woche hast du so ausgesehen, als hätte jemand dir deinen Hund gestohlen. Du bist zur Arbeit gegangen, nach Hause gekommen, hast gegessen und dich dann mit Jaxon auf die Couch gesetzt, und dann bist du nach oben gegangen.« Ich sehe sie an. »Dann sehe ich dich mit dieser Schlampe, und plötzlich passt alles zusammen. Also, was genau ist passiert? Hat sie mit dir Schluss gemacht? Hat sie dich in die Wüste geschickt, als sie merkte, wie langweilig du bist?«

Meine nächsten Worte muss ich klug wählen, wenn ich sichergehen will, dass ihr Fokus nicht mehr auf Evelyn liegt. »Ist dir jemals in den Sinn gekommen, dass ich diese Woche unglücklich war, weil ich hier in diesem verdammten Haus mit dir festsitze?« Sie verschränkt die Arme vor der Brust und rollt mit den Augen. »Ist es dir jemals in den Sinn gekommen, dass es mich umbringt, mit dir hier zu sein?«

»Du bist so verdammt dramatisch«, zischt sie. »Und ich merke durchaus, dass du das Thema wechselst. Wenn ich sie das nächste Mal sehe, glaub ja nicht, dass ich nicht ein Wörtchen mit ihr reden werde.«

Mein Herz rast in meiner Brust, und in meinen Händen juckt es mich, die Flasche mit Wasser gegen die Wand zu werfen. »Mach es«, sage ich und tue so, als wäre es mir egal. »Ich flehe dich an, mach es.« Ein leises Lachen entkommt mir. »Ich möchte, dass du es tust, damit jeder sehen kann, was ich jeden Tag zu sehen bekomme. Jeder soll sehen, dass du bösartig und durchgeknallt bist.« Mit meinem Finger mache ich eine kreisende Bewegung neben meiner Schläfe. »Das könnte genau das sein, was ich brauche, um dich aus meinem Leben zu bekommen.« Ich öffne die Flasche wieder und lächle sie an, bevor ich einen Schluck Wasser nehme.

Wenn Blicke töten könnten, würde ich jetzt gerade in diesem Zimmer sterben. »Fick dich, Manning«, zischt sie, und ich lächle so breit wie möglich.

»Nein, Murielle, fick du dich«, erwidere ich, stoße mich von der Theke ab und gehe zu meinem SUV.

Erst als ich im Wagen sitze, lasse ich den Atemzug heraus, den ich die ganze Zeit angehalten habe. Erst als ich allein bin, lasse ich geschlagen den Kopf hängen.

Sechsundzwanzig

Evelyn

»Guten Morgen«, begrüße ich Chantal, stelle ihr dabei einen Starbucksbecher mit Kaffee auf den Schreibtisch, und sie lächelt mich an.

»Sie verwöhnen mich«, erwidert sie, nimmt ihren Kaffee und folgt mir in mein Büro.

»Draußen regnet es in Strömen«, sage ich und ziehe meine beige Burberry-Regenjacke aus.

»Eines Tages werde ich darum betteln, zu Ihnen nach Hause kommen und Ihren Kleiderschrank durchwühlen zu dürfen«, sagt sie sehnsüchtig, während sie mein Outfit betrachtet. Heute trage ich einen grauen knielangen High-Waist-Bleistiftrock. Das schwarze kurzärmelige Wickeloberteil ist an der Seite gebunden. »Besonders Ihren Schuhschrank«, fügt sie beim Anblick meiner grauen Stilettos mit dem dünnen Metallabsatz hinzu.

»Ich teile mit Ihnen alles, was Sie wollen«, erwidere ich und ziehe meinen Stuhl heran. »Bis auf meine Yves-Saint-

Laurent-Schuhe.« Noch während ich das sage, versuche ich, nicht an das letzte Mal zu denken, als ich diese Schuhe getragen habe, aber die Erinnerung stürzt auf mich ein, bevor ich es verhindern kann. In meinem Kopf ist nur noch Manning. Ich setze mich hin und klappe meinen Laptop auf. »Und, wie sieht mein Tag aus?«

»Sie haben drei Telefonkonferenzen und heute Nachmittag ein Meeting mit Kavanaugh«, zählt sie auf, und ich lege meinen Kopf in den Nacken und stöhne.

»O Gott, dieser Kerl«, ächze ich und meine damit den Mann, der mich bis an meine Grenzen getrieben hat, weil ich ihm beweisen musste, dass ich genauso gut bin wie mein Vater. Er hat mich sein ganzes Portfolio wieder und wieder aufbauen lassen. »Ich schwöre, ich weiß nicht einmal, ob ich ihn überhaupt noch will.«

Sie lacht mich an. »Ich bestelle Ihnen etwas zum Mittagessen«, sagt sie, steht auf und geht hinaus. »Außerdem lieben Sie den Adrenalinrausch, der sich einstellt, wenn Ihnen neue Ideen kommen.«

»Ich weiß nicht, ob mir in seinem Fall noch überhaupt irgendwelche Ideen kommen. Können Sie mir bitte Bescheid geben, wenn mein Vater eintrifft?«

»Mache ich«, erwidert sie und geht zu ihrem Schreibtisch.

Ich klicke auf die Lokalnachrichten, und Mannings Gesicht sticht mir sofort ins Auge. Sein Blick ist auf etwas gerichtet, das sich außerhalb des Fotos befindet, sein Gesicht ist verschwitzt, während er auf seinem Mundschutz kaut, und ich kann ihn einfach nur anstarren. Ich lese die fette Schlagzeile darunter.

Jemand hat dem Captain Feuer unter dem Schläger gemacht. Dallas gewinnt das Spiel gegen Buffalo.

Ich sehe ihn an und warte darauf, dass die Schmetterlinge verschwinden. Aber wie jedes verdammte Mal, wenn ich ihn sehe, wollen sie einfach nicht gehen. Wenn ich meine Augen nur fest genug schließe, kann ich seine Berührung immer noch spüren.

Ich lese den Artikel, ohne den ganzen Eishockeyjargon zu verstehen, und wenn ich ehrlich bin, kann ich dabei nur an das letzte Mal denken, als ich ihn gesehen habe. Als seine Frau plötzlich auftauchte. Ich war einen Schritt von ihm zurückgetreten, kurz bevor sie um die Ecke bog. Mir war klar, dass es nicht klug war, mit ihm allein zu sein, denn ich wusste, es wäre mir einfach unmöglich, ihm nicht nahe zu sein, wenn wir allein wären. Das alles wusste ich, und trotzdem war die Anziehungskraft zwischen uns so stark. Ich ignorierte, dass sie mich anstarrte, als Caleb aus der Umkleide kam, und ich ignorierte sogar, wie verhalten wütend sie Jaxon am Arm fasste, als der es wagte zu fragen, ob er mit uns zu Mittag essen könne.

»Ihr Vater ist da«, ertönt Chantals Stimme durch die Gegensprechanlage und reißt mich aus meinem Tagtraum.

Ich stehe auf und gehe zum Büro meines Vaters, klopfe an den Türrahmen, und er schaut auf und lächelt, als er mich sieht. Er sitzt hinter seinem Schreibtisch, sein Jackett hängt über der Lehne seines Bürostuhls. Sein weißes Hemd ist bis zu den Ellbogen hochgekrempelt, und er liest gerade die Zeitung, die vor ihm liegt.

»Klopf, klopf«, mache ich, und er nimmt seine Brille ab.

»Komm rein, mein Schatz«, fordert er mich auf und lehnt sich in seinem Stuhl zurück.

»Liest du immer noch jeden Morgen die Zeitung?«, frage ich, denn ich weiß, dass sie ihm nach Hause geliefert wird und er sie mit ins Büro nimmt.

»Sieben Tage die Woche«, erwidert er.

»Dad, du weißt doch, dass sie eines Tages aufhören werden, diese Zeitungen zu drucken, dann ist alles nur noch digital.« Mitten in seinem Büro bleibe ich stehen.

»Davon will ich nichts wissen, junge Dame«, erwidert er, und ich schüttele lachend den Kopf.

»Dad, ich glaube nicht, dass ich mit Kavanaugh zurechtkomme«, gestehe ich ihm. »Er kommt heute vorbei, um über sein Portfolio zu sprechen, und ich werde ihn an Tim übergeben.«

Mein Vater lehnt sich in seinem Stuhl zurück. »Ach, komm schon. Du blühst auf, wenn du vor einer Herausforderung stehst.«

»Schon, aber nicht bei ihm. Bei ihm bin ich einfach nur noch genervt«, sage ich, doch er schüttelt den Kopf, setzt seine Brille auf und nimmt die Zeitung wieder in die Hand.

»Du schaffst das. Du wirst das sogar besser hinkriegen als ich.« Er nimmt seine Tasse Kaffee und zwinkert mir zu. Ich wende mich ab und verlasse sein Büro.

Gerade als ich fast mein eigenes Büro wieder erreicht habe, höre ich ihre Stimme. »Ich denke, sie wird sich die Zeit für mich nehmen.« Diese Stimme erkenne ich sofort, und ich drehe mich um und sehe sie in den hinteren Bereich gehen. Sie trägt eine schwarze Lederhose, einen schwarzen Rollkragenpullover, und ihr braunes Haar ist perfekt frisiert, obwohl es draußen regnet. Ihr Gesicht ist perfekt geschminkt, und sie sieht aus, als käme sie direkt von einem Laufsteg. »Da ist sie ja.« Ihre Stimme wird ein wenig lauter, sodass die Leute von ihren Computerbildschirmen aufschauen. Chantal erhebt sich sogar von ihrem Stuhl.

Ich weiß nicht, warum ich stehen geblieben bin, aber ich bewege mich nicht. »Evelyn«, sagt sie und bleibt vor mir stehen.

»Murielle«, erwidere ich, und mein Magen fühlt sich an, als müsste ich mich gleich übergeben. »Kann ich irgendetwas für dich tun?«

Sie lacht laut auf, und ich sehe, wie mein Vater den Kopf aus seinem Büro steckt. »Es gibt tatsächlich etwas, das du für mich tun kannst. Du kannst dich verdammt noch mal von meinem Mann fernhalten.« Ich öffne den Mund, um etwas zu sagen, irgendetwas, aber sie macht einfach mit ihrer Tirade weiter. »Was hast du denn? Du hast mir ja gar nichts zu sagen. Es ist vorbei, du kannst aufhören, dich zu verstellen«, zischt sie. »Er hat mir alles erzählt.» Als sie diese fünf Worte sagt, weiß ich, dass sie lügt. Tief in meinem Herzen weiß ich sicher, dass sie lügt.

»Zuerst einmal wirst du an meinem Arbeitsplatz nicht so herumschreien«, erwidere ich. »Wenn du über das, was du glaubst zu wissen, reden willst, rede ich mit dir. Aber ich werde kein Spektakel mitten in meinem Büro veranstalten.«

Sie wirft den Kopf zurück und lacht. »Du hast Nerven, einfach in mein Haus zu kommen und eine Affäre mit meinem Mann anzufangen.« Tim kommt in diesem Augenblick aus seinem Büro und hört zu. »Du bist nichts weiter als eine verdammte Schlampe, die meine Ehe ruiniert.« In dem Moment, in dem sie das sagt, fühle ich mich, als hätte sie mir eine Ohrfeige verpasst, und jeder Tropfen Blut scheint mir aus dem Körper zu fließen.

»Ähm«, macht Tim. »Murielle, ich habe keine Ahnung, was hier los ist.«

»Verpiss dich, Tim«, zischt sie ihn an.

»Ich gebe dir dreißig Sekunden, bevor ich den Sicherheitsdienst rufen lasse.«

»Ruf deinen Sicherheitsdienst doch«, kreischt sie. »Ruf, wen immer du anrufen musst. Schaut euch das nur an, Leute«, sagt sie und dreht sich mit ausgestreckten Händen einmal um sich selbst. »Die kleine Miss Perfect ist nach Hause gekommen, um das Familienunternehmen zu übernehmen. Sie hat auch beschlossen, meine Familie zu übernehmen, aber das werde ich verdammt noch mal nicht zulassen.«

»Das reicht jetzt!«, schreie ich. »Ich weiß nicht, was du gehört hast oder was du glaubst zu wissen«, fahre ich leiser fort und trete näher an sie heran, »aber du sollst wissen, dass es nur zwei Menschen gibt, die deine Ehe ruinieren können. Das sind du und dein Mann.« Ich verschränke die Arme vor der Brust. »Die wichtige Frage ist also, wer hat sie zuerst ruiniert?« Murielle schluckt. »Du bist hergekommen, um eine Szene zu machen. Das hast du geschafft, und du bist jetzt fertig damit.« Ich trete noch einen Schritt näher, um ihr zu zeigen, dass ich nicht klein beigeben werde. »Und jetzt verpiss dich aus meinem Büro.« Mit dem Kinn deute ich in Richtung Ausgang. »Nimm deinen Bullshit und verschwinde.«

»Halte dich verdammt noch mal fern von meinem Mann«, schreit sie.

»Halte dich verdammt noch mal fern von mir«, kontere ich. »Und wenn du das nächste Mal auf die Idee kommen solltest, mich irgendwo zu überfallen, denk daran, wer mehr zu verlieren hat.«

Murielle dreht sich um und stürmt hinaus.

Ich schaue mich um, und alle wenden schnell den Blick ab. Mein Vater steht mit fragendem Gesicht da. Ich weiß, dass ich das erklären muss, aber ich bin noch nicht bereit.

Also drehe ich mich um und sehe, dass Chantal mich ebenfalls anschaut. »Ich hole dir etwas Wasser«, bietet sie schnell an, und ich sehe sie nur an und nicke. »Und ich sage deine Termine für heute ab.«

»Danke«, murmele ich, und in meinem Hals bildet sich ein Kloß. Mit zitternden Händen und hoch erhobenem Kopf gehe ich weiter. Nun, so hoch erhoben, wie es eben möglich ist, wenn die Welt gerade um einen herum zusammenbricht.

Meine Brust bewegt sich so heftig, als wäre ich gerade einen verdammten Marathon gelaufen, und mein Herz rast. Meine Knie werden weich, und ich muss mich mit der Hand auf dem Schreibtisch neben mir abstützen. Tränen brennen mir in den Augen, als ich ihre Stimme wieder und wieder in meinem Kopf höre. *Eine verdammte Schlampe, die meine Ehe ruiniert hat.*

Das hier geht sie nichts an. Mannings Stimme hallt in meinem Kopf wider. *Das geht nur dich und mich etwas an und niemanden sonst.*

Ich schlucke den Kloß in meinem Hals hinunter, drehe mich um und gehe zurück in mein Büro, wobei ich jeden einzelnen Blick der Leute auf mir spüre. Jeder, der in dieser Firma arbeitet, verurteilt mich und fragt sich, wie viel von dem, was Murielle gesagt hat, der Wahrheit entspricht.

Als ich zu meinem Bürostuhl gehe, breche ich fast darin zusammen, denn das, was ich am meisten befürchtet habe, ist mir gerade passiert. Vor meinen Kollegen, vor meinem Bruder, vor meinem Vater wurde das größte Geheimnis, das ich hatte, aufgedeckt. Meine Hände zittern, und als ich aufschaue, sehe ich meinen Bruder in der Tür stehen.

»Evelyn«, sagt er. »Was zum Teufel ist hier los?«

Siebenundzwanzig

Manning

»In drei Stunden sind wir wieder zu Hause«, sage ich und gehe die Passagiertreppe zum Flugzeug hinauf. Dann setze ich mich hin und ziehe meine Jacke vor dem dreistündigen Flug nach Hause aus. »Mein Körper fühlt sich an, als hätte ich mich mit fünf verdammten Typen geprügelt«, stöhne ich und strecke meine Arme aus.

»Hast du auch«, meldet Miller sich und setzt sich neben mich. »Du hast vier von ihnen erledigt. Ralph hat versucht, einen zu übernehmen.«

»Fick dich«, knurrt Ralph, als er sich vor mich setzt. Er dreht sich halb um und schielt zwischen den Sitzen hindurch zu uns. »Du und deine beschissene schlechte Laune, die du schon die ganzen letzten Wochen mit dir herumträgst, wird uns noch ernsthaft in Schwierigkeiten bringen.«

»Ich weiß nicht, was passiert ist, dass du so schlecht drauf bist«, sagt Miller an mich gerichtet. »Aber er hat recht.« Ich erzähle ihm nicht, dass mein Leben gerade buchstäblich Stück

209

für Stück auseinanderfällt. Das Einzige, was ich im Moment kontrollieren kann, ist das, was auf dem Eis passiert, und ich weigere mich, dieses letzte Stück Kontrolle loszulassen. »Du musst auf dem Eis mal ruhiger werden. Es ist nicht du gegen die Welt.« Er sieht Ralph an. »Du weißt, dass wir dir den Rücken freihalten, egal, was passiert.«

»Das kommt darauf an«, sagt Ralph von vorne, und ich lache. Es gibt nichts Besseres als ein Team, das hinter einem steht.

Ich grinse. »Hey, wir haben gewonnen. Oder nicht?«

Seit Murielle mich in der Küche zur Rede gestellt hat, versucht sie, mich dazu zu bringen, mich zu verplappern. Nach dem Hockeyspiel am Samstag hat sie auf mich gewartet und so getan, als hätte sie etwas herausgefunden, obwohl ich wusste, dass sie auf keinen Fall etwas wissen kann. Ich wusste auch, dass sie von mir nicht die kleinste Information bekommen würde. Was zwischen Evelyn und mir war, gehörte uns. Nur uns. Für immer. Es war die eine kleine Sache, die mir die Kraft gab, weiterzumachen, und die wird sie mir nicht nehmen.

»Glaubst du, ich weiß nicht, dass du immer zu ihr gefahren bist?«, schrie sie, als ich die Tür hinter mir schloss. »Du blickst auf mich herab, weil ich Thomas vögle, obwohl du die ganze Zeit deine eigene Hure hattest.«

Ich ließ sie einfach stehen, ohne noch irgendetwas zu sagen.

»Geht es dir gut?«, fragt Miller neben mir, als das Flugzeug abhebt. »Du bist ganz schön nervös.«

»Es ist etwas passiert«, gestehe ich ihm. »Dinge, über die ich jetzt nicht reden kann.« Ich schaue aus dem Fenster auf die weißen Wolken. »Aber ich hoffe wirklich, dass diese Achterbahnfahrt, auf der ich mich befinde, endlich endet und ich aussteigen kann.«

»Du weißt, dass ich für dich da bin. Egal, was es ist, ich bin auf deiner Seite.«

»Ich auch«, schaltet sich Ralph ein. »Was immer du brauchst.«

Ich nicke beiden zu, nicht bereit für den Sturm, der sich über mir zusammenbraut. Nichts hätte mich auf die Scheiße vorbereiten können, die mich erwartet, sobald die Räder aufsetzen.

Ich schalte mein Handy an. Das Symbol dreht sich, auf der Suche nach Netz, solange im Kreis, dass ich das Telefon schließlich in meine hintere Jeanstasche stecke und aufstehe, um auszusteigen. »Wir sehen uns morgen«, verabschiede ich mich und gehe zu meinem SUV. Es ist kurz nach zwölf, darum mache ich mich auf den Weg nach Hause.

Als ich meinen SUV parke, sehe ich, dass Murielle zu Hause ist, was seltsam ist, da sie tagsüber immer irgendwelche Termine hat. Ich steige aus, schlage die Tür zu und öffne die hintere Tür, um meine Reisetasche herauszuholen.

Als ich das Haus betrete, rieche ich, dass jemand kocht. Ich stelle meine Tasche vor der Tür ab und mache mich auf den Weg in die Küche. Normalerweise kommt ein Koch, aber er ist immer nur montags und freitags da, nie mittwochs.

Ich betrete die Küche und sehe Murielle vor dem Herd stehen. »Was ist hier los?«, frage ich. Sie dreht sich um, ist vollständig geschminkt und hat sich die Haare zu einem Zopf zusammengebunden. Außerdem trägt sie eine Hose aus Leder, und mir geht nur durch den Kopf, wie lächerlich sie aussieht.

»Oh, gut, du bist zu Hause«, sagt sie und schaltet den Herd aus. »Genau pünktlich.« Irgendetwas an ihrem Tonfall lässt mir die Haare im Nacken zu Berge stehen. »Ich habe dein Lieblingsessen gemacht«, schnurrt sie und gießt die Nudeln ab. »Und ich habe deine Mutter angerufen.« Sie geht zur Spüle und schüttet die Nudeln in ein Sieb, heißer Dampf steigt vor ihr auf. »Sie ist natürlich nicht rangegangen, also musste ich irgendwie improvisieren.« Ich sehe ihr dabei zu, wie sie zwei Teller herrichtet. »Es duftet fantastisch, nicht wahr?« Sie ignoriert den schockierten Ausdruck auf meinem Gesicht. »Ich habe ganz vergessen, wie gerne ich koche. Ich sollte es wirklich öfter machen.« Murielle geht zur Kücheninsel und stellt die Teller vor den Hockern ab, dann dreht sie sich um, um Gabeln zu holen. »Als ich nach Hause kam, war ich so voller Energie.« Damit bleibt sie stehen und sieht mich an. »So voller Energie.« Sorgfältig platziert sie die Gabeln neben den Tellern. »Willst du mich nicht fragen, wo ich war?«

»Ich weiß nicht, ob ich das wissen will«, erwidere ich, verspüre fast schon so etwas wie Angst. Das Telefon in meiner Tasche klingelt. Ich will es gerade aus der Tasche holen, als sie die Worte sagt, die mir das Eis in den Adern gefrieren lassen und das Fass zum Überlaufen bringen. »Ich war bei deiner Hure.« Mein Kopf schnellt hoch, und meine Hand umklammert mein Handy fester. »Gut, endlich hörst du mir zu.«

»Was hast du getan?«, frage ich mit zusammengebissenen Zähnen, und mein Herz schlägt so schnell, dass ich nicht weiß, ob ich ihr überhaupt zuhören kann, ohne das Hämmern in meinen Ohren zu hören, das laut darin widerhallt.

»Nun, du hast mir keine Wahl gelassen. Ich musste ihr sagen, dass sie nicht einfach in mein Haus kommen und sich nehmen kann, was mir gehört. Ich musste meinen Anspruch geltend machen.«

»Deinen Anspruch geltend machen?«, wiederhole ich, nicht sicher, ob ich sie richtig verstanden habe.

»Sie war überrascht.« Murielle bindet die Schürze auf, die sie trägt. »Sie dachte, ich würde es still und leise tun. Oh, nein.« Dabei schüttelt sie den Kopf.

Wieder klingelt mein Handy in meiner Hand und ich sehe Tims Namen auf dem Display. »O mein Gott«, sage ich.

»O mein Gott ist verdammt richtig!«, erwidert sie. »Sie hat

Glück, dass ich Klasse besitze und ihr nicht die Zähne ausgeschlagen habe.«

Jetzt gehe ich auf sie zu, bleibe direkt vor ihr stehen und sorge dafür, dass sie mir in die Augen sieht. »Du hast mich zum letzten Mal verarscht«, sage ich ihr. Sie versucht, mich zurückzuschubsen, doch ich nehme ihre Handgelenke in meine Hände. »Du wolltest einen verdammten Krieg.« Ich nähere mich ihrem Gesicht. »Jetzt hast du ihn.« Ich lasse ihre Handgelenke los.

»Wag es nicht, mir zu drohen, Manning.«

Sie ist mir kein weiteres Wort wert. Stattdessen drehe ich mich um und renne praktisch aus dem Haus. Mein erster Anruf geht an Jaxons Schule.

»Hallo, hier ist Mr Stevenson«, sage ich zu der Sekretärin am anderen Ende. »In bin in zehn Minuten da und will Jaxon abholen. Ich habe vergessen, dass er einen Termin hat.«

»Kein Problem«, bestätigt sie, und ich sehe, dass Becca mich gerade auf der anderen Leitung anruft, während ich zur Schule rase.

»Hallo.« Ich schalte auf die andere Leitung um, und mein Herz klopft laut in meiner Brust.

»Wir haben es«, sagt sie, und wenn ich nicht so schnell wie möglich zu Jaxon fahren müsste, würde ich jetzt rechts ranfahren. Ich würde das Auto anhalten und sie fragen, was sie damit meint, aber ich habe keine Zeit. »Manning«, fährt sie fort, »verdammt, wir haben es. Ich habe alles an deine private E-Mail-Adresse geschickt.«

»Du musst mir einen Gefallen tun«, unterbreche ich sie. »Ich werde in dreißig Minuten in deinem Büro sein und habe Jaxon dabei. Du musst ein paar Stunden auf ihn aufpassen«, sage ich und hupe, während ich über eine gelbe Ampel fahre.

»Manning, was ist los?«, fragt sie, und ich höre die Dringlichkeit in ihrer Stimme.

»Ich habe es satt. Ich spiele ihr Spiel nicht mehr mit, und

ich habe es satt, darauf zu warten, dass etwas passiert. Es ist Zeit, dass ich selbst dafür sorge, dass etwas passiert. Kannst du auf ihn aufpassen?«

»Natürlich«, versichert sie mir. »Ich miete uns ein Zimmer.«

»Das klingt nach einer guten Idee. Keine Ahnung, wie sie reagieren wird.«

»Oh, ich kann dir genau sagen, wie sie reagieren wird«, erwidert Becca. »Die Schlampe wird auf ihrem verdammten Besenstiel herfliegen. Ich hoffe, du bist vorbereitet.«

»Fast«, lautet meine Antwort. »Ist bei dir alles bereit?«

»Ist es«, bestätigt sie mir. »Die Papiere sind fertig.«

»Gut. Wir sehen uns gleich.« Ich lege auf und rufe Tim zurück. Mein Herz schlägt so schnell in meiner Brust, dass ich keine Ahnung habe, wie ich in dem Zustand noch fahren kann.

»Manning«, sagt er. »Hast du meine verdammten SMS nicht bekommen?«

»Habe ich nicht. Oder vielleicht doch. Ich bin gerade erst gelandet.« Keine Ahnung, ob er etwas weiß, und ich habe Angst, ihn danach zu fragen. »Was ist los?«

»Was los ist?«, fragt er. »Was los ist? Ich sage dir, was los ist. Wenn deine Frau noch einmal einen verdammten Fuß in diese Firma setzt, werde ich eine einstweilige Verfügung gegen sie erwirken. Verdammt, ich werde ihr eine verpassen, wenn sie glaubt, sie kann noch einmal hierherkommen und ihr Gift versprühen.«

An einer roten Ampel komme ich zum Stehen und mein Blutdruck steigt und steigt. »Was hat sie getan?«

»Sie ist hierhergekommen und hat meine Schwester angeschrien, weil sie angeblich mit dir geschlafen hat«, erwidert Tim, und wenn ich nicht schon vorher fertig mit ihr war, bin ich es spätestens jetzt. »Vor der gesamten Belegschaft. Vor allen, die hier arbeiten, und vor unserem Vater.«

»Tim«, sage ich leise, »es tut mir so leid. Davon wusste ich nichts.«

»Kein Scheiß. Ich habe keine Ahnung, was hier überhaupt vor sich geht.«

»Wo ist sie?«, will ich wissen und hoffe, dass er es mir sagt, aber ich weiß, dass ich sie finden werde, auch wenn er es mir nicht sagt.

»Murielle?«, fragt er. »Wenn ich das wüsste. Hoffentlich ist ein verdammtes Haus auf sie gefallen und sie hat rote Schuhe getragen, wie beim *Zauberer von Oz*.«

»Evelyn«, korrigiere ich ihn, und mir bricht das Herz bei dem Gedanken daran, wie es ihr gehen muss. »Wo ist Evelyn?«

»Sie ist nach Hause gegangen. Deinem Tonfall nach zu urteilen, schätze ich, dass einiges von dem, was Murielle gesagt hat, wahr ist«, stöhnt er. »Verdammte Scheiße.«

Ich erreiche die Schule. »Hör zu, Tim, ich kann dir jetzt nicht alles erklären«, bringe ich heraus, während ich aus dem Auto steige und in die Schule renne, »aber sobald ich kann, werde ich das nachholen.«

»Lösch meine Nummer nicht, für den Fall, dass die Kacke am Dampfen ist.« Seine Stimme wird leiser. »Meine Schwester braucht diese ganze Scheiße nicht.«

»Da stimme ich dir zu«, erwidere ich, öffne die Tür und lege auf. Ich betrete die Schule und höre Jaxon meinen Namen rufen. Er hat seinen Rucksack auf dem Rücken und hält seine Brotdose in der Hand.

»Daddy«, ruft er und kommt auf mich zugelaufen. Ich nehme ihn in den Arm und küsse ihn auf den Hals. »Ich habe dich vermisst«, sagt er, und ich sehe zur Sekretärin hinüber, die uns anlächelt.

»Ich habe ihn für Sie abgemeldet.«

Dankbar nicke ich ihr zu und verlasse die Schule. Mein Telefon klingelt wieder, und diesmal ist es Murielle. Ihren Anruf lasse ich direkt auf die Mailbox laufen, dann kommt eine SMS rein.

> Murielle: Zwing mich verdammt noch mal nicht dazu, dich zu suchen, Manning.

»Was für einen Termin habe ich denn?«, will Jaxon wissen, als ich ihn im Rekordtempo im Auto anschnalle und ihm einen Kuss auf die Wange gebe. Dann renne ich um den SUV herum, steige ein und fahre los, bevor mich jemand aufhalten kann.

»Es ist kein Termin, ich bringe dich zu Tante Becca«, erkläre ich ihm, und seine Augen leuchten auf. »Sie wollte etwas Zeit mit dir verbringen.«

»Cool«, sagt er und schaut aus dem Fenster. »Sie hat immer die besten Spielsachen da.«

»Um ehrlich zu sein, ihr geht in ein Hotel.«

Seine Augen weiten sich, und sein Mund steht offen. Er liebt es, in Hotels zu gehen und den Zimmerservice zu bestellen, während er sich alle Filme ansieht, die sein Herz begehrt.

»Wie ich sie kenne, hat sie wahrscheinlich eine ganze Suite für dich gemietet.«

»Toll«, erwidert er. »Kommt Mom auch?«

»Nein«, sage ich und schaue in den Rückspiegel, um mich zu vergewissern, dass ich nicht verfolgt werde. »Sie ist für ein paar Tage verreist.«

Er stellt mir keine weiteren Fragen, nachdem wir vor Beccas Haus angehalten haben. Becca wartet davor bereits auf uns.

»Na, wenn das nicht mein liebster Achtjähriger ist«, ruft sie, öffnet die Tür und holt ihn aus meinem SUV. »Steig in mein Auto. Ich habe schon den ganzen Abend für uns verplant.« Sie schließt die Tür und sieht dann mich an. »Alles ist vorbereitet«, sagt sie an mich gewandt. »Du musst mich nur anrufen, dann schicke ich es raus. Candace ist auch auf alles vorbereitet, was noch kommen wird. Mit Nico habe ich noch nicht gesprochen.« Ich streiche mir mit den Händen über das Gesicht. »Wenn du mich fragst, solltest du es ihm sagen.«

»Ich rufe ihn an, sobald ich bei Evelyn war«, erwidere ich und sie sieht mich an. »Hast du meine Mutter angerufen?«

Sie nickt. »Sie war schon vorbereitet, als ich anrief. Gut, dass du sie vorgewarnt hast.«

»Ich muss gehen.«

»Manning«, ruft sie mich, bevor ich ins Auto steige. »Es ist noch nicht zu spät, um umzukehren.«

»Sie hat Evelyn bedroht. Sie hat sie bedroht und das Einzige, was Evelyn sich hat zuschulden kommen lassen, ist, dass sie mich in ihr Leben gelassen hat.« Ich schüttle den Kopf. »Es endet, und zwar jetzt.« Becca nickt mir zu. Ich steige wieder in meinen SUV und mache mich in Rekordzeit auf den Weg zu Evelyns Haus. Als ich ihr Auto in der Einfahrt sehe, steige ich aus, laufe hinüber und klingle an der Tür.

Ich warte ein paar Sekunden, aber es kommt mir wie Stunden vor. Noch einmal klingle ich, aber nichts, dann klopfe ich an die Tür. Ich höre, wie das Schloss geöffnet wird, und der Anblick, der sich mir bietet, raubt mir fast jegliche Kraft. Wenn ich mich nicht schon am Türrahmen festhalten würde, würde ich einfach umfallen.

Ihr Gesicht ist tränenüberströmt, ihre Augen sind rot, und sie schluchzt meinen Namen. »Manning.«

Achtundzwanzig

Evelyn

Ich dachte, es wäre Tim an der Tür oder meine Mutter. Aber ihn vor mir zu sehen, während er aussieht, als wäre er gerade sieben Marathons gelaufen, ist genau das, was ich jetzt brauchte. »Manning.« Ein Schluchzen durchfährt mich, und ich kann es nicht unterdrücken.

»Baby«, sagt er, stürzt herein und legt seine Arme um mich. »O mein Gott, es tut mir so leid.« Er schließt die Tür mit dem Fuß, während er mich durch das Haus trägt, wobei er meine Taille mit einer Hand umfasst hält. Er setzt mich ab und streicht mir die Haare aus dem Gesicht, um mich ansehen zu können. »Willst du etwas Wasser?«, fragt er, doch ich schüttle nur den Kopf, nicht sicher, ob ich etwas sagen kann, ohne mich dabei komplett lächerlich zu machen.

Meine Hände liegen auf seiner Brust, und ich spüre sein Herz darunter schlagen. »Dein Herz«, flüstere ich. »Es rast ebenso wie meines.«

Ich weiß nicht, was ich erwartet habe, aber er legt eine seiner Hände flach auf mein Herz. »Es tut mir so leid«, wiederholt er, und ich blicke von seiner Hand zu seinen Augen und sehe Tränen darin. »Ich wollte nie, dass du …«

Ich entziehe mich seiner Berührung und sehe seine Hand herabfallen. »Du wirst verdammt noch mal nicht die Schuld dafür auf dich nehmen. Das wirst du nicht«, stoße ich aus, fluche zweimal und werde wütend. »Du wirst nicht die Verantwortung für ihren Scheiß übernehmen. Sie ist eine erwachsene Frau. Eine psychisch sehr labile Frau, möchte ich hinzufügen.«

»Das weiß ich.« Manning fährt sich mit den Händen durch die Haare. »Ich weiß das, aber … Er sieht mich an, und seine Hand umfasst mein Gesicht, genau wie damals in der Arena. Aber dieses Mal drehe ich mein Gesicht in seiner Hand und küsse die Innenfläche. »Was ist passiert?«

»Ich werde dich nicht anlügen«, sage ich, und er nickt. »Ich werde dich nie anlügen.« Es ist mir wichtig, dass er das weiß. »Niemals.« Wieder nickt er. »Sie kam ins Büro und hat meine Empfangsdame unter Druck gesetzt, indem sie so tat, als wären wir Freunde.« Er schnaubt und schüttelt den Kopf. »Dann kam sie in den Flur, sah mich, und ließ das ganze Büro wissen, dass ich die Schlampe sei, die ihre Ehe zerstört hätte.« Ich versuche, die Tränen zurückzuhalten, aber sie kommen trotzdem.

»O mein Gott«, flüstert er und wischt mir die Tränen weg. »Ich weiß, es ist schwer, aber du musst mir alles erzählen.«

»Da gibt es nicht mehr viel zu erzählen. Sie sagte, du hättest ihr von uns erzählt«, berichte ich, »aber ich habe ihr nicht geglaubt.«

»Das würde ich nie tun.« Er tritt näher an mich heran. »Ich würde ihr nie etwas über uns erzählen. Das gehört uns und nur uns. Es gehört dir und mir, und ich werde niemals jemandem davon erzählen.«

»Ich weiß«, erwidere ich, sehe ihn an und lege meine Hand

auf seine Hand. »Ich wusste, dass sie gelogen hat.« Jetzt schlucke ich. »Aber ich habe ihr nicht gezeigt, wie sehr es mich verletzt hat, und darauf bin ich wirklich stolz.« Wieder kommen mir die Tränen, aber ich lächle. »Ich bin hocherhobenen Hauptes in mein Büro zurückgegangen.« Kurz zucke ich mit den Schultern. »Meine Knie haben so sehr gezittert, dass ich dachte, ich würde hinfallen und meine Hände …« Ich schaue nach unten und hebe den Blick dann wieder. »Meine Hände wollten einfach nicht aufhören zu zittern.«

»Ich wünschte, ich könnte das ungeschehen machen«, sagt er, während er seinen Kopf beugt und seine Stirn an meine legt. »Ich wünschte, ich könnte das alles einfach auslöschen.«

»Ich weiß, dass es nicht stimmt«, fahre ich fort zu erzählen. »Tim kam danach in mein Büro, und ich habe ihm nichts gesagt. Er hat gefragt, ob es mir gut geht, und als ich nur den Kopf geschüttelt habe, hat er nichts weiter gesagt. Er ist zurück in die Büroetage gegangen, hat in die Hände geklatscht und allen gesagt, sie sollen wieder an die Arbeit gehen. Alle haben eine Geheimhaltungsvereinbarung unterschrieben, sollte also etwas durchsickern, wird er denjenigen, der dafür verantwortlich ist, verklagen. Mein Vater hat alle Anwesenden ebenfalls an diese kleine Tatsache erinnert. Ich bin niemand, der eine Ehe zerstört.«

»Bist du auch nicht«, versichert er mir.

»Wie hast du davon erfahren?«, will ich wissen, und Manning lässt mich jetzt los und geht zur Couch, um sich zu setzen.

»Ich kam nach Hause, und sie hatte für mich gekocht.« Er erzählt mir, was passiert ist. »Sie sagte, sie hätte mit dir gesprochen, und du hättest ihr alles erzählt. Ich wusste, dass sie log. Ich kann noch nicht zu sehr ins Detail gehen, aber gerade kommen Dinge in Gang. Es wird ziemlich hoch hergehen, und ich weiß nicht, wie es am Ende ausgehen wird. Um ganz ehrlich zu sein, habe ich gleichzeitig Angst davor und kann es doch kaum erwarten.«

Er wirkt, als ob er in den Krieg ziehen würde. Seine Augen sind weit aufgerissen, und sein Bein zuckt. Ich gehe zu ihm hinüber, setze mich neben ihn und nehme seine Hand in meine. »Stehst du das durch?«, frage ich ihn, und mein Magen brennt bei dem Gedanken, dass er bei alldem verletzt werden könnte. »Geht es Jaxon gut?«

»Ich schaffe das«, versichert er mir. »Wir schaffen das. Daran muss ich einfach glauben. Du musst wissen, dass ich das Ganze zum Guten wenden werde.«

»Du musst dir keine Sorgen um mich machen«, sage ich ihm. Das Letzte, was er gebrauchen kann, ist zusätzlicher Druck. »Es geht mir gut. Ich komme schon klar.«

»Ich werde das für dich in Ordnung bringen«, flüstert er und sieht dann zu Boden. Als er wieder aufschaut, sind seine Augen voller Tränen, und eine davon entweicht, bevor er sie wegblinzeln kann. »Ich weiß, dass ich nicht das Recht habe, dich darum zu bitten.«

»Manning.« Mein Herz ruft seinen Namen und bricht gleichzeitig aus Mitleid für ihn.

»Ich habe kein Recht, auch nur daran zu denken, dich das zu fragen, aber ich bin nicht so großherzig, wie ich dachte.« Seine Stimme wird bei den nächsten Worten ganz leise. »Wirst du auf mich warten?« Er hört nicht auf zu reden. »Ich will der Mann sein, der dich verdient hat. Ich möchte, dass du diejenige bist, die am Ende meine Hand hält.« Er legt den Kopf zurück. »Ich bin ein egoistischer Bastard, das weiß ich, aber wenn es um dich geht …«

»Ja«, flüstere ich und bringe ihn damit endlich zum Schweigend. Achselzuckend lächle ich. »Außerdem, wer will schon mit jemandem zusammen sein, der eine Ehe zerstört hat?«, versuche ich, einen Witz zu machen.

Sein Telefon klingelt, und er schaut darauf. »Ich wünschte,

ich könnte bleiben«, sagt er. »Es passiert einfach so viel im Moment.« Eigentlich würde ich mir wünschen, dass er mir alles erzählt, aber etwas in mir weiß, dass ich noch nicht bereit dafür bin.

»Wirst du es mir erzählen?«, frage ich. »Nicht jetzt«, füge ich hinzu, als sein Telefon wieder klingelt, und diesmal steht er auf, um den Anruf anzunehmen.

»Hallo?«, höre ich ihn sagen, und er sieht mich an. »Ich bin in zwanzig Minuten da.« Er legt auf, und ich stehe auf, um ihn zur Tür zu begleiten. »Ich möchte, dass du eine Sache weißt«, setzt er an, und ich sehe ihn an. Dieser Mann, den ich auf dem Weg in ein Restaurant getroffen habe. Der Mann, mit dem ich die ganze Nacht geflirtet habe, der Mann, den ich am nächsten Morgen in dem Glauben verließ, ich würde ihn nie wiedersehen. Der Mann, der sich in mein Herz geschlichen hat, ohne dass ich es bemerkt habe.

»Ich habe das nicht ohne Grund begonnen.« Er schluckt, und sein Finger klopft auf die Rückseite seines Handys. »Als du mir gesagt hast, dass du nicht mit mir zusammen sein kannst, bin ich hier rausgegangen und habe einen Schmerz gespürt, den ich so vorher noch nicht kannte. Meine Brust hat sich angefühlt, als ob ein Elefant darauf getreten wäre.« Es schockiert mich zu hören, dass er den gleichen Schmerz durchgemacht hat wie ich. »Ich bin hier weggegangen und habe meinen Plan in die Tat umgesetzt. Als ich dich dann wiedergesehen habe, habe ich darauf gedrängt, dass es schneller geht.« Sein Telefon klingelt erneut.

»Geh.« Er schaut auf sein Telefon und dann wieder zu mir. »Du musst gehen, und das ist okay. Ich werde hier sein.«

»Ich weiß nicht, ob ich damit einverstanden bin, dass du jetzt allein bist«, sagt er, doch ich sehe ihn an.

»Soll sie nur wagen, hierherzukommen. Bei der Arbeit hat sie mich überrumpelt, aber sie wird es nicht schaffen, hierherzukommen und dieses Haus zu beschmutzen.«

»Ich möchte dich küssen«, bittet er, unsicher, ob er das darf oder soll.

»Dann beweg deinen Arsch hierher und küss mich«, erwidere ich, und er lächelt, als er rasch auf mich zukommt. Eine seiner Hände schlingt sich um meine Taille und er hebt mich hoch, während seine andere Hand meine Wange umfasst und seine Lippen meine finden. Ich schlinge meine Beine um seine Taille und küsse ihn, als ob es das erste Mal wäre. Seine Zunge wandert in meinen Mund und umkreist meine.

Wieder klingelt sein Handy, und ich löse mich von seinen Lippen. »Du musst gehen.«

»Muss ich«, bestätigt er. »Aber ich will nicht.«

»Ich will auch nicht, dass du gehst«, sage ich und lasse meine Füße von seinen Hüften gleiten, während er meine Taille festhält, bis meine Füße wieder festen Boden finden. »Kannst du mir später eine SMS schicken, um mir zu sagen, dass es dir gut geht?«

»Das werde ich«, verspricht er. »Sobald ich kann, rufe ich dich an.« Ich nicke ihm zu und halte seine Hand in meiner, während ich ihn zur Tür begleite.

Er küsst mich noch einmal, und ich sehe ihm nach, wie er zu seinem Auto joggt. Er bleibt stehen und sieht zurück zu mir. »Mach die Tür nicht auf!«, ruft er. »Wenn sie hier auftaucht, rufst du erst die Polizei und dann mich an.«

»Ich komme schon klar«, versichere ich ihm, und er stemmt die Hände in die Hüften. »Meinst du nicht, dass es nur Öl ins Feuer gießt, wenn ich dich anrufe und du dann auch noch hier auftauchst?«

»Evelyn«, mahnt er, und ich rolle mit den Augen.

»Na schön. Jetzt geh«, rufe ich, und schon klingelt sein Handy wieder. Er steigt in den SUV, und ich sehe ihm zu, wie er wegfährt. Ich mache die Tür zu und schließe sie ab, dann gehe ich weiter ins Haus. Dort schalte ich das Licht aus, dann schnappe ich mir die Decke und kuschle mich auf die Couch.

Ich sehe fern, aber mein Kopf ist nur mit Manning beschäftigt, und ich frage mich, ob es ihm gut geht. Ich möchte ihm eine SMS schreiben und ihn fragen, ob es ihm gut geht. Nein, eigentlich will ich bei ihm sein und ihn unterstützen. Will seine Hand halten oder sogar in einer Ecke auf ihn warten, solange er nur weiß, dass ich für ihn da bin.

Mein Telefon klingelt, ich springe auf und sehe, dass es Veronica ist. »Hallo«, stoße ich sofort aus, nachdem ich rangegangen bin.

»O mein Gott«, keucht sie, und ihre Stimme überschlägt sich. »Wo bist du?« Ich schalte den Fernseher aus und setze mich auf, das Herz rutscht mir in die Hose. »Ich habe dir gerade einen Link geschickt. Mein Gott, Evelyn.«

Meine Hände zittern; sie zittern so sehr, dass ich drei Versuche brauche, bis ich es schaffe, auf den Link zu klicken.

Die Bilder fangen an zu laden, und ich keuche schockiert auf. Eines der Fotos zeigt Murielle auf dem Rücksitz eines Pick-ups; sie hockt auf einem Mann, ihr Kopf ist nach hinten geworfen, mitten in etwas, das wie ein Orgasmus aussieht. Die nächste Aufnahme zeigt den Mann, der sie küsst, und dann eine, auf der er sein Gesicht in ihren Titten vergräbt.

Aber die Szene, die mich völlig umhaut, ist die, in der sie aus dem Auto steigt und sich vergewissert, dass sie bedeckt ist. Sie knöpft ihr Oberteil zu, und der Typ steigt vom Rücksitz. Seine Hand liegt auf ihrer Hüfte, und ihr Kopf ist ihm zugewandt, während er sich auf ihren Mund stürzt. Dann geht sie von ihm weg, lächelt und dreht sich um, um ihm einen Luftkuss zuzuwerfen.

Ich scrolle zurück nach oben und lese den Artikel:

Der Captain der Dallas-Mannschaft ist heiß auf dem Eis, aber offenbar nicht heiß genug, um seine Frau zufriedenzustellen. Die Frau des Captains wurde dabei fotografiert, wie sie es mit einem bisher namenlosen Mann in einem Auto treibt. Sie sah ziemlich glücklich aus, als sie den Wagen wieder verließ.

Neunundzwanzig

Manning

Ich steige ins Auto, werfe ihr einen letzten Blick zu und rufe Becca an. Sie geht sofort ran. »Hey.«

»Hi, ich bin's. Ist alles in Ordnung?«, frage ich sie und höre Jaxon im Hintergrund lachen.

»Deine Mutter war wohl schon in der Stadt«, erwidert sie, und ich weiß, dass sie dafür verantwortlich ist. Sie wusste, dass es kommen würde, und hat dafür gesorgt, dass ich Rückhalt habe.

»Wo bist du?«, frage ich, und kann hören, dass sie läuft.

»Flipp nicht aus«, bittet sie mich, obwohl sie weiß, dass ich gleich ausflippen werde. »Ich habe dir ein Haus besorgt.«

»Was?! Was meinst du damit?«

»Ich meine, dass ich wusste, dass das passieren würde, also habe ich dir ein Haus gemietet.«

Ich schließe meine Augen. »Danke«, sage ich schließlich.

»Okay, ich mache mich auf den Weg zu Nico.« Rasch werfe

ich einen Blick auf die Uhr. »Ich habe etwa eineinhalb Stunden Zeit.«

»Ja, hast du. Sag mir Bescheid, falls er sich querstellt, dann rufe ich ihn an.«

Ich lege auf und rufe dann Nico an. Mein Herzschlag beschleunigt sich ein klein wenig.

»Manning«, meldet er sich nach zweimaligem Klingeln, und ich kann hören, dass er außer Atem ist. »Was kann ich für dich tun?«

»Bist du zu Hause?«, frage ich. »Kann ich vorbeikommen?«

»Ja«, erwidert er. »Ich, bin ich.«

»Bin in zwanzig Minuten da.« Ich lege auf und mache mich auf den Weg zu seinem Haus. Der Regen hat endlich aufgehört, fast so, als sollte heute die Sonne für mich scheinen. Ich parke mein Auto in seiner Einfahrt, und er erwartet mich bereits an der Tür. Er trägt Basketballshorts mit Laufschuhen und hat sich ein Handtuch über die Schultern geschlungen.

»Hey«, begrüßt er mich und sieht mich an. »Ist alles in Ordnung?«

Ich stemme die Hände in die Hüften. »Nein.«

»Steckst du in Schwierigkeiten?«, will er wissen. »Brauchst du einen Anwalt?« Er sieht mich an.

»Mir geht es gut«, antworte ich, wahrscheinlich befürchtet er gerade das Schlimmste. »Ich verlasse Murielle.«

»Okay«, erwidert er, offensichtlich unsicher, was er sagen soll.

»Ich habe vor vier Jahren schon versucht, sie zu verlassen«, erzähle ich ihm, und er steht da und hört zu. »Daraufhin hat sie Jaxon genommen und ist mit ihm abgehauen. Sie hat sich geweigert zurückzukommen, bis ich ihr sagte, dass eine Trennung vom Tisch wäre.«

»Ich hatte ja keine Ahnung«, sagt er, und ich kann in seinen Augen sehen, dass er schockiert ist. »Wir hätten alles getan, was nötig gewesen wäre, damit du deinen Sohn zurückbekommst.«

»Ich weiß. Aber die Dinge haben sich geändert. Ich bin fertig mit ihr. So kann ich nicht mehr weiterleben.«

»Ich habe den besten Anwalt, den man finden kann«, bietet er an.

»Ich habe das alles schon geregelt. Also, Becca hat das alles schon geregelt.«

»Die Frau hat echt Eier in der Hose«, grinst er.

»Ich bin vor drei Wochen zu ihr gegangen. Wir haben einen Privatdetektiv angeheuert, um Murielle zu beschatten, und sie dabei zu erwischen, wie sie mich betrügt.«

»Das gibt's doch nicht«, stößt er schockiert aus.

»Ich wusste bereits, dass sie mich betrügt, weil ich sie schon einmal mit weit gespreizten Beinen auf meiner Hantelbank erwischt habe, während ihr Trainer sie genommen hat.« Verlegen sehe ich zu Boden, aber das hält nur eine Minute an. »Es war mir egal. Es ist mir egal. Jetzt will ich nur noch raus.«

»Ist sie es wert?«, fragt er, und ich sehe ihn an. »Das Mädchen, das den Funken in deinen Augen zurückgebracht hat.«

»Was meinst du?«

»Ich wusste nicht, dass du Probleme mit Murielle hattest, aber mir ist aufgefallen, dass deine Augen in den letzten Wochen heller und strahlender waren. So wirklich konnte ich nicht sagen, woran das lag, aber jetzt …« Lächelnd blicke ich wieder zu Boden, weil ich an Evelyn denke. »Ich werde dich nicht danach fragen, das ist eine Geschichte für ein anderes Mal, aber ich hoffe, du weißt, wenn sie es herausfindet …«

»Um halb vier lasse ich bei der Presse was durchsickern«, erkläre ich. Er sieht mich an, und ich reiche ihm mein Handy, auf dem ich die Fotos bereits aufgerufen habe. »Ich wollte nur, dass du darauf vorbereitet bist, dass ich mein Leben zum ersten Mal öffentlich machen werde, und es wird nicht schön werden.«

Er schüttelt den Kopf, während er sich die Bilder ansieht. »Egal, was du auch brauchst, die Organisation und ich stehen hinter dir«, sagt er. »Jetzt muss ich Becca anrufen, damit wir ein Statement ausarbeiten können.«

Ich nicke ihm zu. Noch eine Sache, die ich von der Liste streichen kann, die so schnell zusammenkam, dass es unmöglich schien, sie abzuarbeiten.

»Ich muss gehen«, verabschiede ich mich, »aber ich wollte, dass du es von mir erfährst.«

Er klopft mir auf die Schulter und drückt sie. »Was immer du brauchst, Bruder, ich bin für dich da.«

»Danke.« Mir fällt eine Last von den Schultern.

Ich mache mich auf den Weg nach Hause, denn ich weiß, dass Murielle schon weg ist, um Jaxon von der Schule abzuholen. Und mir ist auch klar, dass ich nur noch ein paar Minuten Zeit habe, bevor es heißt: Showtime.

Ich sitze im Wohnzimmer, und das einzige Licht im Raum ist das, welches von draußen hereinfällt. Ein Blick auf die Uhr sagt mir, dass es halb vier ist. Die letzten drei Stunden sind wie im Fluge vergangen.

Mein Telefon vibriert, und Murielles Name erscheint auf dem Display. »Hallo«, begrüße ich sie, meine Stimme so ruhig wie die Oberfläche eines windstillen Sees. Aber innerlich brodele ich.

»Wo zum Teufel ist Jaxon?«, zischt sie. »Ich wollte ihn von der Schule abholen, und es hieß, du hättest ihn bereits abgeholt.«

»Das habe ich«, bestätige ich und hebe das Glas Scotch an die Lippen, das ich mir eingeschenkt habe. »Ich darf das. Ich bin sein Vater.«

»Spiel keine verdammten Spielchen mit mir, Manning«,

faucht sie, und ich lache. Diesmal habe ich das Sagen, ich bin derjenige, der bestimmt, wie das hier ablaufen wird.

»Gerade bin ich zu Hause. Ich weiß nicht, welche Spielchen ich angeblich mit dir spielen soll.« Damit setze ich den Scotch ab. Ich lüge nicht. Ich bin zu Hause.

»In fünfzehn Minuten bin ich da«, sagt sie und legt auf.

Ich nehme das Handy wieder zur Hand und rufe Candace an, die nach dem ersten Klingeln abnimmt. »Tu es«, bitte ich sie.

»Bist du sicher?«, fragt sie erneut. Seit ich sie heute Nachmittag angerufen habe, fragt sie mich das alle fünf Minuten.

»Candace«, brumme ich, und sie stöhnt.

»Okay, gut, ich wollte nur … Ich will nur sicher sein, dass es dir gut geht.«

»Mir geht's gut«, erkläre ich ihr. »Am Ende wird es uns allen gut gehen.«

»Kannst du mich anrufen, wenn du von dort wieder wegfährst?«, bittet sie mich, und ich verspreche ihr, dass ich das tun werde, dann lege ich auf. Ich setze mich hin und warte, während mein Herz in meiner Brust rast. Am liebsten würde ich aufstehen und durch den Raum laufen, aber Murielle darf nicht merken, wie aufgewühlt ich bin.

Ich weigere mich, ihr zu zeigen, dass ich durch den Wind bin. Das gönne ich ihr nicht. Die Haustür öffnet sich zur gleichen Zeit, als mein Telefon wieder und wieder piepst. Ich schaue schnell nach unten und sehe, es sind Nachrichten von Candace.

Candace: Gesendet, und es ist schon veröffentlicht worden.

Dann ist da noch eine von Nico.

> Nico: Hab's gerade auf dem Handy gesehen. Ruf mich im Anschluss an. Ich bin für dich da.

Ich schlucke, weil ich weiß, dass alle Weichen für diesen einen Moment gestellt sind. Auf diese Weise wollte ich es nicht machen, aber sie ließ mir keine Wahl.

»Manning!«, schreit sie. »Wo zum Teufel bist du?« Ich sehe, wie sie durch das Zimmer in Richtung Wohnzimmer geht. Das Geräusch ihrer Absätze hallt über den Boden. »Manning!« Sie kreischt meinen Namen, und ich höre sie die Treppe hinauflaufen, bevor ich endlich etwas sage.

»Ich bin hier!«, rufe ich, und ich höre wieder ihre Absätze auf dem Boden klicken. Das Geräusch wird immer lauter, dann betritt sie das Zimmer.

»Was zum Teufel!? Warum sitzt du im Dunkeln wie ein Freak?«, fragt sie, geht zum Lichtschalter und schaltet ihn ein. Ihr Blick wandert von mir zu den beiden schwarzen Taschen, die vor der Tür auf dem Boden liegen.

»Hallo, Murielle«, grüße ich sie.

»Was zum Teufel soll das?« Sie stemmt die Hände in die Hüften, und mein Telefon piepst wieder. »Du verlässt mich«, stößt sie entsetzt aus, und dann lacht sie. »Versuch es nur.«

»Ich habe etwas, das du sehen solltest«, sage ich zu ihr und lehne mich vor, um mein Handy auf den Tisch zu legen.

»Was ist das?«, will sie wissen und kommt jetzt weiter ins Zimmer, der Teppich schluckt das Geräusch ihrer Absätze. Sie greift nach dem Handy, und die Farbe weicht aus ihrem Gesicht. »Ich habe dir gesagt, du sollst mich nicht verarschen.« Damit lehne ich mich auf dem Sofa zurück, nehme den Scotch in die Hand und trinke noch einen Schluck. »Ich habe dich gewarnt.« Gelassen stelle ich das Glas wieder ab, und sie sieht abermals auf das Telefon und starrt die Schlagzeile an.

»All das für diese verdammte Hure«, sagt sie.

»An deiner Stelle wäre ich jetzt sehr vorsichtig, Murielle«, warne ich sie, doch sie wirft den Kopf zurück und lacht.

»Du willst mich verlassen. Wegen einer verdammten Hure.« Das letzte Wort schreit sie förmlich, und ich möchte sie am liebsten erwürgen, aber der Schlüssel zu all dem liegt darin, dass ich ruhig bleibe. »Tu es. Verlass mich.« Sie verschränkt die Arme vor der Brust und denkt, sie hätte die besseren Karten auf der Hand, aber sie ahnt nicht, dass ich ihren Bluff durchschaue. »Du wirst Jaxon vorerst nicht wiedersehen.«

Ihr Telefon beginnt zu klingeln, aber sie ignoriert es. »Wo ist er?« Sie rennt jetzt aus dem Zimmer und brüllt nach Jaxon. Dann kommt sie zurück ins Zimmer, ihr Pferdeschwanz schwingt hin und her. »Wo zum Teufel ist er? Wo ist er?«

Ich stehe auf und greife nach dem Umschlag, den ich neben mir liegen hatte. »Ich bin nicht derjenige, der geht«, verkünde ich ihr, und ich weiß, dass sie sich gegen diesen Teil wehren wird. »Du bist es.« Ich halte ihr den Umschlag hin, und sie reißt ihn mir aus der Hand.

»Was zum Teufel ist das?« Sie öffnet den Umschlag, und ihr Kartenhaus bricht in sich zusammen.

»Das sind die Scheidungspapiere«, erkläre ich ihr, während sie sie liest. »Sie gelten übrigens damit als zugestellt.«

Sie geht die Seiten wieder und wieder durch, zerknittert den Umschlag dabei, und jetzt fallen Fotos heraus, und ich blicke auf den Boden. »Was zum Teufel? Du hast mir nachspioniert.« Sie bückt sich und hebt die Nacktfotos von sich auf.

»Wir hätten es uns auch einfacher machen können«, sage ich zu ihr. »Wir hätten es im Privaten und freundschaftlich lösen können. Aber«, ich schüttle den Kopf, »das hast du einfach nicht über dich gebracht. Du bist bei mir geblieben, nur um an der Spitze der Nahrungskette zu stehen. Und jetzt sieh dich an. Eine Fremdgeherin, und die ganze Welt weiß es.«

»Na und«, sagt sie mit Blick auf die Fotos und tut so, als würde sie das nicht innerlich auffressen, aber ich weiß, dass ihr Image alles für sie ist. Ich weiß, dass diese Enthüllung sie innerlich umbringt, und ich weiß, dass ich derjenige bin, dem sie das zu verdanken hat. »Die Öffentlichkeit weiß also, dass ich dich betrogen habe. Offensichtlich konntest du mich nicht befriedigen, also musste ich mir das woanders holen. Das lässt dich viel schlechter dastehen als mich.«

»Es wäre mir auch scheißegal, ob man dich dabei erwischt hätte, wie du von einem ganzen Zirkus von Männern gevögelt wirst. Das hier ist mein Weg raus.« Jetzt lache ich. »Siehst du es nicht? Verstehst du es nicht? Du hast nichts mehr gegen mich in der Hand. Nichts.« Ich atme tief ein. »Nicht einmal Jaxon. Ich werde nicht so niederträchtig sein wie du und ihn als Spielball benutzen. Deinen Sohn werde ich dir nicht vorenthalten. Niemals. Ich werde nie verhindern, dass du ihn sehen kannst. Aber bis wir ein paar Dinge geklärt haben, kannst du ihn nur sehen, wenn ich dabei bin. Noch einmal werde ich ihn nicht verlieren.«

»Du willst alles ruinieren«, klagt sie. »Du willst alles für sie ruinieren. Alles, was wir aufgebaut haben.«

»Nein«, widerspreche ich und schüttle den Kopf. »Das ist der Punkt, an dem du falsch liegst. Du hast alles ruiniert. Du hast es ruiniert. Das hier, Murielle, ist alles dein Werk.« Ich habe genug von ihr, und es ist vorbei. Ich mache mich auf den Weg zur Tür, vorbei an den Taschen, die ich gepackt habe. »Oh, und außerdem ...« Damit drehe ich mich noch einmal um, und sehe sie an, wie sie mit den Scheidungspapieren in einer Hand dasteht, die sie so fest umklammert hält, dass ihre Knöchel schon weiß sind. »Wenn du auch nur eine Sekunde lang mit dem Gedanken spielen solltest, wieder bei Evelyn aufzutauchen ...« Langsam gehe ich auf sie zu, meine Stimme wird leise und ich sehe ihr in die Augen, als ich die nächsten Worte sage. »Dann überleg es dir lieber zweimal.« Meine

Stimme wird noch leiser. »Ich habe noch viele Bilder von dir. In Zukunft fickst du deinen Trainer besser nicht in meinem Haus. Beim nächsten Mal werden es keine Fotos, sondern ein Heimvideo sein, das veröffentlicht wird.«

»Verdammt, ich hasse dich«, presst sie mit zusammengebissenen Zähnen hervor.

»Weißt du was, ich bin gerade in großzügiger Stimmung. Du kannst das verdammte Haus haben.« Ich sehe mich um. »Das Haus habe ich ohnehin immer gehasst. Es war wie ein Gefängnis für mich.« Damit nehme ich meine Taschen, gehe aus der Haustür und schlage sie hinter mir zu.

Dreißig

Evelyn

Ich kann nicht aufhören, auf und ab zu gehen. So rastlos bin ich. Den Artikel habe ich mittlerweile schon so oft gelesen, dass ich ihn fast auswendig kenne.

Ich durchforste jede Suchmaschine im Netz. Ich gebe seinen Namen ein, dann den Namen seiner Frau. Wie geht es ihm gerade? Wie geht es Jaxon? Es geht gerade so viel vor sich, dass mir der Kopf schwirrt.

Es klopft leise, und ich renne zur Tür. Ohne überhaupt zu schauen, wer dort ist, reiße ich sie auf, und ich sehe ihn vor mir stehen. »O mein Gott.« Ich werfe mich förmlich in seine Arme. »Geht es dir gut?«

»Du hast nicht einmal nachgesehen, wer draußen steht!«, schimpft er, und ich beuge meinen Kopf zurück, um ihn anzusehen oder, besser noch, zu ihm hoch zu starren.

»Dein Leben geht buchstäblich gerade in die Brüche, und du machst dir Sorgen, weil ich an die Tür gehe?«

Er schiebt mich ins Haus und schließt die Tür hinter sich.

Dann greift er nach mir, zieht mich zu sich, neigt seinen Kopf und küsst mich auf die Lippen. Mein Mund ist vor Schreck halb geöffnet, und er nutzt die Gelegenheit, um seine Zunge hineingleiten zu lassen. Meine Hände finden seine Arme, und ich bewege sie hinauf zu seinem Hals. Sein Kuss ist sanft, wir lassen uns Zeit.

»Fuck«, sagt er, als er wieder von meinen Lippen ablässt, und langsam schlage ich die Augen auf. »Das hat mir gefehlt.«

»Mir auch«, flüstere ich.

»Ich kann nicht lange bleiben«, sagt er.

Ich nicke und ergreife seine Hand, während wir tiefer ins Haus gehen.

»Willst du etwas zu trinken? Wasser, Bier, Tequila?«, frage ich ihn, und Manning lacht und schüttelt den Kopf.

»Mir geht's gut«, versichert er mir, und ich sehe ihn nur an. »Ich nehme an, du hast den Artikel gelesen?«

»Habe ich. Manning, es tut mir sehr, sehr leid.« Mein Herz bricht aus Mitgefühl für ihn, weil ich weiß, dass er der verschwiegenste Mensch ist, dem ich je begegnet bin. »Du musst außer dir sein.«

»Das war ich«, bestätigt er, und ich sehe ihn an, nicht sicher, ob ich ihn richtig verstanden habe. »Das war alles ich.«

»Ich … Ich verstehe nicht, was du meinst.«

»Ich habe dir doch erzählt, dass ich diesen Plan schon vor heute in Gang gesetzt habe«, fängt er an zu erklären. Währenddessen gehe ich zu ihm und lege meine Hand auf seine Brust. Er legt seine Hand auf meine. In einer fließenden Bewegung lege ich den Kopf in den Nacken, und er beugt sich vor, um mich zu küssen. »Setzen wir uns.« Er geht zur Couch, setzt sich, und ich setze mich neben ihn. »Als ich hier wegging, nachdem wir uns getrennt hatten …« Die Art, wie er das sagt, bricht mir das Herz. »Da wusste ich, dass ich meine Chance auf Glück verloren hatte.« Er sieht mich unsicher an und blickt dann wieder zu Boden. »Ich habe Becca, meine

Agentin, angerufen und sie gebeten, einen Privatdetektiv zu engagieren.«

»Du wusstest, dass sie dich betrügt?«, hake ich nach, und er nickt.

»Ja, und ich hatte Videos und Bilder als Beweis, aber die wollte ich nicht verwenden. Ich brauchte neutrale Bilder, damit niemand wusste, dass ich es war.«

Ich öffne den Mund und schließe ihn wieder, ohne ein Wort zu sagen. »Als sie dich angegriffen hat, wusste ich, jetzt ist der Zeitpunkt gekommen. Heute würde es passieren. Es war mir egal, welche Bilder ich benutzen musste oder ob alle wussten, dass ich es war. Die Geschichte würde endlich enden.«

»Dein Ruf steht auf dem Spiel«, werfe ich ein. »Warum solltest du das tun?« Jetzt stehe ich auf. »Für mich?« Ich schüttle den Kopf. »Mit Murielle würde ich schon fertig werden. Ich meine, jetzt, wo ich weiß, dass sie es weiß, werde ich mit ihr fertig.«

»Aber darum geht es nicht«, widerspricht er mir, lehnt sich vor und stützt die Ellbogen auf die Knie. »Es geht darum, dass ich frei bin. Es geht darum, dass ich mein Leben beginnen kann. Es geht darum, dass Jaxon in einem normalen Haushalt lebt, ohne eine Mutter und einen Vater, die sich gegenseitig hassen.« Ich sehe ihn nur an. »Sie hat es nicht gut aufgenommen.« Er erzählt mir von dem Showdown im Haus. »Ich weiß nicht, was die Zukunft bringt«, sagt er schließlich und seine Augen wirken plötzlich müde. »Ich weiß, dass sie jeden einzigen Moment versuchen wird, mich zu bekämpfen.« Er lässt den Kopf hängen, und ich gehe zu ihm, knie mich vor ihm nieder und berühre seine Wange. »Manning«, flüstere ich, beuge mich vor und streiche mit meiner Nase über seiner Wange.

»Es wird nicht einfach werden. Ich habe bereits die Scheidung eingereicht, zusammen mit einer einstweiligen Verfügung, dass sie den Staat nicht mit Jaxon verlassen darf, und sie hat zwanzig Tage Zeit, darauf zu reagieren. Es könnten die längsten zwanzig Tage meines Lebens werden, aber der erste Schritt ist getan.« Ich beuge mich vor und küsse sanft seine Lippen. »Anfangs wollte ich sie aus dem Haus werfen, aber dann habe ich darüber nachgedacht. Ich hasse dieses verdammte Haus. Es war meine Gefängniszelle. Dort habe ich mich gefangen gefühlt, und nachdem ich hier Zeit verbracht habe«, er sieht sich um, »weiß ich, wie sich ein Zuhause anfühlen muss. Ich will Jaxon ein Zuhause geben.« Dieser Mann hat alles für seinen Sohn geopfert. »Becca hat ein Haus gemietet, und ich wusste es nicht einmal. In meinem Kopf gab es nur den Gedanken, von ihr wegzukommen.«

»Was ist mit Jaxon?«, frage ich, und er sieht mich an.

»Er ist bei meiner Mutter«, antwortet er mit brüchiger Stimme. »Becca hat sie angerufen, weil sie wusste, dass ich Hilfe brauche.«

»Ich wünschte, ich könnte dir helfen, wünschte, sie wüsste nichts von uns und ich könnte dir helfen und an deiner Seite sein.«

»Ich weiß nicht, was die Zukunft bringen wird, Evelyn.« Seine Hand legt sich auf meine Wange, und er streicht mit dem Daumen darüber. »Aber ich weiß, dass es nicht einfach sein wird, und was ich dir sagen kann, ist«, sein Daumen bewegt sich nun über meine Lippen, »dass es sich lohnen wird.«

»Ich werde für dich da sein, falls du etwas brauchst«, verspreche ich ihm, während mein Herz in meiner Brust hämmert. »Sag mir einfach, was du brauchst.«

»Dich«, sagt er leise. »Alles, was ich will, bist du.« Er legt seine Stirn auf meine. »Das zu wissen.« Meine Hand berührt sein Gesicht. »Zu wissen, dass du da sein wirst, ist …«

»Wir«, korrigiere ich ihn. »Hier drin sind nur wir beide.«

»Ich weiß nicht, was ich getan habe, um das zu verdienen«, sagt er, während seine andere Hand mein Gesicht streichelt,

»aber ich bin so verdammt froh, dass ich zu diesem Dinner gegangen bin.« Auf meinen Lippen breitet sich ein Lächeln aus. »Ich bin so froh, dass …«

»Dass du schamlos mit mir geflirtet hast«, scherze ich. »Du weißt, dass du heute schon zum zweiten Mal zu mir kommst.« Ich lächle.

»Aller guten Dinge sind drei«, erwidert er, und ich küsse ihn. »Ich muss zu Jaxon. Für ihn ist zwar gesorgt, aber ich muss mit ihm reden.«

»Natürlich«, sage ich und stehe vor ihm auf. Als ich ihn zur Haustür begleite, bin ich traurig, weil er mich wieder verlässt, und noch trauriger, weil ich nicht bei ihm sein kann, während er das durchstehen muss.

»Ich rufe dich später an«, verspricht er, und ich nicke nur.

»Okay. Sag mir Bescheid, wenn ich etwas tun kann.«

»Ich hasse das«, knurrt er, kurz bevor er zur Tür hinausgeht. »Ich hasse es zu gehen. Ich hasse es, dass du nicht mit mir kommen kannst. Ich hasse das.«

»Hey«, sage ich und lege meine Arme um seine Taille. »Für all das wird später noch Zeit sein.«

»Darauf zähle ich«, erwidert er und küsst mich sanft. »Schließ die Tür ab, und um Himmels willen …«

Genervt stöhne ich auf und schiebe ihn aus dem Haus. »Geh«, fordere ich ihn auf. »Kümmere dich um Jaxon.«

Er macht ein paar Schritte. »Evelyn«, ruft er, und dreht sich um, geht rückwärts weiter. »Ich weiß, ich bin verheiratet und so, aber willst du meine Freundin sein?« Lachend schüttle ich den Kopf. »Ich meine, nach meiner Scheidung und all dem.«

»Ich glaube, das Pferd haben wir bereits von hinten aufgezäumt«, erwidere ich, und er lacht.

»Die beste Nacht aller Zeiten«, ruft er, und ich atme tief durch und sehe ihm nach, wie er wegfährt, wohl wissend, dass er ein Stück meines Herzens mitnimmt.

Ich schließe die Tür und gehe zurück ins Haus. Mein Telefon klingelt; es ist Manning. »Ich will meiner Mutter von uns erzählen.«

»Was?«, rufe ich schockiert. »Meinst du nicht, du solltest damit noch warten?«

»Nein. Eigentlich möchte ich es Jaxon und meiner Mutter sagen, damit sie wissen, dass ich das durchstehen kann.« Er hält kurz inne. »Ist das für dich in Ordnung?«

»Dann sollte ich es wohl auch meinen Eltern erzählen«, erwidere ich, setze mich und fühle mich, als wäre ich gerade am Weihnachtsmorgen aufgewacht und alle Geschenke, die ich mir gewünscht habe, lägen unter dem Baum und warteten bereits auf mich. »Ich meine, mein Vater war bei dem Showdown dabei, und obwohl er nichts gesagt hat, hat er bestimmt eine Menge Fragen.«

»Okay, ich erzähle meiner Mutter und Jaxon von uns, und du sagst es deinen Eltern. Ich rufe dich an, nachdem ich mit ihnen gesprochen habe.«

»O mein Gott, du willst das heute Abend schon machen?«, rufe ich schrill. »Meinst du nicht, dass das ein bisschen viel auf einmal ist? ›Ich verlasse Murielle, und ich habe eine Freundin.‹«

»Eigentlich dachte ich, ich mache es wie bei einem Pflaster, das man schnell abreißt. Außerdem muss ich deinen Bruder anrufen.«

»Warte, was?« Hastig setze ich mich auf.

»Ich muss ihm sagen, was hier los ist. Er muss es wissen, für alle Fälle.«

»Für alle Fälle?« wiederhole ich und meine Handflächen werden feucht.

»Baby«, raunt er. »Ich weiß nicht, was Murielle tun wird. Es kann sein, dass sie einfach wortlos verschwindet, oder sie wird sich noch wie eine Furie aufführen, bevor sie endlich weg ist.«

»Ich glaube, sie wird sich wahrscheinlich für Variante zwei entscheiden.«

»Das denke ich auch, was bedeutet, ich will nicht, dass sie dich allein erwischt. Darum müssen wir einen Plan schmieden.«

»Sollte ich nicht bei diesem Meeting dabei sein?«, frage ich, und er lacht.

»Ich werde dich später einweihen. Bin gerade am Haus angekommen«, sagt er. »Ich rufe dich später wieder an.«

»Viel Glück«, wünsche ich ihm und atme tief durch.

»Was brauche ich Glück, wenn ich dich habe?«, fragt er und legt auf.

Einunddreißig

Manning

Ich nähere mich einem Haus, das ich noch nie zuvor gesehen habe. Die Haustür ist offen, und sobald ich eintrete, rieche ich sofort, dass jemand kocht – es ist der Duft des Essens meiner Mutter.

Ich höre auch Lachen, etwas, das ich nie gehört habe, wenn ich mein eigenes Haus betreten habe. Dort war es immer mucksmäuschenstill. »Hallo?«, rufe ich, als ich an der Treppe vorbeikomme und ein riesiges Wohnzimmer betrete, an das eine Küche angrenzt.

Meine Mutter steht mit Jaxon an der Kochinsel, während er ihr beim Kochen hilft. Sie hebt den Blick, und als sie mich sieht, kommen ihr sofort die Tränen. Mom schnappt sich ein Geschirrtuch, um sich die Hände daran abzuwischen, und kommt dann zu mir. »Dad, Nana ist da.«

»Das sehe ich«, sage ich zu ihm.

»Mein Junge«, begrüßt sie mich, und ich muss mich bücken, um sie umarmen zu können. »Du und ich, wir müssen uns mal unterhalten«, sagt sie und umfasst mein Gesicht. »Ein schönes, längst überfälliges Gespräch.« Jetzt lache ich, und dann sehe ich, wie Becca den Raum betritt. »Aber vorerst, glaube ich, musst du dich auf etwas anderes konzentrieren.« Sie deutet mit dem Kopf auf Becca, geht dann zurück zur Kochinsel, und stellt sich neben Jaxon. »Jetzt lass meinen Enkel und mich allein, während wir das Abendessen kochen.«

»Dad, ich koche«, strahlt er und wendet sich dann an meine Mutter. »Kann ich es jetzt reinschütten?«, fragt er sie, und sie nickt.

Ich gehe zu Becca hinüber. »Du scheinst unversehrt zu sein«, sagt sie und mustert mich von oben bis unten. »Keine Einschusslöcher. Ich schätze, das ist ein gutes Zeichen.« Lachend schüttle ich den Kopf und höre dann ein Klopfen an der Tür. »Das müssten Nico und Candace sein«, erklärt Becca, geht zur Tür und öffnet sie.

Nico kommt herein, er trägt Jeans, ein weißes T-Shirt und eine Lederjacke. »Hey«, begrüßt er erst mich und sieht dann zu Becca. »Schön, dich zu sehen.«

Sie nickt ihm nur zu, als es wieder klingelt. Er kommt derweil zu mir. »Alles okay?« Ich zucke mit der Schulter und sehe Candace, die gerade das Haus betritt. Ihr Blick wird weich, als sie mich entdeckt.

»Manning.« Sie kommt zu mir und umarmt mich. »Es tut mir so leid.«

»Okay, ich habe alles im Esszimmer vorbereitet«, meldet sich Becca und geht auf eine Tür zu, die ich beim Eintreten gar nicht bemerkt habe. Als ich das Zimmer dahinter betrete, sehe ich auf dem Tisch bereits Beccas Computer stehen. Daneben liegt ein Block, der schon voller Notizen ist.

Ich ziehe meine Jacke aus, setze mich hin und nehme mir eine der Flaschen mit Wasser, die mitten auf dem Tisch stehen. »Was für ein Tag«, seufze ich. Nico setzt sich neben mich. Candace setzt sich neben Becca und holt ihren eigenen Notizblock heraus.

»Also, was genau ist passiert?«

Ich schüttele den Kopf. »Ich habe ihr die Scheidungspapiere gegeben und hoffe verdammt noch mal, dass sie sie einfach unterschreibt.«

»Sie hat ein Statement abgegeben«, informiert uns Candace, und ich sehe sie schockiert an. »Sie hat es selbst verfasst.«

»Was steht da drin?«, frage ich, und mein Bein beginnt auf und ab zu wippen. »Ich habe nichts gesehen.«

»Na ja«, sagt Becca und lacht. »Sie hat mich zwei Sekunden, nachdem du sie verlassen hast, angerufen und gesagt, dass ich mich besser um diesen Scheiß kümmern soll, sonst wirst du es noch bereuen.«

»Was hast du ihr geantwortet?«, will ich wissen.

»Ich habe ihr gesagt, dass sie mich mal am Arsch lecken kann«, sagt Becca, und Nico lacht. »Dann habe ich aufgelegt.«

»Und dann hat sie mich angerufen«, schaltet sich Candace ein und schaut zu Boden. »Meine Wortwahl war nicht ganz die von Becca, aber ich habe ihr gesagt, dass sie keine meiner Klientinnen ist. Dann hat sie geschimpft, ich könne Sie mal am Arsch lecken, und aufgelegt. Direkt danach habe ich die Pressemitteilung veröffentlicht, die wir verfasst haben.« Ich nicke, wusste bereits, dass Candace sich um diesen Teil kümmern würde. »Sie widerspricht allerdings dem, was Murielle sagt.«

»Das ist ihr Problem«, winke ich ab und sehe dann zu Nico. »Irgendwelche Neuigkeiten von deiner Seite?«

»Du kennst mich, Manning. Die Leute kommen mit diesem Scheiß nicht zu mir, weil sie wissen, dass sie keine Antwort von mir bekommen. Ich habe Becca veranlasst, im Namen der Organisation eine Pressemitteilung rauszuschicken, in der sie darum bittet, deine Privatsphäre und die deines Sohnes zu respektieren«, sagt er.

»Wie willst du mit der Presse umgehen?«, hakt er dann nach. »Ihr habt morgen Abend ein Spiel. Zum Glück für uns sind wir für die nächsten acht Tage zu Hause, aber …«

»Das bleibt wie gehabt. Ich spreche nie über mein Privatleben, und ich werde jetzt auch nicht damit anfangen.« Ich sehe zu Becca und Candace hinüber. »Solange sie nicht öffentlich irgendwelche Lügen über Evelyn verbreitet, habe ich dazu nichts zu sagen. Ich bin nicht der erste Mann, der sich scheiden lässt, und ich werde auch nicht der letzte sein.«

»Dad«, höre ich Jaxon nach mir rufen. »Ich backe Muffins.«

Jetzt lache ich und sehe die drei Menschen an, von denen ich weiß, dass sie auf jeden Fall zu mir halten werden, egal, was passiert. »Es tut mir leid, Leute.« Ich lege die Hände zusammen. »Ich wollte nicht, dass es so kommt. Auf diesen riesigen Medienrummel hätte ich gerne verzichtet. Aber mit Evelyn hat Murielle eine Grenze überschritten. Evelyn hatte mit mir Schluss gemacht, weil ich verheiratet war, selbst nachdem ich ihr erzählt hatte, wie die Situation mit Murielle ist. Es hat sie fertiggemacht, dass sie die andere Frau war, und dass Murielle sie auf der Arbeit überfallen hat. Das konnte ich ihr nicht durchgehen lassen.«

»Hoffentlich ist das bald vorbei, dann können wir aus einem anderen Grund Champagner knallen lassen«, sagt Nico und steht auf. »Becca, ich denke, ich sollte dich zum Abendessen einladen, was meinst du?«

Becca sieht zu ihm und legt den Kopf zur Seite. »Kommt drauf an. Woran dachtest du?«

»Was immer du willst«, erwidert er, und sie steht auf und klappt ihren Laptop zu.

»Ich dachte an Pizza«, antwortet sie. »In Italien.«

»Wenn wir jetzt gehen, können wir zum Mittagessen dort sein«, sagt er, und die beiden verschwinden zusammen.

»Ralph und Miller drehen gerade völlig durch«, informiert mich Candace, als ich sie zur Tür bringe. »Ich habe ihm nichts gesagt, und er benimmt sich wie ein eingeschnapptes Baby und schmollt.«

»Ich rufe die zwei später an«, versichere ich ihr. »Danke. Für alles.«

»Von all meinen Klienten«, sagt sie und öffnet die Tür, »warst du immer der ruhigste. So etwas hätte ich von Miller erwartet.« Lachend schüttelt sie den Kopf, während sie zu ihrem Auto geht. Ich schließe die Tür hinter ihr ab und gehe zurück in die Küche.

Dort klatsche ich in die Hände und frage: »Was gibt es denn zu essen?« Meine Mutter sieht zu mir herüber. »Ich bin am Verhungern.«

Meine Mom redet während des gesamten Essens über und erzählt von all den Aufgaben, die sie zu Hause zu erledigen hat, und als ich aufstehe, um Jaxon nach oben zu bringen, sehe ich sie an. »Ich muss mit ihm reden.«

Sie lächelt und nickt. »Wenn du fertig bist, ich bin hier.«

Jaxon zieht sich einen nagelneuen Schlafanzug an, den wir in einem der Schlafzimmer gefunden haben. Becca hat wirklich an alles gedacht. »Wie war dein Tag?«, frage ich ihn dabei, und er lächelt.

»Ich hatte viel Spaß mit Nana«, erzählt er und springt dann auf das große Bett, das im Zimmer steht.

»Ich wollte mit dir reden«, setze ich an, während er unter die Bettdecke schlüpft. »Über deine Mutter und mich.«

Er sieht mich an. »Lasst ihr euch scheiden?«, fragt er schließlich, und ich bin geschockt. »Katies Mutter und Vater sind geschieden«, fährt er fort, »aber sie sagt, es wäre okay.«

Ich nicke. »Wir lassen uns scheiden«, offenbare ich ihm schließlich und überlege, was ich noch sagen soll. »Aber das ändert nichts daran, dass wir dich lieb haben. Außerdem hast du jetzt zwei Zimmer, und du kannst woanders übernachten, wann immer du willst.«

»Übernachtungen«, überlegt er laut. »Ist das so wie die Übernachtungen, die Mommy mit Thomas macht, wenn du wegfährst, um Eishockey zu spielen??« Mein Herz sinkt mir bis in den Magen, und meine Brust schmerzt. Sie hat ihn bei uns übernachten lassen, als ich nicht da war! Meine Hände zittern vor Wut, weil sie das getan hat.

»Ja, so in der Art«, erwidere ich und tue so, als wäre das, was Murielle getan hat, völlig in Ordnung. »Aber für die nächsten paar Tage bleibst du zu Hause bei Oma.« Seine Augen weiten sich.

»Ich frage sie, ob sie mir meine Lieblingsmuffins backt«, ruft er, und ich schüttele den Kopf.

»Ich glaube, sie wird machen, was immer du willst«, erwidere ich, und er macht es sich im Bett gemütlich. »Gute Nacht, mein Junge«, verabschiede ich mich, gebe ihm einen Kuss auf die Wange und verlasse den Raum.

Während ich die Treppe hinuntergehe, werde ich den Gedanken nicht los, dass Murielle Thomas bei uns hat übernachten lassen. Ich schicke Becca eine Nachricht.

> Ich: Sie hat Thomas in meinem Haus übernachten lassen, während ich auf Auswärtsspielen war.

Dann stecke ich mein Handy in meine Tasche und gehe in die Küche. Meine Mutter hat bereits aufgeräumt und macht sich gerade einen Tee. »Hey«, grüße ich sie, und als sie sich umdreht, sehe ich, dass sie geweint hat. Ich ziehe einen Hocker hervor und setze mich hin. »Hör auf zu weinen«, fordere ich sie auf, doch sie sieht mich nur an.

»Warum hast du uns nichts gesagt?«, will sie wissen. »Wir hätten doch …«

»Was hättet ihr tun können, Mom? Diese Suppe hatte ich mir eingebrockt, die musste ich schon alleine auslöffeln.«

»Du warst nicht der Einzige, der da mit drin hing«, erwidert sie. »Ich habe diese Schlampe immer gehasst.«

Jetzt lache ich. »Ich habe jemanden kennengelernt«, erzähle ich ihr, und sie sieht mich schockiert an. »Durch Zufall«, fahre ich fort. »Wir haben uns eines Abends getroffen und …« Ich schaue zu Boden. »Etwas hat sich verändert«, versuche ich, es zu erklären. »Sie hatte keine Ahnung, wer ich war, und ich habe es ihr auch nicht gesagt. Eine Woche später habe ich sie dann mit Jaxon in der Eishalle gesehen. Sie ist die Tante eines seiner besten Freunde.«

»O mein Gott, sieht so aus, als hätte das Universum die Dinge selbst in die Hand genommen«, sagt sie.

Ich erzähle ihr alles über Evelyn, und mein Gesicht verzieht sich zu einem Lächeln.

»Du liebst sie also«, fasst sie am Ende zusammen, und ich sehe sie an. »Als du vorhin reinkamst, dachte ich, du würdest immer noch diesen leeren Blick in deinen Augen haben. Derselbe leere Blick, den du in den letzten fünf Jahren in deinen Augen hattest.« Ich öffne den Mund, um etwas zu erwidern, irgendetwas, aber sie hebt ihre Hände. »Versuch gar nicht erst, so zu tun, als wäre es nicht so gewesen.« Mom schüttelt den Kopf, geht zum Wasserkocher und gießt sich heißes Wasser ein. »Ich habe ihn gesehen. Dein Vater hat ihn gesehen. Wir haben versucht, so zu tun, als ob wir es nicht wüssten, aber wir konnten es nicht. Und dann hast du dich noch weiter von uns zurückgezogen.«

»Das tut mir leid. Es war falsch, und ich hätte ein Machtwort sprechen müssen.«

»Ich weiß«, erwidert sie. »Dein Vater war nicht besonders glücklich darüber, aber wir haben es verstanden.«

»Als ich herausgefunden habe, dass Murielle eine Affäre

hat, hat mich das nicht verletzt. Ich habe nicht einmal mit der Wimper gezuckt.«

»Du hast sie nicht geliebt«, erklärt sie. »Du hast es geliebt, dass sie dir Jaxon geschenkt hat, aber sie hast du nicht geliebt.«

»Ich schätze, das stimmt.« Dabei klopfe ich mit dem Finger auf die Küchentheke.

»Geh«, sagt sie, und ich sehe zu ihr auf. »Geh. Ich rufe dich an, falls Jaxon aufwachen sollte.«

»Wie hast du …«, frage ich sie.

»Du warst schon so unruhig, als du reinkamst. Während des Essens hast du jede Sekunde auf dein Handy geschaut. Dann hast du es später mit nach oben genommen. Das hast du noch nie gemacht.«

Ich stehe auf. »Bist du sicher?«, hake ich nach, und sie lacht.

»Ich glaube, das schaffe ich gerade noch so.«

»Danke, Mom.« Ich gehe zu ihr, küsse ihre Wange und umarme sie. Gerade als ich aus dem Zimmer gehen will, ruft sie meinen Namen.

»Danke ihr dafür, dass sie mir meinen Sohn zurückgegeben hat.« Ich lächle sie an und nicke. In Rekordzeit bin ich bei Evelyns Haus und läute an der Tür. »Manning«, ruft sie, als sie die Tür öffnet. »Was machst du denn hier?«

Mit einem Schritt bin ich bei ihr, fasse sie um die Taille und schiebe die Tür mit meinem Fuß zu. »Aller guten Dinge sind drei.«

Zweiunddreißig

Evelyn

Es klingelt an der Tür, und ich springe buchstäblich aus dem Bett. Mein Magen beginnt sich zu drehen, meine Handflächen schwitzen, und auf dem Weg zur Tür greife ich nach meinem Handy. Ich wickle meinen Kaschmirpullover enger um mich, gehe leise zur Tür, schaue durch den Türspion und sehe ihn davorstehen. »Manning?«, rufe ich leise aus, während ich die Tür öffne. »Was machst du hier?«

Er antwortet mir nicht. Stattdessen kommt er herein und fasst mich um die Taille, was meinen Magen aus einem ganz anderen Grund in Aufruhr versetzt. Er schließt die Tür, und kurz bevor seine Lippen meine finden, sagt er: »Aller guten Dinge sind drei.«

Ich schlinge meine Arme um seinen Nacken und meine Beine um seine Taille, als er weiter in mein Haus geht und mit seinem Mund auf meinem den Weg in mein Schlafzimmer findet. Meine Hände bewegen sich von seinem Nacken hinauf zu seinen Haaren, und selbst wenn ich ihn für den Rest meines Lebens jeden einzelnen Tag küssen würde, würde es sich immer wieder wie der erste Kuss anfühlen. »Hi«, flüstere ich und berühre sein Gesicht; der Bart kitzelt meine Hand. »Ich kann nicht glauben, dass du zurückgekommen bist.«

»Ich konnte nicht anders«, erwidert er und dreht sich, um sich auf mein Bett setzen zu können. Meine Beine bleiben um seine Taille geschlungen, und ich sitze jetzt auf seinem Schoß. Er schiebt mein Haar über meine Schulter.

»Ist alles in Ordnung?«, frage ich ihn und beuge mich vor, um ihn sanft zu küssen.

»Sie hat ein Statement herausgegeben, in dem sie sagt, dass dies eine private Angelegenheit ist und wir das als Familie durchstehen«, antwortet er, und ich schlucke nur und frage mich, ob er das alles vielleicht doch noch bereuen wird. Mein Blick wandert zu Boden, und ich bin mir nicht sicher, ob ich ihm in die Augen sehen kann, ohne dass er merkt, was in mir vorgeht. Das Letzte, was er brauchen kann, ist noch mehr Stress.

»Ich habe ebenfalls ein Statement herausgegeben, in dem steht, dass dies eine private Angelegenheit ist, und wir die Dinge getrennt voneinander angehen. Morgen wird Candace verkünden, dass wir uns scheiden lassen.«

»Bist du sicher?«, frage ich ihn leise. »Es ist in Ordnung, falls du deine Meinung geändert hast.«

»Ich glaube, ich habe mich in dich verliebt«, antwortet er, und mir stockt der Atem. Mein Herz setzt einen Schlag aus. »Ich weiß, es klingt blöd. Wir kennen uns kaum, das ist mir bewusst, aber ...« Er sieht auf meine sich hebende und senkende Brust hinunter.

»Als ich dich gehen ließ und nicht mehr atmen konnte, wusste ich, dass ich dabei bin, mich in dich zu verlieben«, gestehe ich ihm. »Als die Traurigkeit bis in meine Knochen sickerte. Mein ganzer Körper hat sich angefühlt, als wäre ich von einem Lastwagen überfahren worden, was verrückt war.

Nachdem ich mit Dex Schluss gemacht hatte, bin ich am nächsten Tag direkt wieder zur Arbeit gegangen. Bei dir habe ich, glaube ich, eine Stunde lang geweint.«

»Ich hasse es, dass ich dich zum Weinen gebracht habe«, sagt er und berührt mit seinem Daumen meine Wange. Meine beiden Hände liegen um sein Gesicht, und ich beuge mich vor, um ihn sanft zu küssen. »Ich hasse es, dass du das allein durchmachen musstest.« Seine Stimme ist fast ein Flüstern.

Meine Hände wandern von seinem Gesicht hinunter zu seinen Schultern und dann zu seiner Brust. Ich öffne seine Jacke und streife sie ihm ab, dann beuge ich mich vor und küsse seinen Hals. »Ich habe mich gefragt, ob du an mich denkst«, erzähle ich ihm, fahre mit den Händen unter sein Oberteil und schiebe es ihm über den Kopf. »Habe mich gefragt, ob du von mir träumst.« Ich küsse ihn unter seinem Kinn. »Abends bin ich ins Bett gegangen und habe immer gebetet, dass du in meinen Träumen auftauchst.«

»Jede einzelne Nacht, seit ich dich kennengelernt habe«, erwidert er, zieht mir meinen Kaschmirpullover aus, und ich trage nur noch das Tanktop und meinen Slip. »Jeder einzelne Traum, den ich seitdem habe, handelt von dir.« Er zieht einen der dünnen Träger herunter und reißt ihn dabei fast ab. »Immer wache ich mit deinem Namen auf den Lippen auf«, fährt er fort und nimmt eine meiner Brustwarzen in den Mund, und als Antwort lasse ich den Kopf in den Nacken sinken. »Jede Nacht bin ich eingeschlafen und habe vor meinem inneren Auge dein lächelndes Gesicht gesehen.« Er zieht die andere Seite des Tops herunter. »Wie du lachst.« Er beißt in die andere Brustwarze und saugt daran. »Wie du meinen Namen stöhnst.«

»Das habe ich vermisst«, gestehe ich ihm. »Uns.« Ich steige von ihm herunter, streife mein Tanktop ab und ziehe dann meinen Slip aus. Seine Augen nehmen jetzt ein noch dunkleres Blau an. Ich trete zwischen seine Beine, und er küsst meinen Bauch, während seine Hände meine Beine hinauf zu meinem Hintern streichen. »Ich musste an all die Dinge denken, die ich mit dir machen möchte.«

»Erzähl mir davon«, fordert er mich auf, doch ich schüttle den Kopf.

»Besser, ich zeige es dir«, sage ich leise und küsse seine Lippen. »Wirst du mit mir schlafen?«, frage ich ihn, und im nächsten Augenblick hat er mich schon hochgehoben und auf den Rücken gelegt. Er zieht sich die Hose aus, und ich sehe ihm dabei zu.

»Ich will jeden Zentimeter deiner Haut küssen«, raunt er und steigt ins Bett, während ich meine Beine für ihn spreize. »Ich will, dass du auf meiner Zunge kommst und dann auf meinen Fingern.« Seine Stimme ist so leise, dass mir ein Schauer über den Rücken läuft. »Aber mein Schwanz«, fährt er fort und reibt ihn an meiner Spalte auf und ab. »Mein Schwanz braucht dich zuerst.«

Ich erwidere nichts, weil ich Angst habe, dass er aufhört, sobald ich etwas sage, und das kann ich auf keinen Fall zulassen. Wir schauen beide hinunter, während er langsam in mich gleitet. Sobald er vollständig in mir versunken ist, hebe ich meine Beine an und schlinge sie um seine Taille. Er stützt sich über mir auf seinen Ellenbogen ab. »Manning«, seufze ich schließlich, während sein Mund über meinem schwebt. Ich strecke meine Zunge heraus, um sie in seinen Mund zu schieben, und er saugt an ihr, während er langsam beginnt, seine Hüften zu bewegen. Langsam und gleichmäßig fickt er mich. Die ganze Zeit über sehen wir uns in die Augen, und er legt seine Stirn an meine. Ich neige meine Hüften nach oben und versuche, ihn tiefer in mich zu holen. »Härter«, fordere ich, und er erhöht sein Tempo und stößt in mich hinein. Wir stöhnen beide auf, als sich meine Pussy um ihn herum zusammenzieht. Das Geräusch unserer Körper, die aufeinanderklatschen, erfüllt den Raum.

»Baby«, spricht er meinen Kosenamen leise aus, und ich lecke über seine Lippen, und seine Zunge schnellt vor, um mich zu küssen. »Ich werde gleich …« Ich nicke und spüre das Ziehen in meinem Bauch, das meinen nahenden Orgasmus ankündigt. »Deine Pussy«, stöhnt er. »So eng.« Ich schließe meine Augen, komme und verenge mich noch weiter um ihn. Er stößt weiter in mich hinein, und dann ist er bis zum Anschlag in mir und kommt.

»Ich will nicht gehen«, stöhnt er, als er sich nach der dritten oder vielleicht vierten Runde aus mir herauszieht. Wer zählt schon mit. »Aber es ist fast sechs.«

»Du musst gehen«, bekräftige ich, sehe ihm dabei zu, wie er aufsteht, und hasse diesen Anblick. »Ich glaube, wir haben noch nie eine ganze Nacht zusammen verbracht.«

»Doch, haben wir«, widerspreche ich, stehe auf und greife nach meinem Morgenmantel aus Seide. »In der ersten Nacht.«

»Was hast du heute noch vor?«, fragt er mich und zieht sich sein Oberteil an.

Ich bleibe vor ihm stehen und klammere mich an seine Hüften. »Meine Eltern kommen um zehn«, sage ich, und er sieht mich nur an. »Es ist besser, wenn ich ihnen die ganze Geschichte erzähle, bevor sie in der Klatschpresse davon lesen.«

»Gute Idee«, erwidert er, ich lege meinen Kopf zurück und er küsst mich. Dann begleite ich ihn zur Haustür. »Ich ruf dich nachher an.«

»Okay.« Gerade will ich ihn nach draußen begleiten, aber er hält mich zurück.

»Ich will nicht, dass du raus gehst«, sagt er. »Ich weiß nicht, ob sie verrückt genug ist, der Presse von dir zu erzählen. Die könnten draußen auf dich warten und dich fotografieren, und außerdem«, er grinst, »siehst du aus, als hättest du dich die ganze Nacht im Bett herumgewälzt.«

»Habe ich auch«, sage ich und grinse.

»Nun, ich möchte nicht, dass jemand das sieht«, fährt er fort. »Das ist nur für meine Augen bestimmt.«

Ich schüttle den Kopf. »Geh jetzt«, befehle ich ihm. Dann schließe ich die Tür hinter ihm und weiß, dass ich nicht mehr schlafen kann, selbst wenn ich es versuchen würde. Also gehe ich zur Dusche und schalte sie ein, und die ganze Zeit über denke ich nur an ihn.

Nach der Dusche ziehe ich mir eine Jeans und einen weißen Pullover an und lasse mein Haar offen. Nachrichten schaue ich heute ausnahmsweise nicht. Stattdessen rufe ich Chantal an und sage ihr, dass ich heute von zu Hause aus arbeiten werde. Sie verspricht mir, dass sie mir alles schicken wird, was ich brauche, und alles, was sonst noch reinkommen sollte, später bei mir vorbeibringt.

Ich sitze an der Kücheninsel und versuche zu arbeiten, aber die ganze Zeit schaue ich auf die Uhr. Meine Handflächen werden sofort schweißnass, als es um Viertel vor zehn an der Tür klingelt. Ich stehe auf und gehe zur Haustür, öffne sie und sehe meine Eltern davor. Meine Mutter versucht, so zu tun, als ginge es ihr gut und als wäre sie einfach nur froh, mich zu sehen, aber ich weiß, es hat sie schier umgebracht, mich nicht anrufen zu können. Mein Vater legt seine Hände auf meine Arme und küsst mich auf beide Wangen. »Schatz.«

»Wir haben dir Kuchen mitgebracht«, sagt Mom, und ich entdecke jetzt erst die Kuchenschachtel in ihrer Hand. »Ich dachte mir, wir gönnen uns zur Ablenkung etwas Süßes.«

Ich lächle, und gemeinsam gehen wir ins Haus, wo ich die Schachtel auf die Küchentheke stelle. »Ich mache Kaffee«, biete ich an und wende mich der Kaffeemaschine zu, aber da höre ich, wie die Haustür geöffnet und wieder geschlossen wird. Ich schaue meine Eltern an, und sie schauen mich an. »Kommt Tim auch?«, frage ich. Mein Blick wandert zum Eingang, und mir bleibt der Mund offen stehen, als ich sehe, dass es Manning ist.

»Hallo«, grüßt er, geht zu meinem Vater und streckt seine Hand aus, um Dads Hand zu schütteln. »Tut mir leid, ich bin zu spät.« Er sieht meine Mutter an. »Ich bin Manning.« Sie sieht ihn an, nimmt seine Hand und ihr stockt sichtbar der Atem. Er geht um die Theke herum und lächelt mich an. »Tut mir leid, dass ich mich verspätet habe«, entschuldigt er sich und küsst mich.

»Oh«, macht meine Mutter schließlich, und ich blinzle nur.

»Was machst du denn hier?«, frage ich ihn so leise, wie ich kann.

»Ich wollte nicht, dass du deinen Eltern allein von uns erzählen musst«, erwidert er, woraufhin meine Mutter ein weiteres »Oh« ausstößt.

»Wollen wir uns setzen?«, schlägt mein Vater vor, und ich nicke ihm nur zu und sie gehen zu meiner Couch, während Manning seine Hand in meine schiebt.

»Das hättest du nicht tun müssen«, sage ich und wische mir die Träne weg, die mir gleich entkommen wird. Er nimmt unser beider Hände und küsst meine Finger. Mit ihm an meiner Seite gehe ich ebenfalls zur Couch und wir setzen uns nebeneinander hin.

»Bevor wir anfangen«, sagt Manning, »möchte ich mich zuerst bei euch beiden entschuldigen.« Ich sehe ihn an, und meine Mutter wirkt, als wäre sie völlig hin und weg von ihm. »Es tut mir leid wegen der Szene, die stattgefunden hat.«

»Es ist nicht deine Schuld«, wiegelt mein Vater ab. »Nicht einmal ein bisschen.«

»Doch, das war es«, widerspricht Manning und sieht mich an. »Ich habe eure Tochter gesehen, und auf einmal stand die Zeit still.« Er legt einen Arm um meine Schultern und zieht mich zu sich heran. »Ich hätte damals einfach gehen sollen, aber ich konnte nicht.« Jetzt lächelt er schüchtern. »Ich konnte es nicht. Es war falsch, das weiß ich, und es wird mir ewig leidtun, dass ich sie in diese Lage gebracht habe. Aber dass wir uns begegnet sind, tut mir nicht leid. Das wird es nie.«

»Du warst verheiratet?«, hakt mein Vater nun doch nach. »Du *bist* verheiratet.«

»Nur auf dem Papier«, sagt Manning. »Vor vier Jahren habe ich Murielle um die Scheidung gebeten, und sie hat mir daraufhin meinen Sohn weggenommen. Ich hätte ihr alles versprochen, nur um ihn zurückzubekommen. Ich wollte warten, bis er alt genug ist, um mitreden und für sich selbst entscheiden zu können. Aber manchmal passieren Dinge, und dann muss man den Sprung wagen.«

»Diese Frau hat meine Tochter vor den Augen ihrer Kollegen angegriffen«, sagt mein Vater, und jetzt bin ich diejenige, die sich einschaltet.

»Sie hat mich nicht angegriffen. Sie hat mich konfrontiert und überrumpelt. Ich werde unsere Beziehung nicht rechtfertigen. Es hätte auf keinen Fall passieren dürfen, aber es ist passiert.« Ich wische mir die Träne weg. »Ich habe schon einmal versucht, mich von ihm zu trennen, und ihm gesagt, dass wir uns nicht mehr sehen können«, erzähle ich meinen Eltern.

»Als ihr dachtet, ich wäre krank, war das mein gebrochenes Herz, denn der Mann, in den ich mich verliebt hatte, war verheiratet, und ich wusste, dass es falsch war. Ich weiß, dass es falsch ist. Jedoch«, sage ich, und straffe die Schultern, »gibt es ein großes Aber. Es sind Dinge vorgefallen, von denen ihr nichts wisst. Sie sind privat, und ich werde nicht diejenige sein, die euch die Geschichte erzählt. Aber diese Frau hat ihn nicht verdient. Ich weiß nicht mal, ob ich ihn verdiene. Ich hoffe nur, ich kann unter Beweis stellen, dass ich ihn verdiene.«

»Was ist, wenn die Presse davon erfährt?«, fragt meine Mutter.

»Das ist mir egal«, erwidere ich und werfe meine Hände in die Luft. »Dann finden sie eben heraus, dass wir zusammen sind. Wir waren vor der ganzen Sache schon zusammen.« Ich sehe meine Eltern an. »Wir sind wir.« Jetzt wandert mein Blick zurück zu Manning. »Wir sind wir, und wir werden das gemeinsam durchstehen.«

Dreiunddreißig

Manning

Als ich an der Eishalle ankomme, weiß ich bereits, dass die Presse dort sein wird. In den letzten zwei Tagen haben sie ständig versucht, mich zu erreichen, und ich habe sie immer ignoriert. Candace hat ein Statement veröffentlicht, und das ist alles, was ich dazu zu sagen habe.

Als ich aus meinem Auto steige, bin ich überrascht, dass Miller und Ralph bereits dort stehen und auf mich warten. »Was wollt ihr denn hier?«

»Dich reinbegleiten«, sagt Ralph und ich lächle.

»Ich will nur neben dir fotografiert werden und mehr Presse bekommen«, sagt Miller und lacht.

»Und wie geht es dir?«, will Ralph wissen und ignoriert Miller.

»Es passt halbwegs, denke ich. Murielle ruft mich bis zu fünfzig Mal an.«

»Am Tag?«, fragt Miller schockiert.

»Pro Stunde«, erwidere ich, und ihm bleibt der Mund offen stehen. »Was will sie denn?«

»Mir sagen, was für einen riesigen Fehler ich mache. Sie will mich wissen lassen, dass sie eine Enthüllungsgeschichte veröffentlichen will.«

Miller lacht. »Die Geschichte darüber, wie du zum Mönch wurdest?«

»Wie geht es Evelyn?«, fragt Ralph, und ich zucke mit den Schultern.

»Sie tut so, als ginge es ihr gut, aber ich weiß, dass die ganze Sache sie mitnimmt. Gestern habe ich ihre Mutter kennengelernt, und das war hart.«

»Das war hart?«, fragt Ralph. »Kennst du meinen Schwager, Evan Richards? Den Evan Richards, der mit seinem Team in der Stadt ist? Der Evan Richards, der versucht hat, meine Tochter in sein Trikot zu stecken? Eben der, der meine Frau vor mir versteckt hat.« Er meint damit den Schwager, der für New York spielt und heute Abend hier ist.

»Um fair zu sein, sie war damals noch nicht deine Frau«, meint Miller, und wir gehen in die Eishalle. Ich gehe zwischen den beiden, und während wir weiterlaufen, sind plötzlich fünf Kameras auf uns gerichtet.

»Manning«, ruft einer der Journalisten, »können wir ein Statement bekommen?« Ich senke den Kopf und betrete den Flur. Als sich die Tür hinter mir schließt, stoße ich einen tiefen Seufzer der Erleichterung aus.

Gerade als ich zur Umkleidekabine will, entdecke ich Nico auf dem Flur. Er sieht mich an und deutet mit einem Nicken auf die andere Seite des Flurs. »Wir sehen uns drinnen«, verabschiede ich mich von Ralph und Miller, die in die Umkleidekabine gehen.

»Hey«, grüße ich Nico. Er schaut sich um und sieht eine geschlossene Tür. Er klopft an und steckt dann seinen Kopf in den Raum dahinter. Dann geht er hinein und ruft mich.

Ich schließe die Tür hinter mir und sehe ihn an. »Wie geht es dir?«, fragt er und ich zucke mit den Schultern. »Ich muss dich vorwarnen«, fährt er fort und steckt die Hände in die Taschen. »Murielle wurde gebeten, von der Stiftung zurückzutreten.«

»Oh, Scheiße«, stöhne und fahre mir mit einer Hand über den Nacken.

»Hat sie es dir nicht erzählt?«, will er wissen, doch ich sehe zu Boden.

»Ich habe heute Morgen mit ihr gesprochen«, antworte ich ihm. »Ich dachte, sie will vielleicht wissen, wie es Jaxon geht. Wollte sie aber nicht.« Ich schüttele den Kopf. »Also habe ich ihr gesagt, ich würde mit meiner Anwältin sprechen. Wir haben morgen Nachmittag einen Termin mit dem Mediator.«

»Was soll ich machen, wenn sie heute Abend auftaucht?«, fragt er und ich sehe ihn an.

»Mach, was immer du glaubst, machen zu müssen. Es ist nicht mehr mein Problem«, erwidere ich, und er sieht mich an.

»Ich muss gehen. In zehn Minuten habe ich ein Meeting mit Matthew Grant.« Er geht zur Tür.

»Gibt es einen Grund, warum du dich mit Matthew Grant triffst?«, frage ich ihn über sein Meeting mit dem General Manager der New York Stingers.

»Du kennst mich doch«, erwidert er und öffnet die Tür. »Ich bin nur höflich.« Er grinst, und ich kenne Nico gut genug, um zu wissen, dass er es nicht nötig hat, höflich zu sein, also muss er etwas wollen. Ich schüttle den Kopf und betrete die Umkleide gerade noch rechtzeitig, um zu sehen, wie Evan Richards mit Justin Stone herauskommen, und beide lachen.

»Hey«, ruft Evan, bleibt stehen und streckt mir seine Hand entgegen. »Alles in Ordnung bei dir?«

»Ja«, erwidere ich. Man kann über das andere Team sagen, was man will, aber unter ihnen gibt es ein paar sehr anständige Menschen. »Bist du hergekommen, um ihn zu ärgern?« Ich deute mit dem Kinn in Richtung Ralph, der ihn nur wütend anstarrt.

»Das ist alles nur Spaß«, sagt Ralph. »Aber du darfst nicht mit Ari reden, wenn wir auf dem Eis sind«, sagt er. Ari ist seine Tochter.

»Du kannst mir nicht verbieten, mit meiner Nichte zu reden«, ruft Evan über die Schulter zurück und geht mit Justin weg, der mir nur einen Klaps auf den Arm gibt.

»Wir müssen heute Abend verflucht noch mal gewinnen«, sagt Ralph zu mir, und ich nicke. Er ist nicht der Einzige, der heute Abend gewinnen will. Ich will der Presse zeigen, dass ich mich von dieser ganzen Sache nicht unterkriegen lasse. Dass die Scheiße, die ich gerade durchmache, vollkommen unwichtig ist.

Das erste Drittel ist hart, und New York liegt mit zwei Punkten in Führung. Wir betreten in der Pause die Umkleidekabine, und alle im Raum sind stinksauer. Das war genau das, was wir brauchten, denn als der Puck im zweiten Drittel fällt, wird Ralph direkt vor dem Tor aufgestellt, und er macht ihn rein. Er reißt den Fuß hoch und feiert direkt neben Evan, der ihm wütende Blicke zuwirft. Vier Minuten später laufe ich mit dem Puck über das Eis in die neutrale Zone und schaue mich um. Ich komme über die blaue Linie und warte, bis alle ihre Position eingenommen haben. Dann gebe ich den Puck an meinen Defensivpartner Denis weiter, der ihn an Miller an der Außenseite des Netzes weitergibt. Aber Ralph wird in der Mitte geblockt, also gibt er ihn an Denis zurück, der ihn an mich zurückgibt, und ich schiebe ihn direkt zurück zum Torwart, sodass es zum Gleichstand kommt.

Das letzte Drittel ist ein einziges Durcheinander, in dem beide Mannschaften versuchen, das Siegestor zu erzielen, und es passiert zehn Sekunden vor Schluss. Evan gibt den Puck an Justin weiter, der ein bisschen zu weit vor dem Tor läuft, und

Miller fängt ihn daher ab. Er läuft so schnell er kann und schießt den Puck direkt zwischen den Beinen des Torwarts ins Tor.

Wir gehen zurück in die Umkleidekabine, und Nico klopft uns beim Reinkommen auf die Schulter. Der Trainer kommt rein und reißt uns ausnahmsweise mal nicht den Arsch auf, sondern sieht mich an. »Die Journalisten sind kaum noch zu bändigen.«

»Sag ihnen, sie sollen sich verpissen«, sagt Denis. »Es geht niemanden etwas an, was bei dir los ist.«

»Es ist alles in Ordnung«, erwidere ich, und die Türen öffnen sich, und die Reporter kommen herein. Ich stehe auf, als zehn von ihnen mich einkreisen.

»Leute, nur damit das klar ist«, warne ich vor, »persönliche Fragen werde ich nicht beantworten.« Ich schaue jeden Einzelnen an. »Ihr wollt über das Spiel reden, schön und gut, aber das ist auch alles.« Ein paar von ihnen verdrehen die Augen, und ich lache. »Habe ich früher jemals über mein Privatleben gesprochen?«

Die Journalisten stellen mir Fragen zum Spiel, doch einer versucht, mir zu entlocken, ob heute Abend jemand auf der Tribüne sitzt, den ich später noch sehen würde. Ich schaue ihn direkt an und sage: »Danke für die Fragen, Jungs«, dann gehe ich in Richtung Duschen, einem Bereich, von dem ich weiß, dass sie mir nicht dorthin folgen können. Ich dusche, verlasse die Halle dann in Rekordzeit und fahre zu Evelyns Haus.

Sie öffnet mir die Tür, und ich kann sehen, dass sie geschlafen hat. »Hey«, grüße ich leise, gehe rein und küsse ihren Hals. »Hast du geschlafen?«

»Ja, ich habe ein Nickerchen gemacht, damit ich wach bin, wenn du hier bist«, antwortet sie. »Ich weiß, dass du nach dem Spiel immer noch aufgedreht bist, und ich möchte bei dir sein, wenn du noch wach bist.«

»Ich liebe dich«, sage ich, und ihre Augen leuchten auf. Wir sind schon eine Weile um das »Ich liebe dich«-Thema herumgeschlichen, aber jetzt musste ich es ihr endlich sagen.

»Ich liebe dich auch«, erwidert sie, und plötzlich möchte ich sie ausziehen. Ich nehme sie in den Arm, und sie wickelt sich förmlich um mich, wie sie es immer tut. »Das war ein schönes Tor heute«, sagt sie. »Das sollten wir feiern.«

»Das sollten wir«, stimme ich ihr zu und gehe mit ihr in ihr Schlafzimmer. »Sollen wir über die Tatsache reden, dass wir keine Kondome benutzt haben? Ich habe mich vor sechs Monaten testen lassen.«

»Ich habe mich testen lassen, als ich in die Stadt kam«, verrät sie mir. »Und ich nehme die Pille.«

Mehr braucht sie nicht zu sagen. Den Rest der Nacht verbringe ich in ihr, bis ich nach Hause gehen muss. Dort hänge ich mit Jaxon ab und mache mich dann auf den Weg zu meiner Anwältin. Die Empfangsdame führt mich direkt in das Büro.

»Manning«, begrüßt sie mich und steht auf.

»Hi, Yolanda«, erwidere ich und reiche ihr die Hand, um sie zu schütteln. »Schön, dich zu sehen.«

»Setz dich. Möchtest du etwas trinken?«

»Nein, ich möchte nichts«, sage ich, setze mich und warte, bis sie sich ebenfalls hingesetzt hat.

Sie öffnet die Akte und nimmt die Papiere heraus, die sie aufgesetzt hat. »Okay, sie will also das Haus.«

»Das kann sie haben«, sage ich. »Ich hasse das Haus ohnehin.« Yolanda nickt und schreibt etwas auf.

»Ich will meine Kleidung«, füge ich hinzu.

»Ich werde einen Termin vereinbaren, an dem du sie abholen kannst und an dem sie nicht da ist.«

Ich nicke.

»Sie fordert Unterhalt«, fährt Yolanda fort. »Aber zum Glück habt ihr ja einen Ehevertrag unterzeichnet.

Ich sehe Yolanda an. »Was will sie denn dann?«

»Nun, laut ihrem Anwalt will sie das vollständige Sorgerecht für Jaxon, da du beruflich viel reist.«

»Auf gar keinen Fall«, sage ich und sie hebt die Hände.

»Ich habe ihm bereits gesagt, dass wir, angesichts deiner Termine, geteiltes Sorgerecht wollen, und er klang so, als würde das in Ordnung gehen.« Yolanda sieht wieder auf die Papiere vor sich. »Sie möchte, dass du ein Statement abgibst, dass ihr bereits getrennt wart, bevor das Video gemacht wurde.«

Ich denke darüber nach. »Das mache ich nur, wenn sie innerhalb der zwanzig Tage die Scheidungspapiere unterschreibt. Wenn sie alles unterschreibt, gebe ich ein Statement ab, dass wir uns bereits vor vier Monaten getrennt haben. Sie darf nicht mehr mit der Presse kommunizieren, und ich will eine Verschwiegenheitserklärung.« Ich will nicht, dass sie noch mal mit irgendjemanden über Evelyn redet. Nicht jetzt und nicht in zehn Jahren.

»Bist du dir da sicher?«, will meine Anwältin wissen.

»Ich will mit meinem Leben weitermachen«, sage ich. »Wenn sie also allem zustimmt, haben wir einen Deal.«

Yolanda sieht mich an.

Ich stehe auf und verlasse das Büro, und zum ersten Mal, seit das alles angefangen hat, sehe ich ein Licht am Ende des Tunnels.

Vierunddreißig

Evelyn

»Weißt du schon, wann du kommst?«, fragt Manning mich, und ich schaue auf und sehe, dass es fast drei Uhr ist.

»Ich bin um fünf fertig, dann muss ich noch schnell nach Hause und mich umziehen.« Ich klopfe mit dem Finger auf den Schreibtisch. Es ist zwei Wochen her, dass die Fotos geleakt wurden. Zwei Wochen, in denen ich darauf gewartet habe, dass noch irgendetwas passiert, doch das blieb aus.

»Ich bin gerade nach Hause gekommen«, sagt er. »Und ich war vier Tage lang weg.«

»Das ist mir bewusst«, antworte ich und lache. Wenn er in der Stadt war, hat er jede einzelne Nacht bei mir verbracht. Zum Abendessen ist er immer bei sich zu Hause, aber später schleicht er sich raus, um zu mir zu kommen, und dann schleicht er sich wieder rein, bevor Jaxon aufwacht. Aber heute Abend will er, dass wir zusammen zu Abend essen und dass ich seine Mutter kennenlerne.

»Murielle holt Jaxon morgen früh ab, und er verbringt das

Wochenende bei ihr«, raunt er. »Das bedeutet, dass ich bei dir schlafen und aufwachen kann.«

»Könnte sein, dass ich noch zu tun habe.« Er stöhnt frustriert auf, und ich muss ein Grinsen unterdrücken. »Ich bin um halb sechs da«, fahre ich fort. »Soll ich was mitbringen?«

»Ja, deinen Arsch«, erwidert er, und ich schüttle lachend den Kopf. »Bis später, Baby.« Ich lege auf, und ich kann nur noch an Manning denken.

Um halb fünf mache ich Feierabend und sitze gerade im Auto, als er wieder anruft.

»Wo bist du?«, fragt er, und ich lache.

»Hast du mir einen Chip eingepflanzt?«, will ich wissen und fahre vom Parkplatz. »Hab das Büro gerade verlassen.«

»Planänderung. Murielle holt Jaxon um sieben ab«, sagt er und atmet tief aus. »Kannst du jetzt schon rüberkommen, damit wir um halb sechs essen können? Ich möchte ein richtiges Familienessen haben.«

So wie er klingt, würde ich ihm alles geben. »Ich kann in dreißig Minuten da sein«, antworte ich. Dabei verrate ich ihm nicht, dass ich noch zum Blumenladen fahre, um seiner Mutter Blumen zu besorgen.

»Okay, perfekt«, erwidert er. »Ich schätze, die Pyjamaparty findet dann heute und morgen Nacht statt«, sagt er, und ich lege einfach auf.

Zum Glück habe ich den Strauß heute Morgen bestellt, und er steht schon bereit, als ich reinkomme. Der Laden liegt direkt neben einer Bäckerei, also gehe ich dort auch schon schnell rein und kaufe einen Schokoladenkuchen.

Als ich vor dem Haus vorfahre, macht mein Magen Salti und ich habe das Gefühl, dass ich mich vor Aufregung übergeben muss. Gerade will ich die Tür öffnen, da schwingt sie schon auf, und als ich aufschaue, sehe ich Manning. Er beugt sich herunter und schiebt sich halb ins Auto. »Hi«, begrüßt er mich und kommt mit seinem Kopf näher an mich heran. »Ich dachte, du würdest nicht zulassen, dass ich dich vor meiner Mutter küsse.« Damit küsst er meine Lippen.

»Da hast du recht«, sage ich und gebe ihm noch einen Kuss. Er geht aus dem Weg, und ich steige aus dem Auto, öffne die hintere Wagentür und nehme den riesigen Strauß Wildblumen heraus. »In der Schachtel befindet sich ein Schokoladenkuchen«, sage ich zu ihm, und er beugt sich vor und nimmt sie zusammen mit meiner Handtasche heraus.

»Bist du bereit?« Er sieht mich an, und ich schüttle den Kopf. »Gut, dann los.«

Er legt seine Hand in meine, und wir gehen den Weg entlang zum Haus. »Das Haus ist schön«, sage ich, gerade als er die Tür öffnet, und ich trete ein und rieche sofort den Geruch von Hausmannskost.

»Mom«, ruft er.

Ich atme tief durch, und dann kommt sie ins Zimmer.

»Na, hallo«, sagt sie. Sie sieht Manning sehr ähnlich, beide haben die gleichen Augen. »Mein Name ist Rachel.«

»Ich bin Evelyn«, stelle ich mich vor. »Ich wusste nicht, welche Blumen du magst, also habe ich beschlossen, dass ich mit Wildblumen wahrscheinlich nichts falsch mache«, sage ich und reiche ihr den Strauß, woraufhin ihr ganzes Gesicht aufleuchtet.

»Das ist wirklich süß«, sagt sie und riecht an den Blumen. »Manning, nimm ihre Jacke und bring sie rein.« Rachel dreht sich um und geht aus dem Zimmer.

Ich ziehe meine Jacke aus, und er legt einen Arm um mich.

»Du hast mir gefehlt«, raunt er, und ich halte ganz still, während sich seine Arme um mich legen. »Sehr.« Er beugt sich vor und drückt mir einen sanften Kuss auf die Lippen.

»Manning«, sagt seine Mutter, als sie wieder ins Zimmer kommt, und ich möchte, dass sich die Erde öffnet und mich verschluckt. »Jetzt lass ihr doch etwas Freiraum.« Sie schüttelt den Kopf.

»Nein«, weigert sich Manning, schiebt seine Hand von meiner Taille auf meine Schulter und küsst mich dann auf meinen Scheitel. »Ich habe sie vier Tage lang nicht gesehen.«

»O mein Gott.« Seine Mutter legt die Hand auf ihre Brust. »Ich weiß nicht, wie du das überleben konntest«, zieht sie ihn auf. »Ich habe Dad seit zwei Wochen nicht mehr gesehen, und es dennoch überlebt. Er nicht unbedingt.«

Ich lache. »Es riecht wunderbar«, schwärme ich, als wir von der Haustür in die Küche gehen.

»Ich habe meinen berühmten Schmorbraten gemacht.«

Meine Augen leuchten auf. »Das ist eines meiner Lieblingsgerichte«, gestehe ich, und Jaxon, der auf der Couch sitzt, sieht auf.

»Hi, Evelyn«, ruft er und steht auf. »Nana hat den ganzen Tag für dich gekocht«, verrät er mir.

»Hallo«, begrüße ich ihn und weiß nicht, was ich noch sagen soll. Was soll man auch sagen, wenn man das Kind seines Freundes trifft? »Wie geht's dir?«

»Gut«, erwidert er. Damit ist das Gespräch zu Ende, denn er dreht sich um und sieht weiter fern.

»Willst du ein Glas Wein?«, fragt Rachel mich, und ich nicke.

»Aber nicht zu viel, ich muss nachher noch nach Hause fahren«, sage ich und gehe in die Küche, wo sie ein Weinglas aus dem Schrank nimmt und mir ein wenig einschenkt, dann nimmt sie ein zweites Glas heraus und gießt sich selbst ein.

Sie reicht mir das erste Glas und hält dann ihres hoch. »Auf einen Neuanfang.« Ich lächle, stoße mit ihr an und schaue dann zur Seite, wo ich Mannings Hand an meiner Hüfte spüre.

»Kann ich irgendwie helfen?«, frage ich.

Sie gibt mir ein paar Teller, und ich decke damit den Tisch

im Esszimmer. Wir setzen uns zum Essen und machen Small Talk. Manning erzählt, dass er in Philadelphia war und dort Schnee lag.

»Wie läuft es in der Schule?«, frage ich Jaxon, und der zuckt mit den Schultern.

»Gut. Heute haben Caleb und ich Macy furzen gehört, und sie hat gesagt, dass sie es nicht war, aber wir wissen, dass sie es war.« Ich muss lachen. »Ich wusste, dass Mädchen auch furzen.«

Lachend schüttle ich den Kopf. »Das machen sie wirklich«, verrate ich ihm, und seine Augen leuchten auf. »Nicht so oft wie Jungs, aber manchmal.«

»Ich wusste es«, sagt er, als hätte er gerade ein Staatsgeheimnis erfahren. »Das habe ich Caleb auch gesagt.«

Den Rest des Essens verbringen wir mit Geplauder, bis Manning zu mir herüberschaut. »Ich fahre Jaxon eben zu seiner Mom. Willst du hier auf mich warten?«

»Ich werde nicht zulassen, dass deine Mutter das alles hier alleine wegräumen muss«, sage ich, stehe auf und hole die Teller. Er lächelt mich nur an.

»Jaxon, hol deine Tasche«, fordert er ihn auf, und Jaxon rennt hoch, um sie zu holen. »Okay, ich bin in dreißig Minuten zurück«, sagt Manning zu mir, und ich lächle nur. Als er auf mich zukommt, werden meine Augen groß und ich schreie ihn im Geiste an, nicht das zu tun, was ich denke, dass er vorhat. Er legt seine Hand auf meine Hüfte, neigt seinen Kopf und gibt mir einen sanften Kuss. »Bis gleich.«

Ich blicke in Jaxons Richtung, um zu sehen, wie er reagiert, aber anscheinend ist es ihm völlig egal. Er schlüpft in seine Laufschuhe und öffnet die Tür. »Geh«, sage ich zu Manning, als er mich nur ansieht, und ich mache den Fehler, zu ihm aufzublicken, woraufhin er seinen Kopf wieder herunterbeugt und mich küsst.

Dann geht er hinaus, und ich sehe ihm nach, bevor ich

mich wieder zu seiner Mutter umdrehe. »Ich habe ihm gesagt, dass er mich nicht vor dir küssen soll«, verrate ich ihr, und sie lacht.

»Es ist lustig, dass du glaubst, er würde in der Sache auf dich hören«, sagt sie, während sie das Wasser im Waschbecken aufdreht und es volllaufen lässt. »So habe ich ihn noch nie gesehen.« Sie schnappt sich ein paar Tupperdosen, um die Reste einzupacken. »Als er mich anrief, um mir das mit Murielle zu erzählen, war ich an sich nicht schockiert. Es war schon lange abzusehen. Ich hatte eher Angst um ihn«, beginnt sie zu erzählen, während sie das Geschirr abspült und in den Geschirrspüler stellt. »Ich hatte Angst, dass er hier niemanden hat, der ihm zur Seite steht.«

»Ich werde immer für ihn da sein«, versichere ich ihr. »Wir haben uns gerade erst kennengelernt, und ich weiß, dass es nicht die konventionellste Art ist, sich kennenzulernen, also kann ich mir gut vorstellen, was dir durch den Kopf gegangen ist, als du von mir erfahren hast.« Mein Mund scheint einfach nicht stillstehen zu wollen. »Wer lässt sich mit einem verheirateten Mann ein? Wie kann man so etwas tun?« Schließlich stelle ich den letzten Teller auf der Küchentheke ab. »Als ich erfuhr, dass er verheiratet ist …« Ich schüttele den Kopf und Rachel legt ihre Hand auf meine.

»Du brauchst dich vor niemandem zu rechtfertigen.« Sie lächelt. »Niemandem. Wusstest du, dass ich früher nur einmal im Monat mit meinem Sohn gesprochen habe? Alle dreißig Tage rief er mich an, oder ich rief ihn an, und das Ganze war so angespannt. Ich wollte nicht unhöflich sein und habe ihn darum nach Murielle gefragt, und er wollte nicht unhöflich sein und hat mir darum von ihr erzählt. Fünf Jahre lang. Es ist das Schlimmste auf der Welt, wenn man als Mutter mitansehen muss, wie das eigene Kind so viel durchmachen muss und man nichts sagen kann. Aber jetzt …« Sie tätschelt meine Hand, bevor sie sich erneut dem Geschirrspülen widmet.

»Jetzt leuchten seine Augen wieder. Seine Schultern hängen nicht mehr herab, und er hat aufgehört, Ausreden zu suchen.«

»Ich verstehe nicht, was du meinst«, sage ich.

»Wir hatten ein Familientreffen, und ich habe ihn dazu eingeladen, obwohl ich wusste, dass Murielle nicht würde kommen wollen, und er eine Ausrede dafür finden müsste. Sein Vater hatte so langsam genug, aber ich wollte nicht zulassen, dass sein Vater den Kontakt abbrach. Also habe ich Manning immer wieder eingeladen, und er versuchte, so freundlich wie möglich abzusagen. Er kam zwar ein paar Mal, aber jedes Mal ohne sie. Das hat uns alle sehr belastet.«

»Es tut mir so leid«, erwidere ich, doch sie lächelt nur.

»Jetzt verstehe ich es«, sagt sie und sieht mich an. »Als ich dich gesehen habe, habe ich begriffen, warum Manning sich zu dir hingezogen fühlt. Du bist wunderschön, aber du bist auch ein wirklich netter Mensch.« Jetzt blickt sie zu Boden. »Es wird Zeit, dass jemand meinen Sohn an die erste Stelle setzt.«

Ich erwidere nichts, während ich die Küche aufräume. »Ich werde die beiden vermissen«, fährt sie schließlich fort und sieht sich um, nachdem wir fertig sind und uns mit einem weiteren Stück Kuchen hingesetzt haben. »Jetzt, wo ich zwei Wochen lang hier Zeit mit ihnen verbracht habe.«

»Nun, ich denke, du wirst sie einfach öfter besuchen müssen«, schlage ich vor. »Jetzt wird dich nichts mehr aufhalten.«

Sie lächelt mich an, und wir hören beide, wie sich die Haustür öffnet und schließt, und sehen dann Manning hereinkommen. Er setzt sich auf den leeren Stuhl neben mir.

»Ist es gut gelaufen?«

»So gut, wie es eben geht«, sagt er, beugt sich zu mir und küsst mich. »Mittwoch kommt er zum Abendessen vorbei und Freitag kriege ich ihn wieder.«

»Er schafft das schon«, sagt Rachel und steht auf. »Jetzt

gehe ich hoch, um zu duschen und zu packen. Morgen darf ich wieder in meinem eigenen Bett schlafen.«

»Wir sind morgen um zehn da und holen dich ab«, versichert Manning ihr, und sie lächelt mich an.

»Es war mir ein Vergnügen, dich endlich kennenzulernen«, sage ich und sehe zu Manning auf. »Da hast du dir eine Gute ausgesucht«, sage ich und bringe sie damit zum Lachen. Ein Blick auf Manning zeigt, dass auch er lächelt. »Worüber lächelst du?«

»Heute Abend habe ich mit meiner Frau und meinem Sohn zu Abend gegessen. Meine Mutter saß mit uns am Tisch. Besser geht's nicht.«

Ich schneide ein Stück Kuchen ab und halte es ihm hin.

»Doch, es kann noch besser werden.« Ich ziehe eine Augenbraue hoch. »Denn heute werde ich neben dir schlafen, und muss morgens nicht aus deinem Bett flüchten.«

»Ich kann dich auch aus meinem Bett schmeißen.« Drohend fuchtle ich mit der Gabel vor seiner Nase herum.

»Versuch es doch«, er lacht, beugt sich vor und küsst mich tief.

Fünfunddreißig

Manning

»Wie lange brauchst du?« Ich sehe Evelyn an, doch sie starrt mich nur an.

»Du hast mir gerade verkündet, dass wir uns um sieben mit deinen Freunden zum Abendessen treffen.« Sie dreht sich mit dem Rücken zur Autotür. »Ich war den ganzen Tag unterwegs.«

»Ich weiß. Das habe ich mitbekommen«, erwidere ich. Wir sind zum ersten Mal zusammen aufgewacht, und es war noch besser, als ich es mir vorgestellt hatte. Um fünf Uhr morgens in sie zu gleiten und dann gehen zu müssen, ist nichts im Vergleich dazu, um sieben Uhr in sie zu gleiten und dann mit ihr Kaffee zu machen, während sie mein Oberteil trägt. Unnötig zu sagen, dass der Kaffee schnell vergessen war, weil ich sie vornübergebeugt habe, um die nächste Runde einzuläuten.

Wir mussten uns dann beeilen, um aus dem Haus zu kommen, weil wir meine Mutter pünktlich zum Flughafen bringen wollten. Ich war schockiert, als Evelyn lautstark protestierte, nachdem ich vorgeschlagen hatte, dass wir Mom einfach am Flughafen absetzen. Nein, meine Freundin bestand darauf, dass wir das Auto geparkt und meine Mutter ins Flughafengebäude begleitet haben. Ich habe gemerkt, dass das sogar meiner Mutter naheging, und mit Tränen in den Augen flüsterte sie mir zu: »Lass diese Frau auf keinen Fall wieder gehen.« Das wusste ich bereits. Ich brauchte meine Mutter nicht, um das zu wissen. Wir begleiteten sie so weit wie möglich, bevor wir uns verabschiedeten, und dann machten wir uns auf den Weg zurück.

»Es ist halb sechs«, sagt Evelyn, und ich sehe sie an. »Wir müssen um halb sieben los.«

»Ja, also, was das angeht ...«, setze ich an, doch sie schüttelt nur den Kopf.

»Warum schüttelst du den Kopf?«, frage ich sie. »Willst du dich nicht mit meinen Freunden treffen?«

»Ich muss duschen«, erwidert sie und wirft die Hände in die Luft. »Und meine Frisur in Ordnung bringen. Der erste Eindruck ist wichtig.«

»Sie haben dich schon kennengelernt«, erinnere ich sie, sehe sie an, nehme ihre Hand und ziehe sie zu mir. »Sie waren an dem Abend auch im Restaurant.«

»Manning.« Evelyn legt ihren Kopf in den Nacken und sieht mich an. »Nächstes Mal musst du mich mindestens zwölf Stunden vorher vorwarnen.«

»Es wird schon gut gehen«, beruhige ich sie und parke mein Auto in ihrer Einfahrt. »Wir sind nur zu sechst.«

»Wie ist die Kleiderordnung?«, schnaubt sie, als sie aus dem SUV steigt, und ich schnappe mir die Tasche, die ich auf dem Rücksitz liegt.

»Leger«, sage ich und gehe mit ihr zur Eingangstür.

»Lässiges Kleid oder lässige Jeans?«, hakt sie nach, schließt die Tür auf, geht hinein und zieht ihre Sneaker aus.

»Baby«, sage ich leise, während sie in ihr Schlafzimmer eilt und ihren Pullover auszieht. Mein Schwanz wird allein bei ihrem Anblick hart. »Ich werde Jeans tragen.«

»O Mann«, schnauft sie, zieht sich die Hose aus und geht dann ins Bad.

Ich folge ihr und will gerade nach ihren Hüften greifen, als sie sich umdreht und mit dem Finger auf mich zeigt. »Denk nicht einmal daran«, warnt sie mich. Ich ziehe mein Oberteil aus, und sie beißt sich auf die Unterlippe. »Dafür haben wir keine Zeit«, sagt sie und lehnt sich mit dem Rücken gegen die Wand. Ich löse meinen Gürtel, öffne den Knopf meiner Jeans, und meine Erektion schiebt sich durch den Stoff. »Manning.« Evelyn stöhnt meinen Namen, als ich mich ihr nähere. »Du hast vier Minuten«, lenkt sie schließlich ein. Ich hebe sie an der Taille hoch, und sie schlingt ihre Beine um meine Hüften und lässt sich auf meinen Schwanz sinken. Jetzt stöhnen wir beide. Ich drücke sie mit dem Rücken gegen die Wand und nehme sie hart, viel länger als vier Minuten.

»Wir werden zu spät kommen«, sage ich ihr, während ich meine schwarzen Stiefel anziehe. »Und sie werden wissen, dass wir zu spät sind, weil wir Sex hatten.«

»Das würde nicht passieren, wenn du dich von mir fernhalten würdest.« Sie tritt aus ihrem begehbaren Kleiderschrank, und ich kann sie einfach nur ansehen. Mir läuft das Wasser im Mund zusammen, während ich ihre enge, hellgraue Jeans mit dem gezielt platzierten Riss über dem Knie, ihr enges weißes T-Shirt und die Goldkette um ihren Hals betrachte. Mein Blick wandert zu den atemberaubend hohen Absätzen ihrer High Heels mit Leopardenmuster, die sie trägt.

»Wie sehe ich aus?«, fragt Evelyn, während sie sich eine kurze schwarze Lederjacke überstreift und ihr langes Haar herauszieht. Ich beuge mich hinunter und küsse ihre Lippen, lasse meine Zunge in ihren Mund gleiten, aber sie schiebt mich weg. »Dafür haben wir keine Zeit.«

Sie schnappt sich ihre schwarze Handtasche, und wir eilen aus dem Haus.

Das Restaurant erreichen wir mit zehn Minuten Verspätung und sie schüttelt den Kopf, als wir aus dem Auto steigen. Dann kommt sie an meine Seite, und ich sehe sie an, greife nach ihrer Hand. Nachdem wir das Restaurant betreten haben, entdeckt uns die Restaurant-Managerin und ich höre, wie mein Name gerufen wird. Mein Blick wandert hinüber zu den Fans, und ich hebe nur meine Hand, ohne Evelyns Hand loszulassen.

»Ähm«, macht sie neben mir. »Ich habe vergessen, dass man dich in der Öffentlichkeit erkennt.«

»Und?« Ich sehe sie an, als die Managerin uns auffordert, ihr zu folgen.

»Du hältst meine Hand.« Sie schaut auf unsere ineinander verschlungenen Hände, und ich habe keine Zeit, die Frage zu beantworten, denn wir werden in einen separaten Raum geführt.

»Da sind sie ja«, ruft Miller und sieht zu uns hinüber. Ich schaue Evelyn an, die mich mit großen Augen anstarrt.

»Sorry, es war viel Verkehr«, erwidere ich.

»Ignorier ihn«, sagt Layla, steht auf und kommt zu uns herüber. »Entschuldigt bitte meinen Ehemann. In letzter Zeit benimmt er sich mehr und mehr wie ein Rentner, isst schon um vier Uhr zu Abend und wird launisch, wenn es später wird.« Sie lächelt Evelyn an. »Ich bin Layla.«

»Schön, dich kennenzulernen«, sagt Evelyn und hält ihr die Hand hin. »Ich bin Evelyn.«

»Wir entschuldigen uns für unseren Freund«, meldet sich Candace. »Ich bin Candace«, stellt sie sich vor, und anstatt ihr die Hand zu schütteln, streckt sie die Arme aus und umarmt Evelyn. Ich kann sehen, dass Evelyn das verblüfft. »Ich bin seine PR-Managerin.«

»Er hat mir schon ganz wunderbare Dinge über dich erzählt«, verrät Evelyn ihr mit einem Lächeln, und ich schwöre, ich war noch nie so glücklich wie in diesem Moment. Wir fünf haben oft zusammen zu Abend gegessen, aber ich war immer das fünfte Rad am Wagen.

»Ich habe nur Gutes über dich gehört.« Candace tritt zur Seite. »Und nachdem ich dich jetzt kennengelernt habe, hast du meinen Segen.«

»Wirklich?«, fragt Evelyn und lacht.

»Ignorier sie«, sagt Layla. »Du hattest ihren Segen schon in dem Moment, als du reinkamst und nicht sofort einen Drink nach ihr geworfen hast.«

»Okay, können wir uns bitte setzen und bestellen?«, klagt Miller, und Ralph stellt sich vor. Ich warte, bis die vier sich wieder gesetzt haben, dann ziehe ich Evelyn den Stuhl zurecht.

»Du siehst noch genauso aus.« Miller sieht zu ihr hinüber, und wir alle sehen ihn an. »Ihr wisst, was ich meine. Manchmal lernt man jemanden kennen, und dann sieht derjenige aus, wie er eben aussieht, aber wenn man ihn später noch einmal trifft, wirkt er plötzlich wie ein ganz anderer Mensch.«

»Was zum Teufel soll das denn bedeuten?«, kommentiert Ralph Millers Worte, und ich schüttle nur den Kopf. Evelyn zieht ihre Jacke aus, hängt sie über ihre Lehne, und ich greife hinüber und lege meine Hand auf ihren Stuhl.

»Danke, denke ich«, erwidert Evelyn.

»Der Typ war verrückt nach dir«, sagt Miller und lacht. »Immer, wenn wir sonst ausgegangen sind, war er der Erste, der wieder ging, aber damals ist er sogar länger als wir geblieben.«

»O Gott, Miller«, stöhnt Layla und schüttelt den Kopf. »Was, wenn er nicht wollte, dass sie das erfährt?«

Er sieht sie verwirrt an. »Sie sind zusammen, also kann man wohl davon ausgehen, dass er sie mag.«

Wir alle lachen. Die Frauen stellen Evelyn Fragen, und am

Ende des Abends kommt es mir so vor, als hätten wir uns schon immer alle so getroffen. Als die Kellnerin zu uns kommt, bittet Candace sie, ein Foto von uns zu machen, und Evelyn sieht mich mit großen Augen an. »Ich gehe mal auf die Toilette.«

»Warum?«, frage ich sie, und sie sieht mich an.

»Sie wird das Bild posten«, erklärt sie, und alle schauen uns an. »Und es ist immer noch, du weißt schon …«

»Weiß ich nicht«, erwidere ich, und mein Herz rutscht mir bis in den Magen, weil ich mich frage, ob sie nicht mit mir gesehen werden will. »Willst du nicht …«

»Ich meine nur, wenn sie dieses Bild postet, werden die Leute sehen, dass ich dabei bin«, unterbricht sie mich, und ich sehe, wie Candace lächelt und die Tränen wegblinzelt. »Und noch ist nichts unterschrieben, und wenn Murielle das Foto sieht, könnte sie ihre Meinung ändern.« Evelyn wird immer leiser, und ich ziehe sie an mich und küsse sie auf den Scheitel. Sie legt den Kopf zurück, und ich küsse ihre Lippen. »So ist es einfacher.«

»Das ist mir egal«, sage ich. »Es ist mir egal, selbst wenn Candace dieses Foto machen und es in der Spielpause auf dem großen Monitor zeigen sollte.«

»Na, das sind ja ganz neue Töne«, meldet sich Candace. »Bedeutet das, dass du endlich in den sozialen Medien aktiv wirst?« Ich starre sie wütend an. »Okay, gut, dann nicht, aber hey, wenigstens lässt er es mich posten. Normalerweise heißt es immer: ›Lass mich da raus‹.«

»Bitte einmal hersehen«, ruft die Kellnerin, und ich lege meinen Arm um Evelyn und ziehe sie zu mir, damit die Leute wissen, dass sie meine Begleitung ist.

Als das Essen vorbei ist, stehen wir alle auf, und ich helfe ihr in die Jacke und beuge mich vor, um ihren Hals zu küssen. Wir verlassen das Restaurant und halten dabei Händchen. Auf dem Weg raus werden wir ein paar Mal von Fans aufgehalten, und ich bin mir sicher, dass jemand ein Foto von uns gemacht hat, aber das ist mir eigentlich egal. Die Frauen umarmen Evelyn zum Abschied, während die Jungs ihr zum Abschied zuwinken.

»Hattest du heute Abend Spaß?«, frage ich sie, als wir zu meinem SUV gehen. Ich öffne ihr die Tür, und sie legt ihren Kopf zurück. Ich streiche ihr die Haare aus dem Gesicht, dann beuge ich mich herunter und küsse ihre Lippen.

»Das hatte ich.« Sie steigt ins Auto, und ich gehe zur Fahrerseite.

Ich fahre los, in Richtung ihres Hauses, und als wir dort ankommen, sehe ich sie an. »Hat dir eines der Häuser heute gefallen?«

»Ja«, antwortet sie, und ich warte ab. Wir haben vier Häuser besichtigt, und ich weiß, welches ich will, aber ich will ihre Meinung dazu hören.

»Welches?«, frage ich sie, während sie ihre Jacke auszieht, doch sie schüttelt den Kopf.

»Es geht nicht um mich«, erwidert sie. »Es geht um dich. Es geht darum, dass du jeden Tag das Gefühl haben sollst, gerne in dieses Haus zurückzukehren. Du musst dir vorstellen können, Jaxon in diesem Haus großzuziehen.« Diese Frau verblüfft mich jedes Mal aufs Neue; wieder denkt sie nur an Jaxon und mich, und nicht ein einziges Mal hat sie angedeutet, dass sie dort Zeit verbringen wird. Nicht ein einziges Mal hat sie gesagt: »Das gefällt mir« oder »Du solltest das kaufen.« Sie wartete immer erst ab, bis ich etwas gesagt habe, bevor sie mir mitteilte, was sie dachte.

»Ich glaube, das dritte Haus hat mir gut gefallen«, sage ich. Ihre Augen leuchten auf, und ich weiß, es ist das Richtige. »Ich werde ein Angebot dafür abgeben.«

»Es ist perfekt«, sagt sie.

»Meinst du, du könntest mir helfen, daraus ein Zuhause zu machen?«, frage ich.

»Ich werde dir bei allem helfen, wobei du Hilfe brauchst«, versichert sie mir.

»Meinst du, du könntest ein paar deiner Sachen dort lassen?«, schlage ich vor, und sie wirft den Kopf zurück und lacht.

»Okay«, stimmt sie zu und tritt einen Schritt zurück. »Wir müssen reden.«

Ich sehe sie an, während sie vor mir steht. »Ich weiß nicht …«, beginnt sie. »Ich weiß nicht, wie wohl ich mich fühlen werde, dort zu schlafen, wenn Jaxon da ist.« Gerade will ich etwas sagen, als sie die Hände hebt. »Hör mir zu. Ich habe nichts dagegen, wenn wir gemeinsam zu Abend essen oder du mich küsst, aber ich glaube, das Letzte, was er jetzt gebrauchen kann, ist mich in deinem Schlafzimmer, während sein Leben derart in Aufruhr ist.«

»Wann wirst du dich selbst endlich an erste Stelle setzen?« Die Frage muss ich ihr einfach stellen. »Während dieser ganzen Zeit hast du mich nicht ein einziges Mal angesehen und gesagt: ›Aber was ist mit mir?‹« Ich lasse sie gar nicht erst zu Wort kommen. »In dieser ganzen Zeit hast du dich selbst nie an erste Stelle gesetzt. Während dieser ganzen Sache hast du dich nur um mich und Jaxon oder meine Mutter oder irgendjemand anderen als dich selbst gekümmert.«

Sie wirft die Hände in die Luft. »Das macht man halt, wenn man jemanden liebt!«, ruft sie.

»Das hatte ich noch nie«, gestehe ich ihr. »In meinem ganzen Leben hatte ich noch nie jemanden, der meine Bedürfnisse vor seine eigenen gestellt hat. Abgesehen von meinen Eltern.« Ich schaue zu Boden, mein Herz explodiert fast. »Danke.« Damit ergreife ich ihre Hand und lege sie auf meine Brust. »Dafür, dass du mich ins Leben zurückgeholt hast.«

Sechsunddreißig

Evelyn

»Ich kann nicht glauben, dass wir uns endlich mal wiedersehen«, sagt Stephanie, als ich mich an den Tisch setze. »Es ist schon viel zu lange her.«

»Das ist es wirklich«, stimme ich ihr zu. Der Kellner kommt vorbei, um uns die Mittagsangebote vorzustellen. »Tut mir leid, dass wir uns zum Mittag- und nicht zum Abendessen treffen. Die Dinge waren einfach ein bisschen verrückt in letzter Zeit.«

»Du wirkst verändert«, sagt Stephanie und sieht mich an, woraufhin ich die Augenbrauen zusammenziehe. »Du strahlst.«

»Ähm …« Ich lege meine Hände an meine Wangen. »Danke, denke ich.«

»Also, erzähl mal, was gibt es Neues bei dir?«, fragt sie und nimmt ihr Glas Wein in die Hand.

»Ich habe jemanden kennengelernt«, erzähle ich ihr schließlich, und sie lächelt. »Ich habe ihn in dem Restaurant kennengelernt, in dem du deinen Junggesellinnenabschied gefeiert hast.« Stephanie bleibt still. »Sein Name ist Manning.« Ich warte, um zu sehen, ob es Klick macht, aber in ihrem Gesicht bewegt sich nicht der kleinste Muskel. »Er ist unglaublich«, fahre ich lächelnd fort. »Er ist so fürsorglich und einfach der netteste Kerl, dem ich je begegnet bin.«

»Du liebst ihn.« Lachend deutet sie auf mich. »Das ist es, was an dir anders ist. Du hast dieses Frisch-verliebt-Strahlen an dir.«

»Scheint so«, ich lache und greife nach meinem Glas mit Wasser.

»Erzähl mir alles«, fordert sie mich auf, und ich berichte ihr, was in letzter Zeit passiert ist. »Warte mal kurz.« Sie hält die Hand hoch. »Meinst du damit etwa Manning Stevenson?«, fragt sie schockiert. »Der, der seine Frau beim Ficken im Auto erwischt hat?«

»Er hat sie nicht erwischt, aber ja«, gebe ich zu, »das ist er.«

»Ach du Scheiße.« Mit der flachen Hand klatscht sie auf den Tisch. »Das war eine richtige Seifenoper.«

»Oh, glaub mir, das weiß ich selbst nur zu gut«, versichere ich ihr und wir wechseln das Thema, sprechen über ihre Hochzeit, die in einem Monat stattfinden wird. Zum Abschied umarme ich sie, und mache mich dann auf den Weg zurück zu Mannings Haus.

»Bist du bereit?«, frage ich Jaxon, kurz bevor wir das Haus wieder verlassen. Er schiebt seine Hand in meine, und ich lächle. »Hast du Hunger?« Wir haben beide schwarze Jeans an und tragen unsere Dallas-Trikots.

»Nein«, sagt er, während ich zu Mannings SUV gehe, den er für uns hier bereitgestellt hat.

Ich öffne die Hintertür des SUVs und warte, bis Jaxon eingestiegen ist und sich anschnallt. Nachdem ich auf dem Fahrersitz Platz genommen habe, drücke ich auf den Knopf, um das Garagentor zu öffnen, fahre heraus und blicke auf Mannings brandneues Haus. Er meinte es ernst, als er sagte, dass ihm das Haus gefällt. Am nächsten Tag hat er ein Angebot abgegeben, und nach vierzehn Tagen war er bereits eingezogen. Um ehrlich zu sein, war das alles ein riesiges Chaos, noch dazu war er die meiste Zeit über weg, und wenn er hier war, war er mit Jaxon beschäftigt. Wir gingen zu dritt Möbel kaufen, und binnen eines Tages hatte er alle Möbel für das Haus ausgesucht. Er zahlte einen Expresszuschlag, damit alles bis zu dem Tag geliefert wurde, als er die Schlüssel zum Haus bekam.

»Falls du doch Hunger bekommst, können wir uns beim Spiel etwas holen.« Ich werfe einen Blick in den Rückspiegel und sehe, wie er nickt. Mein Plan war, es mit Jaxon langsam angehen zu lassen, aber da hatte ich die Rechnung ohne seinen Vater gemacht. Er war über fünf Tage weg gewesen, und als er wieder nach Hause kam, wartete ich bereits dort auf ihn, weil ich dachte, wir würden zusammen zu Abend essen und ich würde danach gehen. Das nahm er nicht gut auf. Das nahm er ganz und gar nicht gut auf. Er brachte Jaxon ins Bett, schloss dann alle Türen ab und schaltete die Alarmanlage ein. »Wenn du gehst, weckst du Jaxon.«

Am nächsten Morgen hat Jaxon nicht einmal mit der Wimper gezuckt, weil ich noch da war. Er fragte nur, wer das Frühstück gemacht habe. Ich würde gerne sagen, dass seitdem alles glatt laufen würde, aber das tut es nicht. Das einzig Gute ist, dass Murielle die Scheidungspapiere unterschrieben hat. Aber damit hört das Gute bei ihr auch schon auf. Sie ruft Manning täglich an, um ihm alle möglichen Beleidigungen an den Kopf zu werfen. Er hört fünf Sekunden lang zu, und wenn er merkt, dass es nicht um Jaxon geht, legt er auf.

»Kommt Caleb auch?«, fragt Jaxon und ich nicke. »Ja. Wir stellen uns direkt an die Bande und schnappen uns ein paar Pucks.«

Ich lächle ihn an und verstecke, wie nervös ich bin. Heute Abend werde ich offiziell als Mannings Gast zum Eishockeyspiel gehen. Es ist kein Geheimnis mehr, dass wir zusammen sind. Nachdem wir sechs uns zum Essen getroffen hatten, war am nächsten Täg auf Social Media unser Foto zu sehen. Meine Mutter hat mich sogar angerufen.

Ich folge den Anweisungen, die Manning mir gegeben hat, und fahre in die geheime Tiefgarage. Die ist aber wirklich nicht besonders geheim, denn dort stehen schon die Fans und machen Fotos. »Okay, Kumpel, sag mir, wo muss ich hin?«, frage ich Jaxon, und er zeigt mir den Weg zu Mannings Platz. »Okay, los geht's.« Damit steige ich aus dem SUV und warte auf ihn. »Du sagst mir, wo wir lang müssen.«

Ich bin schon fast an der Tür, als ich höre, wie mein Name gerufen wird, und sehe Layla auf uns zukommen. »Hallo«, begrüßt sie mich und gibt mir einen Kuss auf die Wange. »Hi, Kumpel, bist du etwa gewachsen?«, fragt sie Jaxon, und er lächelt nur und sieht dann zu mir. »Bist du bereit?«

»So bereit, wie man nur sein kann«, antworte ich ihr ehrlich, als wir reingehen. Ich schaue mich um; so langsam trudeln die Leute ein. Dann gehe ich weiter den Flur entlang und bleibe stehen, als wir zu einem Bild von Manning kommen, das an der Wand hängt. Auf dem Foto blickt er auf ein laufendes Spiel, und das Bild ist mit seiner Nummer und seinem Namen beschriftet. Ein liebeskrankes Grinsen breitet sich auf meinen Lippen aus. Das ist mein Mann, und ich möchte fast die Hand ausstrecken und ihn berühren. »Es ist verrückt, oder?« Ich schaue Layla an. »Dass er zu Hause nur Manning ist, und dann kommt man hierher, und er ist ein Superstar.«

Sie schüttelt den Kopf. »Das ist ein ziemlicher Augenöffner, das kann ich dir versichern.«

Wir gehen eine Treppe hinauf, und um in dieses Stockwerk zu gelangen, muss man seine Eintrittskarten vorzeigen. Ich öffne meine Handtasche, um sie herauszuholen, aber das ist gar nicht nötig, denn Manning steht in seinen Trainingsklamotten dort und unterhält sich gerade mit jemandem.

»Dad«, ruft Jaxon, und er schaut von dem Mann zu uns. Manning sieht Jaxon, und dann sieht er mich, und sein Lächeln wird noch breiter. Er geht hinüber und sagt etwas zu dem Mann, der die Tickets scannt, und der nickt.

»Hey«, sage ich, als ich mich Manning nähere, und ich lächle ihn an. Dabei schaue ich zu ihm hoch, und er beugt sich vor, um mir einen Kuss zu geben.

»Hi«, begrüßt er mich, und jedes Mal fühlt es sich so an, als würde ich ihn zum ersten Mal sehen. Manchmal sitze ich einfach nur da und schaue ihn an. »Du hast es geschafft.«

»Ja, dank Jaxon, der dafür gesorgt hat, dass ich weiß, wo ich hin muss.« Damit sehe ich lächelnd zu Jaxon.

»Nico«, sagt Manning zu dem Mann, mit dem er eben gesprochen hat und der jetzt mit Layla herumflachst. »Ich möchte dir Evelyn vorstellen.« Er legt seine Hand auf meine Schulter. »Evelyn, das ist mein Boss.«

Nico grinst, als er das sagt, und streckt mir seine Hand entgegen. »Schön, dich kennenzulernen«, sagt er und sieht dann zu Jaxon hinunter. »Wie geht es meinem zukünftigen Superstar?«

»Gut«, erwidert der und schaut dann zu Manning. »Kann ich reingehen und mir einen Snack holen?« Manning nickt, und Jaxon verschwindet durch eine der Türen. Diese Etage mit dem Teppichboden und den braunen Holztüren mit Nummern darauf wirkt, als wäre das hier ein Hotel.

»Ich muss los«, sagt Manning. »Wir sehen uns später.«

»Okay«, erwidere ich und wir küssen uns noch einmal. »Hals- und Beinbruch.«

»Bis später«, sagt er noch einmal, joggt den Flur hinunter, und ich gehe in den Raum, in den ich Layla habe verschwinden sehen.

»Evelyn«, ruft Jaxon. »Können wir runter an die Bande gehen?«

Ich ergreife seine Hand und will gerade mit ihm rausgehen, als ich Tim und Caleb hereinkommen sehe.

»Tante Evelyn«, ruft Caleb und rennt auf mich zu, und ich beuge mich hinunter, um ihn zu umarmen und ihn auf den Hals zu küssen. »Du hast ein Trikot an.«

»Ich weiß.« Damit richte ich mich wieder auf und küsse meinen Bruder auf die Wange. »Danke, dass du gekommen bist«, flüstere ich ihm ins Ohr. Ich wusste nicht, was der heutige Abend bringen würde, und dank Tims Anwesenheit fühle ich mich gleich sicherer.

»Logenplätze«, schwärmt er. »Davon habe ich schon immer geträumt.« Als ich ihm von Manning und mir erzählte, war er schockiert, wie alle anderen auch. Aber aus einem ganz anderen Grund, und der hatte nichts mit der Tatsache zu tun, dass Manning verheiratet war. Veronica hingegen war begeistert, dass er sich endlich von Murielle, die, wie ich herausfand, nirgendwo Freunde hatte, scheiden lassen wollte.

»Ich werde mit Jaxon ein paar Pucks holen gehen unten an der Bande. Caleb nehme ich gleich mit. Da drin gibt es Essen und Alkohol.« Ich zeige auf den Raum hinter mir, und er nickt, dann sieht er Nico, der herüberkommt, ihm die Hand schüttelt und dann mich ansieht.

»Warte mal kurz«, hält er mich auf und sieht mich an. »Du bist die Schwester von Tim?«

»Ja«, erwidere ich, und er sieht zu Boden. »Ich habe von dir gehört.« Ich lächle ihn an. »Manning werde ich das nicht verraten, weil ich nicht weiß, wie er reagieren würde, aber dein Vater hat versucht, uns zu verkuppeln.«

Mit entfährt ein überrschtes Lachen. »Was?«

»Ja, er dachte, wir würden uns gut verstehen«, fährt Nico fort, und in diesem Moment wird mir klar, dass ich mit niemandem sonst zusammen sein will. Ich will nie wieder ein erstes Date haben. Ich will nie wieder einen ersten Kuss haben. Ich will niemanden außer Manning. »Alles in Ordnung?«, fragt er, und ich nicke nur und drehe mich um, um aus dem Zimmer zu gehen. In meinem Kopf dreht sich alles. Dass ich Manning liebe, ist mir klar, daran gibt es keinen Zweifel, und es ist eine Liebe für immer.

Die Kinder ziehen mich zur Bande, und ich folge ihnen. Dort sehe ich, wie die Spieler auf das Eis kommen. Caleb und Jaxon stellen sich an der Scheibe auf, und ich begebe mich hinter sie. Sie klatschen gegen die Scheibe, und ich warte mit ihnen. Dann sehe ich Manning auf dem Eis, der auf einem Schlittschuh zur Scheibe fährt. Er hebt zwei Pucks auf und wirft sie für Jaxon und Caleb rüber und sieht anschließend mich an. Sein Gesichtsausdruck verändert sich sofort, als er mich erkennt. Sorge zeichnet sich auf seinem Gesicht ab.

Ich versuche es abzutun und lächle ihn an, während ich die Jungs beobachte, die gegen das Glas klatschen.

Ich warte, bis alle Spieler weitergelaufen sind, bevor ich wieder nach oben gehe, und ich weiß später nicht einmal, was während des Spiels passiert ist. Ich erinnere mich nicht daran, mit jemandem gesprochen zu haben; ich erinnere mich an nichts. Das Einzige, was ich in diesem Moment zu verdauen versuche, ist die Tatsache, dass er der Richtige ist.

Tim und Caleb gehen, sobald das Spiel vorbei ist, und Jaxon setzt sich neben mich auf die Couch, während wir mit einigen anderen Familienmitgliedern darauf warten, dass die Spieler herauskommen. Er lehnt sich an mich, und ich lege meinen Arm um ihn, während er seinen Kopf auf meinen Schoß legt.

Vierzig Minuten nach dem Spiel erhalte ich eine SMS von Manning.

> Manning: Bin gleich da und hole euch.

Ich warte, bis ich ihn ins Zimmer kommen sehe. Er trägt einen blauen Anzug mit einem weißen Hem. »Hey«, ruft er, als er mich sieht, und kommt dann zu uns herüber.

»Jaxon schläft«, warne ich ihn, und er beugt sich zu mir hinunter, und ich warte auf den Kuss. Es ist nur einer und er ist sanft.

»Ich nehme ihn.« Er beugt sich vor und hebt seinen Sohn auf seine starken Arme. »Geht es dir gut?«

»Ja«, erwidere ich, und er sieht mich an. »Bin nur müde.« Manning nickt und lässt seine Hand in meine gleiten.

Als wir ins Auto steigen, ist er still, und auf der Heimfahrt herrscht plötzlich betretenes Schweigen. Nachdem wir bei ihm zu Hause angekommen sind, trägt er Jaxon ins Bett. Ich gehe in die Küche und mache ihm etwas zu essen warm.

Ein paar Minuten später kommt er zurück, in Shorts und ohne Oberteil, wie immer nach einem Spiel. »Was ist passiert?«, fragt er sofort und stemmt die Hände in die Hüften. »Und versuch nicht, es abzustreiten. Als ich dich gesehen habe, warst du blass; du sahst aus, als müsstest du dich übergeben oder würdest gleich ohnmächtig werden.«

»Es war wirklich nichts«, versuche ich, ihn zu beruhigen, denn ich weiß nicht, wie ich erklären soll, was mir durch den Kopf geht.

»Wir haben gesagt, keine Lügen«, erinnert er mich, und ich schüttle den Kopf.

»Können wir das nicht auf später vertagen?«, bitte ich, doch er sieht mich nur an. »Du bist manchmal so nervig«, seufze ich, aber er sieht mich nur weiter an. »Na schön«, gebe ich schließlich nach und meine Stimme wird ein wenig lauter. »Tim kam rein, und Nico hat zwei und zwei zusammengezählt und mir dann erzählt, dass mein Vater versucht hat, den Kuppler zu spielen.«

»Fuck«, zischt er, und ich verdrehe die Augen.

»Das war, bevor ich wieder zurückgekommen bin. Wie

auch immer, während er mir das erzählt hat, habe ich …« Ich schaue zu Boden und traue mich nicht, den letzten Teil laut auszusprechen. »Ich …«

»Du …«, wiederholt er und wartet darauf, dass ich weiterrede.

»Mir ist klar geworden, dass ich mit niemandem sonst mehr zusammen sein will.« Damit hebe ich den Blick wieder. »Niemals.« Sein Mund öffnet sich. »Ich weiß, und das ist überhaupt nicht dein Problem. Es ist eher ein Ich-Problem als ein Du-Problem oder gar ein Wir-Problem.« Mein Mund will einfach nicht aufhören zu reden. »Aber das ist in Ordnung. Wenn du dieses ganze Gespräch tatsächlich vergessen könntest, wäre das wirklich toll.« Ich schüttle den Kopf und drehe mich um, um ihn nicht ansehen zu müssen. Gerade als ich dabei bin, den Ofen zu öffnen, spüre ich seine Hand auf meinem Rücken. Seine Hand schiebt mein Haar zur Seite, während seine Arme sich um meine Taille legen. Er senkt seinen Kopf und vergräbt ihn in meinem Nacken, aber mir ist die ganze Sache nur peinlich. Es war dumm, das jetzt anzusprechen. »Manning«, flüstere ich.

»Baby«, erwidert er ebenso leise, und ich drehe meinen Kopf zur Seite und küsse seine Lippen. »Es gibt keine andere Frau, mit der ich jemals zusammen sein möchte«, gesteht er und küsst mich sanft.

»Das brauchst du nicht zu sagen.« Ich hebe meine Hand und berühre sein Gesicht.

»Das wollte ich dir schon lange sagen, ich habe nur auf den richtigen Zeitpunkt gewartet«, sagt er leise, dann lächelt er und sagt die vier Worte, die ich schon immer hören wollte. »Du bist die Richtige.«

Siebenunddreißig

Manning

Ich betrete das Haus und schließe die Tür hinter mir, einen Blumenstrauß in der Hand. »Evelyn?«, rufe ich und schaue die Treppe hinauf, um zu sehen, ob sie aus unserem Schlafzimmer kommt. Ich nenne es unser Schlafzimmer, obwohl sie noch gar nicht eingezogen ist. »Baby?« Mein Weg führt mich in die Küche, aber auch dort ist sie nicht. Vor etwa einer Stunde habe ich das Haus verlassen, um Jaxon zu Murielle zu bringen, und als ich ging, kam sie gerade herein. Ich gehe die Stufen hinauf, nehme zwei auf einmal und gehe in Richtung Schlafzimmer. »Evelyn«, rufe ich abermals und sehe mich im Schlafzimmer um. Das große Bett steht in der Mitte des Raums, aber mein Blick fällt auf das Bild von uns beiden, das danebensteht.

»Ja?«, höre ich ihre Stimme, die aus dem begehbaren Kleiderschrank dringt. Sie kommt heraus, das Haar auf ihrem Kopf zu einem Knoten gebunden. »Was soll das Geschrei?«, fragt sie, und ich setze mich aufs Bett und sehe sie an. Sie hat nur mein T-Shirt an, und ich kann deutlich sehen, dass sie keinen BH trägt, was meinen Schwanz wach werden lässt.

»Ich dachte, wir gehen aus?«, frage ich. Sie kommt zu mir herüber, und ich spreize meine Knie, damit sie sich dazwischenstellen kann. Meine Arme umfangen ihre Beine, und ich fahre mit den Händen an ihnen auf und ab. Evelyn legt ihre Hände um mein Gesicht. »Ich sagte, ich will dich ausführen.«

»Manning. Du warst nur zehn Tage weg.« Geschmeidig beugt sie sich vor und küsst meine Lippen. Es war der längste Trip, den ich je gemacht habe, und sie blieb hier, um auf Jaxon aufzupassen. Er war derjenige, der sie gefragt hat, ob sie bei ihm bleiben würde. Also war sie nicht zurück zu ihrem Haus gefahren, sondern dieses Mal hier geblieben.

»Aber wir hatten noch kein offizielles Date«, sage ich, und sie sieht mich an.

»Manning.« Erneut küsst sie mich, während meine Finger ihr Bein hinaufwandern. »Ich möchte zu Hause bei meinem Mann bleiben.« Sie lächelt, als sie das sagt. »Ich möchte auf der Couch sitzen und mit ihm rummachen.«

»Hmm«, mache ich und schiebe ihr das Haar aus dem Gesicht, drehe den Kopf und küsse sie, öffne meinen Mund für ihre Zunge.

»Das«, haucht sie zwischen zwei Küssen, »das ist es, was ich will.« Meine Hände wandern zu ihrem Hintern und ich merke, er ist nackt. »Nur wir beide.«

»Immer«, sage ich ihr. Diese Frau verblüfft mich jeden Tag aufs Neue. Sie liebt es, Zeit zu Hause zu verbringen, so wie ich. Für sie ist der perfekte Tag, wenn wir einfach nur zusammen sind. Immer stellt sie Jaxons und mein Wohl über ihr eigenes. Sie zieht mir mein Oberteil über den Kopf und wirft es hinter sich auf den Boden.

Rittlings hockt sie sich auf mich, stützt sich mit den Knien auf dem Bett ab. »Zehn Tage«, sagt sie und küsst meinen Hals. »Ich habe dich vermisst.« Meine Hände wandern zu ihren

Brüsten und ich rolle ihre Nippel zwischen meinen Fingern. »Es war so einsam ohne dich.« Sie lässt sich auf mich sinken und zieht sich dann das T-Shirt über den Kopf. Ich sehe den kleinen Knutschfleck, den ich ihr heute Morgen verpasst habe, nachdem Jaxon zur Schule gegangen war.

»Baby«, murmle ich, beuge mich vor und nehme eine Brustwarze in den Mund. Ihre Hände finden den Knopf meiner Jeans.

»Ich brauche dich«, sagt sie, und nach »Ich liebe dich« ist das mein Lieblingssatz. Kurzerhand fasse ich sie um die Taille und lege sie aufs Bett, während ich meine Jeans ausziehe.

Meine Hand reibt über meinen Schwanz, während sie mich mustert. »Wie willst du es haben?«

»Hart und schnell«, fordert sie, und ich weiß, dass sie es danach langsam haben will. Ich drehe sie auf den Bauch, und sie stöhnt, als ich sie an den Hüften hochnehme und mich ein wenig herunterbeuge, um ihre Pussy mit meinem Mund zu bearbeiten. »Fuck«, zischt sie, und als ich weiß, dass sie feucht genug ist, richte ich mich auf und stoße in sie hinein.

Wir halten beide still. »So verdammt gut«, stöhne ich, ziehe mich aus ihr zurück und stoße wieder in sie. Unser Sex wird mit jedem Mal besser. Sie ist nie schüchtern, sagt mir immer, was sie will. Wenn sie meinen Schwanz lutschen will, geht sie auf die Knie und holt ihn ohne zu zögern heraus. Wenn sie will, dass ich sie auf der Küchentheke nehme, kommt sie zu mir und reibt sich an mir, bis ich sie hochhebe und ihr gebe, was sie braucht. Wenn Jaxon nicht da ist, kann man uns überall beim Sex erwischen, von der Küche bis zur Garage.

»Ich krieg einfach nicht genug von dir«, keuche ich, und sie drückt den Rücken durch. Dann beuge ich mich vor, nehme ihre Brüste in meine Hände und ficke Evelyn, während ich sie festhalte.

»Ich komme gleich«, stöhnt sie, und ich sehe, wie ihre Hand zwischen ihre Beine gleitet.

Ich höre nicht auf, bis sie auf meinem Schwanz kommt, und erst dann komme ich in ihr.

Meine Hände lösen sich von ihr, und sie legt sich auf die Seite, sieht mich an, während sie versucht, wieder zu Atem zu kommen.

»Siehst du, das ist so viel besser, als auszugehen«, triumphiert sie, und ich halte ihr die Hand hin.

»Zeit zu duschen«, sage ich, und sie sieht mich an.

»Ich habe schon geduscht.« Sie ergreift meine Hand. »Aber wenn du mir den Rücken schrubben willst, werde ich mit Sicherheit nicht Nein sagen.« Sie schaut über ihre Schulter hinweg zu mir und steigt unter die Dusche, während ich zum Waschbecken gehe. Als ich die Duschtür öffne, finde ich sie auf der Bank sitzend vor, ein Bein angewinkelt, während sie an sich selbst herumspielt.

»Du warst zehn Tage weg«, schnurrt sie, und ich lächle sie an.

Wir bleiben über eine Stunde unter der Dusche, denn jedes Mal, wenn wir die Seife nehmen und uns gegenseitig waschen, beginnt eine weitere Runde.

Endlich steigt sie heraus, und ich finde sie unten in der Küche vor, die Haare in ein Handtuch gewickelt. »Hast du Hunger?« Sie holt den Orangensaft aus dem Kühlschrank, schenkt sich ein Glas ein, reicht es mir und gießt sich dann selbst eins ein. »Übrigens«, setzt sie an, während sie ihr Glas Saft nimmt, »schöne Blumen.«

Ich grinse sie an. »Die gehörten zum Date«, erwidere ich, und sie lächelt.

»Das ist viel besser als ein Date. Morgen muss ich aber wieder nach Hause fahren.«

»Ich habe heute Abend mit Jaxon geredet, während ich ihn zu Murielle gebracht habe«, sage ich. »Wir haben darüber nachgedacht, wie es wäre, wenn du bei uns einziehen würdest.«

»Was?« Es ist fast nur ein Flüstern.

»Na ja, weißt du …« Ich gehe zu ihr, hebe sie hoch und setze sie vor mir auf die Theke. »Wir haben dich gerne hier. Ich liebe es, dich hier zu haben.«

»Aber …« Sie legt ihre Hände auf meine Brust.

»Ich möchte meinen Kleiderschrank mit dir teilen«, unterbreche ich sie, und sie lacht.

»Du hast zwei Schränke«, erinnert sie mich, und ich muss schmunzeln.

»Okay, vielleicht war das kein gutes Argument. Eigentlich hatte ich eine ganze Ansprache vorbereitet«, gestehe ich ihr. »Ich möchte, dass dies unser Haus ist. Ich möchte, dass du jeden Tag hier aufstehst und dich fertig machst. Ich möchte, dass du hierher nach Hause kommst. Ich möchte dieses Haus mit dir teilen und es zu unserem Haus machen. Ich will nicht nur ein paar deiner Sachen hier haben. Ich will alles hier haben.«

»Manning.«

»Als ich das erste Mal in dein Schlafzimmer kam, sah ich diesen Spruch über deinem Bett. *Du bist mein für immer.* Als ich das las, dachte ich, wie schön es wäre, jemanden zu finden, der mein für immer ist. Jemanden zu finden, mit dem ich mein Leben teilen, mit dem ich lachen und mit dem ich streiten kann. Wobei es mehr Lieben als Streiten geben sollte.«

»Immer«, sagt sie und küsst mich. »Aber meinst du nicht, dass das mit Jaxon ein bisschen überstürzt ist? Sein ganzes Leben ist gerade …«

»Das …« Ich zeige auf sie. »… das hier, dass du die Bedürfnisse aller anderen über deine eigenen stellst, ist der Grund, warum du mein für immer bist.« Sie blickt zu Boden, und ich sehe, dass sie sich die Tränen wegblinzelt. »Wage den

Sprung und zieh bei mir ein. Wir können auch gerne erst einen Probelauf machen.«

Sie sieht mich an, und ihre Augenbrauen wandern in die Höhe. »Das würdest du tun?«

»Nein«, widerspreche ich und lache. »Wenn du einmal hier bist, lasse ich dich nicht mehr gehen.«

»Es gibt einfach so viel zu bedenken«, wirft sie ein. »Ich will nicht, dass jemand denkt …«

»Scheiß drauf, was die anderen denken. Ich habe mein Leben lang damit verbracht, mir Gedanken darüber zu machen, was die Leute sagen würden.« Sanft hebe ich ihr Gesicht an. »Ich hasse es, wenn ich gehen muss und weiß, dass du nicht hier in unserem Bett schläfst.«

»Eine Nacht«, sagt sie und lächelt. »Es sollte nur eine Nacht sein.«

»In dem Moment, in dem ich dir in die Augen gesehen und unsere Hände sich berührt haben, war es um mich geschehen«, gestehe ich ihr und denke an diesen Tag zurück.

»Nachdem ich mich an den Tisch gesetzt habe, habe ich mich nach dir umgesehen«, erzählt sie mir, was mich überrascht. »Ich habe versucht, es herunterzuspielen, aber bei jeder Gelegenheit habe ich mich nach dir umgeschaut.«

»Ich habe dich beobachtet«, sage ich, und sie sieht mich mit offenem Mund an, muss jedoch lächeln. »Irgendwann bist du aufgestanden und zur Toilette gegangen, und währenddessen habe ich dich nicht aus den Augen gelassen.«

»Das hast du nicht«, ruft sie aus und schiebt mich weg.

»Doch, habe ich«, gebe ich zu. »Ich wollte dich nicht überfahren, aber …« Sie legt den Kopf zurück, und ich zucke mit den Schultern und küsse ihre Lippen. »Ich hasse Clubs. Ich hasse es, mich in einem aufzuhalten, aber als ich dich sah, konnte ich einfach nicht mehr gehen.«

»Ich habe gehofft, dass du mich beobachtest, und als ich dich dann erwischt habe, habe ich meine Chance genutzt.

Was passieren würde, wusste ich nicht, aber mir war klar, ich muss diesen Sprung mit dir wagen.«

»Ich werde für immer in Beccas Schuld stehen, weil sie mir für diese Nacht ein Zimmer besorgt hat. Für immer.«

»Ja«, erwidert sie schließlich und sieht zu Boden. »Wenn es Jaxon recht ist, ziehe ich hier ein, aber ...« Sie hebt die Hand. »Aber wenn es ihm zu viel ist ...« Ich presse meine Lippen auf ihre, um sie daran zu hindern weiterzureden. Dann hebe ich sie hoch und trage sie die Treppe hinauf, ohne mich von ihren Lippen zu lösen. Und ich kann nicht aufhören, daran zu denken, dass diese eine zufällige Begegnung, diese eine Berührung, dieser eine Kuss und vor allem diese eine Nacht uns hierher geführt hat.

Epilog Eins

Evelyn

Ich schaue auf meine Uhr und mache mich auf den Weg zum Restaurant. Meine Absätze klacken auf dem Bürgersteig.

Die Restaurant-Managerin mustert mich von oben herab, als ich ihr sage, dass ich mich hier mit jemanden treffe. Sie zuckt nicht einmal mit der Wimper, als ich an ihr vorbei zur Bar gehe. Das Licht ist gedämpft, sodass ich weiß, ich komme gerade rechtzeitig, um ihn zu überraschen.

Er hat ein Meeting mit Ralph und Miller und einigen Experten für Eishockey-Ausrüstung. Ich setze mich an die Bar und habe von dort den perfekten Blick auf ihn im Glasraum. Derselbe Raum, in dem er an dem Abend saß an dem wir uns kennengelernt haben. »Kann ich Ihnen etwas bringen?«, fragt der Barkeeper, nachdem ich mich gesetzt habe.

»Einen Wodka Cranberry, bitte«, antworte ich ihm und höre die Musik im Hintergrund. Ich sehe wieder rüber, wo die Jungs lachen, und ich schicke ihm die erste SMS.

> Ich: Ich vermisse dich.

Der Barkeeper stellt meinen Drink vor mir ab, und ich drücke auf Senden. Die Kellnerin taucht neben Manning auf, und für meinen Geschmack beugt sie sich etwas zu nah zu ihm herab, aber er bemerkt es nicht einmal. Stattdessen nimmt er sein Telefon in die Hand und lächelt. Während ich einen Schluck von dem kalten Drink nehme, tippt er etwas in sein Handy und gleich darauf piept mein Telefon.

> Manning: Ich vermisse dich mehr.

Meine Hände werden feucht, und mein Herz beginnt, schneller zu schlagen. Vielleicht war das eine dumme Idee. Gut, in meinem Kopf wirkte es wie eine brillante Idee, ihn in dem Restaurant zu überraschen, in dem wir uns kennengelernt haben. Ich nehme mein Telefon in die Hand und schicke ihm die zweite SMS.

> Ich: Ich wünschte, du wärst hier.

Der letzte Schluck meines Drinks wandert meine Kehle hinab und ich bestelle einen zweiten. Die Musik wird lauter und immer mehr Leute betreten den Club.

Der Barkeeper stellt mir einen weiteren Drink hin und sagt: »Von dem Herrn an der Bar.« Er zeigt auf das Ende des Tresens, und als ich Manning dort stehen sehe, werfe ich den Kopf zurück und lache. Ich stecke mein Handy in meine Handtasche und gehe zu ihm hinüber.

»Hallo«, begrüße ich ihn, und er mustert mein Outfit. Dasselbe Outfit, das ich trug, als wir uns kennenlernten.

»Hi.« Er lehnt sich genauso gegen die Bar wie bei unserer ersten Begegnung, und in meinem Magen kribbelt es ebenso wie damals, wenn nicht noch mehr, weil ich weiß, dass ich heute Abend mit ihm nach Hause gehen werde.

»Du hast meinen Plan ruiniert«, schimpfe ich, doch er grinst nur.

»Und wie sah der aus?«, fragt er, als mich jemand versehentlich anrempelt und ich näher an ihn heranrücken muss. Anders als beim ersten Mal, als er seine Hand auf meinen Hintern gelegt hatte, um mich näher zu sich zu ziehen.

»Ich wollte vor der Toilette in dich reinrennen«, sage ich, und er lacht. »Dann wollte ich dich zur Bar führen.«

»Wirklich?«

Ich lege meinen Kopf zurück, und anders als beim ersten Mal beugt er sich vor und küsst mich in aller Öffentlichkeit. »Mein Plan gefällt mir besser«, raunt er, und ich sehe ihm in die Augen. Er steht auf, nimmt meine Hand und führt mich zu dem Vorratsschrank neben der Toilette. Er öffnet die Tür und zieht mich hinein.

»Ist das dein Plan?«, frage ich, als er mich gegen die Tür drückt.

»Nein«, erwidert er. Seine Hand wandert zum Türgriff, und er schließt die Tür ab. Dann schiebt er meinen Rock hoch. »In dieser Nacht wollte ich dich unbedingt berühren.« Seine Hände wandern zu meinem nackten Hintern.

»Zeig es mir«, fordere ich, und sein Mund prallt auf meinen. Seine Zunge gleitet in meinen Mund, und mein Magen macht einen Salto nach dem anderen. Mein Rock ist jetzt bis zu meiner Taille hochgeschoben, meine Hände fingern an seinem Knopf herum, und drei Sekunden später berühre ich seinen Schwanz. Manning löst sich von meinem Mund und stürzt sich auf meinen Hals. Er hebt mich hoch und drückt mich gegen die Tür, reibt seinen Schwanz an meinen Schlitz, und mein Hinterkopf schlägt gegen die Tür. »Manning«, hauche ich, als er sich ganz in mich schiebt.

Er vergräbt sein Gesicht an meinem Hals, während er hart

in mich stößt. Meine Arme sind um seinen Nacken geschlungen, und meine Finger vergraben sich in seinem Haar. Unser beider Keuchen erfüllt den Raum. »Gleich ...«, setze ich an, und er weiß es. Er kennt meinen Körper besser als ich selbst. Eigentlich hatte ich gedacht, der Sex würde irgendwann weniger werden, je mehr wir uns aufeinander einlassen, stattdessen wurde es mehr. Wenn er zu Hause ist, haben wir immer noch jeden Morgen Sex. Es ist, als wäre sein Körper ein Wecker, und er wacht immer rechtzeitig auf, bevor wir aufstehen müssen.

Jeden Abend, wenn wir ins Bett gehen, greifen wir nach dem Körper des anderen. Ich schließe die Augen und komme auf seinem Schwanz, obwohl ich das vor gerade mal drei Stunden erst getan habe. Er schiebt sich ganz in mich hinein, und mein Name liegt auf seinen Lippen, während er in mir kommt.

»Hmm«, mache ich nur. »Weißt du, was ein weiser Mann mir mal gesagt hat?«

Er hebt seinen Kopf von meinem Hals und sieht mir in die Augen. Dieser hinreißende Mann bringt mein Herz jedes Mal zum Flattern, wenn er den Raum betritt. Der Mann, der das größte Herz von allen besitzt und alles tun würde, damit ich und sein Sohn glücklich sind. Der Mann, der so ruhig ist und mir doch mit nur einer Berührung zeigt, was er denkt. »Was denn?«, fragt er, während sein Schwanz noch in mir steckt.

»Aller guten Dinge sind drei«, antworte ich ihm und er lacht. »Ich habe eine Überraschung für dich.«

Er gleitet aus mir heraus und setzt mich ab. »Ich dachte, das wäre die Überraschung«, sagt er und zieht sich seine Hose wieder hoch. Währenddessen ziehe ich meinen Rock herunter und sorge dafür, dass ich wieder anständig aussehe.

»Bist du bereit?«, frage ich, und er nickt, als ich die Tür aufschließe. »Schreib Miller und Ralph, dass etwas dazwischengekommen ist.«

Er grinst mich an. »Es kommt gerade etwas dazwischen«, sagt er, nimmt sein Handy heraus und schickt ihnen die SMS. Ich lege meine Hand in seine und gehe mit ihm in Richtung Hotel. »Wohin gehen wir?«

»Das wirst du schon sehen.« Ich ziehe ihn zum Aufzug, und es ist ganz anders als beim letzten Mal, als er auf mich gewartet hat. Diesmal gibt es keinen Zweifel daran, dass wir zusammen sind. Der Aufzug ist da, wir steigen ein, und ich drücke die Nummer der Etage. Als wir auf der Etage aussteigen, sehe ich ihn an. »Vor einem Jahr hat sich mein Leben verändert.« Ich nehme den Schlüssel aus meiner Handtasche und öffne die Tür des Hotelzimmers.

»Das ist das Zimmer, in dem ...«, setzt er an, tritt ein und betrachtet das gedämpfte Licht und den Eiskübel mit dem Champagner darin auf dem Tisch, neben den Erdbeeren, dem Schokoladensirup und der Schlagsahne. Ich werfe meine Handtasche auf den Sessel und sehe ihn an. Manning steht einfach da, er trägt seinen schwarzen Anzug, ähnlich wie an jenem Abend.

»In diesem Zimmer habe ich mich vor einem Jahr einem Mann hingegeben, den ich nicht kannte. In diesem Zimmer bin ich aufgewacht und habe mich umgeschaut und war überwältigt davon, wie schön er war«, erzähle ich ihm und lächle. »Am nächsten Tag verließ ich dieses Zimmer, und mein Herz war schwer bei dem Gedanken, dass ich dich nie wiedersehen würde.«

»Evelyn«, sagt er leise.

»Aber das Schicksal hatte andere Pläne für uns«, fahre ich fort. »Ein Leben ohne dich kann ich mir nicht mehr vorstellen.« Ich gehe auf ihn zu, und er überrascht mich, indem er vor mir auf ein Knie geht. Wie angewurzelt bleibe ich plötzlich stehen, schlage mir überwältigt die Hände vor den Mund.

»Vor einem Jahr habe ich eine Frau kennengelernt, und sie hat mich ins Leben zurückgeholt. Damals wusste ich noch nicht, dass ich dabei war zu ertrinken. Ich dachte, mein Leben wäre eben so und könnte nicht besser werden«, sagt er. »Aber dann habe ich sie geküsst, und es war, als würde mein Herz wieder zu schlagen beginnen. Evelyn, du hast mir gezeigt, was bedingungslose Liebe ist. Du hast mir gezeigt, dass Liebe süß sein, und dass sie Spaß machen und wunderschön sein kann. Sie kann dich zu einem besseren Menschen machen.« Er greift in seine Tasche. »Eigentlich wollte ich das erst morgen machen. Aber ich habe ihn heute schon abgeholt. Schätze, genau wie bei unserer ersten Begegnung laufen die Dinge nicht wie geplant.« Er öffnet die Ringschachtel, und es ist mir egal, was drin ist, denn ich kann meine Augen nicht von ihm abwenden. »Evelyn, willst du meine Frau werden? Willst du an meiner Seite sein und für immer meine Hand halten? Willst du Kinder mit mir haben?«

Ich antworte ihm nicht. Kann ihm nicht antworten. Der Kloß in meiner Kehle verwandelt sich in ein Schluchzen, als ich nicke. Ich gehe zu ihm hinüber und lege meine Hand auf seine Wange.

»Das ist so viel besser als meine Überraschung«, antworte ich ihm, und er lacht, hebt mich hoch und wirbelt mich herum.

»Bevor du fragst, ich habe mit deinem Vater und Jaxon gesprochen.«

Lachend werfe ich den Kopf zurück, denn das wäre meine nächste Frage gewesen.

»Kann ich dir jetzt den Ring anstecken«, dabei nimmt er den Ring aus der braunen Schachtel, »damit ich den Schokoladensirup auf deiner Haut verteilen kann?« Er deutet mit dem Kopf auf den Tisch.

»Nur wenn ich zuerst die Schlagsahne benutzen darf«, fordere ich, und in dem Zimmer, in dem wir uns vor einem Jahr gemeinsam verloren haben, steckt er mir einen quadratischen Diamantring mit vier Karat an den Finger.

Epilog Zwei

Manning

»Na, sieh mal an, wer da aufgetaucht ist«, höre ich Evelyn sagen und sehe lachend auf.

»Ich verstehe ja diese ganze Sache, sich während der Playoffs nicht mehr zu rasieren.« Sie kommt ins Zimmer, ich sehe sie an und mein Herz weitet sich augenblicklich. Sie führt ihre Hand zu meinem jetzt gestutzten Bart. »Aber schön, dich endlich wieder zu sehen.« Ihre Augen leuchten auf. »Hi.« Sie beugt sich herunter und küsst meine Lippen. »Du fingst schon an, ein bisschen so auszusehen wie die Typen aus *Duck Dynasty*.«

Jetzt lache ich. Wir haben die dritte Runde der Playoffs erreicht und das verdammte siebte Spiel verloren. Um ehrlich zu sein, hätten wir nie gedacht, dass wir überhaupt die erste Runde überstehen würden. Wir sind einfach auf der Welle geritten, und was für eine Welle das war. Jetzt ist aber unser Kampfgeist geweckt, und nächste Saison wird uns niemand aufhalten.

»Wenn du sie nicht hinlegst, wird sie erwarten, dass sie jede Nacht in deinen Armen schlafen kann.« Ich schaue auf unsere Tochter hinunter, die erst eine Woche alt ist und sich in meinen Armen windet.

»Wir haben wirklich ein gutes Timing.« Ich küsse sie auf die Wange, und sie windet sich noch mehr. Victoria wurde drei Tage nach unserem Ausscheiden geboren, ganze sieben Tage zu spät, und wog bei der Geburt neun Pfund. »Du hast es gewusst, nicht wahr, meine Kleine?« Ich schaue auf zu meiner Frau. *Ja, meine Frau.* Der einfache Goldring an meinem Finger glänzt. Als Evelyn erfuhr, dass sie schwanger war, hat uns beiden etwas gefehlt. Sie hat es mir nie gesagt, aber ich wusste, sie störte, dass wir nicht verheiratet waren. Mein Mädchen ist in dieser Hinsicht sehr traditionell, vor allem, weil sie zu dem Zeitpunkt ein Baby erwartete. Ich wusste, ihr war es egal, wie wir heiraten würden, also schlossen wir den Bund mithilfe unserer Mütter am Weihnachtstag.

»Warum bist du nicht im Bett?«, frage ich sie, und sie lächelt mich an.

»Ich habe dich vermisst«, ist ihre Antwort und sie schaut auf unsere Tochter hinunter. »Und ich wollte nach ihr sehen.« Sie streicht Victoria über das Gesicht, und meine Kleine schlägt die Augen auf.

»Hast du schon etwas gegessen?«, will ich wissen, und sie nickt.

»Deine Mutter hat gerade die Reste weggeräumt«, sagt sie und lächelt mich an. »Ich werde sie vermissen, wenn sie wieder gefahren ist.« Ein weiterer Grund, warum ich sie liebe. Sie hat meine Familie mit offenen Armen aufgenommen und sogar meine Eltern über Weihnachten bei sich wohnen lassen, während wir die Hochzeit planten. Sie hat nicht einmal mit der Wimper gezuckt, als mein Bruder und meine Schwester kamen. Das Einzige, was sie tat, war, mehr aufblasbare Matratzen für die Kinder zu bestellen. Unser Haus ist ein Zuhause und steht allen offen.

Victoria fängt an zu quäken, und ich sehe zu Evelyn auf. »Ist es schon wieder so weit?«

»Sie hat vor einer Stunde getrunken«, erwidert sie, und ich stehe auf, damit sie sich setzen kann. Stattdessen sieht sie mich aber an, legt den Kopf zurück, und ich beuge mich vor und küsse sie. »Ich lege mich etwas hin.«

Mit Victoria im Arm folge ich Evelyn in unser Schlafzimmer und bette die Kleine in die Wiege neben dem Bett. »Wo ist Jaxon?«, fragt Evelyn. Sie ist zu einer zweiten Mutter für ihn geworden und nimmt ihre Rolle mit allem, was sie hat, an. Und er blüht dadurch auf. Sie hat sich ihm nicht aufgedrängt, so wie Murielle versucht hat, ihm Thomas aufzudrängen. Die beiden haben geheiratet und befinden sich gerade mitten in der Scheidung. Anscheinend ist Thomas nicht so nett wie ich, wenn andere Leute seine Frau ficken, aber das ist mir völlig egal. Vor Jaxon versuche ich, sie zu respektieren, aber das ist auch schon alles, was ich mit ihr zu tun habe.

»Er ist mit Caleb im Haus deines Bruders.« Ich lache und lege mich zu ihr ins Bett. »Er hat bereits genug von der nächtlichen Routine seiner kleinen Schwester.«

»Da ist er nicht der Einzige«, erwidert Evelyn und schließt die Augen, während Victoria anfängt zu schreien. »Ich schwöre, es ist, als könnte sie spüren, wenn ich anfange, mich zu entspannen.« Sie setzt sich auf und holt unsere Tochter aus der Wiege, um sie im Arm zu wiegen.

»Du bist noch schöner als bei unserer ersten Begegnung«, sage ich ihr, und sie sieht mich an.

»Dann solltest du deine Augen überprüfen lassen.« Evelyn lacht, schnappt sich das Kissen und hebt ihre Bluse hoch, um unsere Tochter zu stillen.

»Hast du jetzt genug zugeschaut?« Wieder sieht sie mich an, und ich beuge mich vor, um sie zu küssen.

»Wer hätte gedacht, dass wir nach nur einer Nacht hier landen würden?«, sinniere ich, und sie blickt auf unsere Tochter hinunter. Ich schaue auf den Bilderrahmen, der über ihrem Bett hing und jetzt über unserem hängt. »Du bist mein für immer.«

Das Telefon auf meinem Nachttisch beginnt zu piepsen, hört einfach nicht auf, und ich sehe sie an. »Was um alles in der Welt soll das?«, frage ich, und dann piepst ihr Telefon dreimal.

Ich nehme mein Handy, entsperre es und sehe eine Schlagzeile darauf aufploppen.

Der Besitzer der Dallas Oilers ist nicht mehr der begehrteste Junggeselle. Nico Harrison heiratet die Öl-Erbin Laurene Christy.

»O mein Gott«, stößt Evelyn neben mir aus. »Wo ist Becca?«

Hastig wähle ich Beccas Nummer, aber sie nimmt nicht ab. »Becca, ich bin's.« Ich kann mir vorstellen, was sie gerade durchmacht. »Ruf mich an. Komm her. Ich bin hier.«

»Sie waren gerade noch zusammen hier«, sagt Evelyn, und ich schaue auf mein Handy, in der Hoffnung, dass jemand die Frage beantworten kann, die alle beschäftigt.

Wo ist Becca?